耿晓丽 著

青春恍如一场荼蘼，我们都是彼此的倒影。

彼岸花开

BI AN HUA KAI

广东人民出版社

· 广州 ·

图书在版编目（CIP）数据

彼岸花开/耿晓丽著.—广州：广东人民出版社，2023.4
　ISBN 978-7-218-16501-1

Ⅰ.①彼… Ⅱ.①耿… Ⅲ.①散文集—中国—当代
Ⅳ.①I267

中国国家版本馆CIP数据核字(2023)第053530号

BI AN HUA KAI
彼岸花开
耿晓丽　著

版权所有·翻印必究

出 版 人：肖风华

责任编辑：周汉飞
责任技编：吴彦斌　周星奎
装帧设计：成都现当代文化传播有限公司

出版发行：广东人民出版社
地　　址：广东省广州市越秀区大沙头四马路10号（邮政编码：510199）
电　　话：（020）85716809（总编室）
传　　真：（020）83289585
网　　址：http://www.gdpph.com
印　　刷：北京建宏印刷有限公司
开　　本：880mm×1230mm　1/32
印　　张：9.25　　字　　数：247千
版　　次：2023年5月第1版
印　　次：2023年5月第1次印刷
定　　价：79.80元

如发现印装质量问题，影响阅读，请与出版社（020-85716849）联系调换。
售书热线：（020）85716833

守望彼岸，静待花开（序一）

陈彩洁

初识耿晓丽老师是通过投给"天津散文·微刊"的一篇文章，清新的文风以及文中营造的唯美意境是最吸引我的地方。可惜这篇文章不适合天津散文平台的风格，确切地说这是一篇散文诗。平台从未收过这类稿件，权衡了好长时间，最终我还是发出了用稿通知，这是一次不由自主的破例行为。究其原因，是文学爱好者之间的惺惺相惜，还有文章确实是我喜欢的风格。文字是好的，为什么就不能给它一个展示的机会呢？我对任何美好的事物向来都是没有抗拒力的，尤其文字，能为这样的文字开通方便之门实属有缘，何乐而不为呢？后因耿老师要将文章发表在自己的公众号上，便加微信请我把她的公众号设置一个白名单，我们因此又有了初步的接触。在简单的交流中，我发现她不拘小节，说话不拐弯抹角，有事说事，有种雷厉风行的感觉。这与她的文字给我的"婉约"感觉正好相反，这让我大为诧异，但没有细究，这之后我们没有再做过交流。

直到李锡文会长约我给耿老师即将出版的散文集《彼岸花开》写序，她才再次进入我的视线。我从未写过序，但对于作者尤其是我们网刊的作者出书，往往十分关注和欣慰，在研究会一贯倡导的为会员做好服务的精神感召之下，我还是决定与耿晓丽老师做一次心灵的"沟通"。我和耿老师虽然是微信好友，可是因没有备注，竟不知哪个是她。于是，只好静静等待她来找我沟通此事。

翌日，一个微信名"彼岸花开"的作者给我发来信息，我才知道她就是耿晓丽老师，为了方便后面沟通我及时做了备注。本来我觉得"彼岸花开"只是一个网名而已,没想到竟是即将出版的书籍名称,这引起了我的好奇。之后,她发过来一段话让我恍然大悟。原来耿老师的爱人是一位为国殉职的缉毒英雄,为了纪念他,笔名才叫彼岸花,网名叫彼岸花开的。爱一个人守一座城,这座城是"心城"。为了让情感归宿和文学梦想都到达彼岸,不再苦苦守望,她用文字救赎自己,执着追梦,静待彼岸花开。如今,耿老师的散文集《彼岸花开》即将出版,同时抵达文学的彼岸与情感归宿的彼岸,她的执着成就了一段佳话,也将自己推向了一个文学写作的新高度,真是可喜可贺!

　　了解到耿老师背后的这段感人至深的故事后,我对她的文集产生了浓厚的兴趣。带着对她的赞叹与佩服之情,我贪婪地品读着每一篇文章,慢慢一个婉约清丽、蕙质兰心的小女子形象在我的头脑中成型。我与她未曾谋过面,想必这就是她力求追逐的完美样子。文如其人,人如其文,这是每一个写作者力求达到的境界。字里行间可以看出,耿老师将个人气质融入了自己的文字中,已达到了与文字相融的境界。而我在经过与她简单的微信交流后,就妄言对她的感觉,实在是不当之举。

　　细细研读后,我发现耿晓丽老师这本文集有如下几个特点:

一、力求创设唯美的意境,让文章充满诗情画意

　　王国维大师在《人间词话》里提到过,意境的出现是通过作者的精心运化,是通过细微的遣词造句创造出意境的神韵的。意境的产生要在文字语言上精心的提炼加工,文章才能呈现出丰富、深沉、幽怨、婉约、柔美、唯美的意境美。耿老师的文章呈现出独特的唯美意境,好多文章因此充满诗情画意,让读者不由自主地进入一种十分美好的境界。如情感类文章《赴一场生命之约》中写道:

　　　　你说最远的我,是你最近的爱。你说严冬已过,在如
　　诗的四月,你我相约江南一游,必将惊艳眼眸,温暖岁月。

你说在最美的年华，遇见了温柔的我，一切都刚刚好。

再如在游记类文章《诸葛古镇梦三国》中写道：

　　日子，在轮回中厚重；光阴，在辗转中丰盈。"草船借箭"作为古镇的核心景点，是时光的点缀，是历史的缩影，是三国的灵魂，抑或是战事之外的另一种修行。

诸如此类的句子在各个专辑文章中都有所呈现，在此就不一一赘述了。

二、具有人性美

　　人性美是人所具有的正常的感情和理性，是对人的本性的赞美和歌颂。人性是区别于其他动物的基本特征，既有自然属性，又有社会的属性。只有不断地完善自我的人性，人性美才能得到充分地实现和肯定。耿老师的散文通过不同方法揭示了人性美，赞颂了人性美，倡导人性美。如在《18岁闯北京》中写道：

　　生活就是一点一滴感恩、一丝一缕享受。感恩生命赐予的苦与乐，享受生命里的悲与喜。你所拥有的就是你的幸福，人生得失，不必看得太重。

再如《天汉朗月慰风尘》中写道：

　　人生不也如此吗？每个人经历过风经历过雨，无论事业还是感情中都有过高潮也有过低谷，但生活中的琐事，五味杂陈正是对人生的馈赠点缀。一些人或一些事，看似如夜空中的月触手可及，可最后的结局却是不尽人意。站在欣赏的角度，学会放下，越努力越幸运，我想在自己也正当夕阳时,能如"天汉朗月"一般恬静闲适,活出自己想要的幸福,便是对风尘最大的慰藉。

诸如此类表现人性美的句子在文集中随处可见,它们闪耀着人性的光辉。从中可以看出,耿老师意在以豁达乐观的人生态度,向读者们传递着一种正能量的处世哲学。

三、具有情感美

情,是任何文学作品的灵魂和生命,散文也不例外。然而,相比于其他文学样式,散文对"情"的追求则更强烈。散文中的情是作者主体精神世界的外化,也是作者组织人、事、物、景的重要线索。耿老师将自己的感情外化于自己所创造的意境中、语言表达上、作品的构思里,这在很多文章中都有所体现。比如《千帆过尽,听花开的声音》中有这样一段话:

喜欢把自己的小窝收拾得窗明几净,静静侍弄花花草草,而后沏一杯茶,手捧一本书,聆听一朵花开的声音。脉脉情思氤氲在花茶中,馨香着生命的全部。

这里细腻的场景描写浸透了作者强烈的个人感觉,外物与内景的自然融合,饱含了作者感情的艺术画面。再如《龙王沟飘来一抹乡愁》中有这样一段描述:

思念,如涓涓流淌的溪水,奔流在隔山隔水的岁月里,用心感觉,温暖依然。用感恩的心去收获更多的感悟,更多的美好,用炙热的情去拥抱更多的幸福,更多的快乐,连同那抹飘来的乡愁。

这段话语言生动优美,写出了浓浓的乡愁,也让读者体会到了情景交融的魅力。

四、时代之作，传递社会正能量

2021年12月14日，习近平总书记在中国文联十一次全国代表大会、中国作协第十次全国代表大会开幕式上发表重要讲话指出："衡量一个时代的文艺成就最终要看作品，衡量文学家、艺术家的人生价值也要看作品。广大文艺工作者要精益求精、勇于创新，努力创作无愧于我们这个伟大民族、伟大时代的优秀作品。"

耿晓丽老师的最后一个专辑《生命如歌》集中体现了一个新时代文艺工作者的使命担当——为时代而写，为人民放歌，作品贴近现实，反映了时代新气象。在专辑中有书写家国情怀的《马兰后人——邓小岚》和《军人世家幸福长》；有书写伟大复兴中国梦的《让梦想飞翔的地方》；有赞美人类灵魂工程师的文章《爱心无界》；有脱贫攻坚，乡村振兴题材的《再次踏上扶贫路，只因牢记初始心》《家乡阜平变化大》；还有描写充满正能量的小人物题材的《冬梅姐，加油》《阜平有个老命叔》……

总之，细品之下，耿老师的《彼岸花开》是一本值得阅读的精品散文集。愿阅读此书的朋友都能如耿老师一样"守望彼岸，静待花开"，"以梦为马，不负韶华"，最终达到理想彼岸。

阅读佳作心得，权当序言，敬请关注。

2022年9月27日

陈彩洁，天津散文研究会副会长，"天津散文·微刊"执行主编。

怀揣诗意，拣出生活（序二）

卢小夫

耿晓丽说出书要请我作序，我当时很高兴就应允下来了。未曾料她早就结集，并很快从私信上发来了书稿。收到书稿可能有了一段时日吧，但因我杂事甚多，一直搁置在那。虽然是搁置，其实我内心还是一直惦记着的，跟欠了她的钱一样。

耿晓丽是《南国文学》的一位编辑老师，默默工作，无私奉献。她催了我好几次写序的事无果后，便没再问了。昨天轮到她编辑平台作品，她跟平时操作不同，把编好的临时链接又另发一份到了我的私信上。我猛地一惊，一下子想到了曾答应她的事。我决定今天不管什么事都先放下，静下心来赏读她的散文集《彼岸花开》。

耿晓丽工作于河北阜平县电视台，系鲁迅文学院保定作家班学员。从她的简历即可知，她是一位十足的文艺女性，是一位有着丰富创作经验且感情细腻的女作家。打开《彼岸花开》果不其然，这书稿虽是散文集，却无处不让我品读到了浓浓的诗意。该散文集分五个小辑——《阡陌红尘》《岁月留痕》《一树花开》《人间烟火》《生命如歌》，所涉题材涵盖了生活的方方面面。

第一辑《阡陌红尘》，以爱情为主题，从女性独特的视角，用细腻的笔触诠释人间斩不断理还乱的爱情。

第二辑，《岁月留痕》多是作者旅迹所至，是大江南北各地的名山秀水。"登山即情满于山，临海即意溢于海"。自古文人乐山乐水，游于山水之间最让人心旷神怡，使人放飞自我。何况作者本是一位有着山一般丰富，水一般柔情的女性。女人的情感是先天丰满的，是更易感悟美好于微妙之间，所以，女作家去写山水，简直跟山水心心相印，笔走弦拨，"大珠小珠落玉盘"。此小辑里每一篇游记让我徜徉其间，跟随作者的脚步，如同一次次行旅在远方。

第三辑《一树花开》写的是作者对生活、对人生的点点滴滴的感悟。这些感悟正如"一树花开"一样，开时春光灿烂，缤纷了那个季节；现时烈日炎炎，转眼尘归尘、土归土。品读该小辑，人生四季，花开花谢，无边落木，尽是感怀。

第四辑《人间烟火》，作者写的是日常生活里印象深刻的人、事、物，有着让人读来回味无穷、意犹未尽的烟火气息。如，《土豆情缘》从母亲做的色、香、味俱全的土豆酸菜汤写起，写到姥姥的年代土豆成了那困苦岁月里的救命粮，以及一家人种植土豆的情景。这些美好的回忆，有辛酸，有快乐，但更多的还是"土豆有着和我一家人相近的品性，朴实无华，诚恳良善。土豆在烟火生活中提醒我们不忘本真，学会节俭，唤醒我们一如既往地热爱生活……"

第五辑《生命如歌》记叙的都是作者认知世界里那么一部分具有正能量的人物和他们的感人故事。字里行间，一个个人物栩栩如生；跃然纸上，一件件事迹感人至深。

一本书稿数十万字，非我一时半会能够读完，但我总结了一下，该书有这么几个鲜明特点：

一、语言溢满诗意。

二、内容源于真实生活。

三、情感细腻且真挚。

四、文笔清新而明快。

以上诸条，正是散文所追求的几大主要要素。该书集都是在写"我"的生活、"我"的世界、"我"的情感。写作别无他窍，除了要具备一些先天天赋之外，就是靠不停地写，而每一位痴爱文学的人，一般都是有天赋的作者。我真诚希望耿晓丽文友通过这次出版书籍积累更多创作经验，把文字功底磨炼至更高的境界。

是为序。

2022 年 10 月 9 日

卢小夫，《南国文学》社长兼总编辑。

目 录 CONTENTS

守望彼岸，静待花开（序一）……………… 陈彩洁（1）
怀揣诗意，拣出生活（序二）……………… 卢小夫（6）

第一辑　阡陌红尘

众里寻你千百度 ……………………………………（2）
飘飘樱花雨 …………………………………………（5）
匆匆太匆匆 …………………………………………（7）
飞来翩翩梦里度 ……………………………………（11）
为你，我愿守候整个冬季 …………………………（18）
心有千千结 …………………………………………（21）
遇见你，是我的缘 …………………………………（25）
感恩的心，感谢有您 ………………………………（27）
思绪如雪飞 …………………………………………（29）
时光清浅，岁月嫣然 ………………………………（31）

月朦胧，人朦胧，谁在咀嚼思念 …………………………（33）

拥抱灵感 ……………………………………………………（36）

赴一场生命之约 ……………………………………………（38）

七月回家，感觉甚好 ………………………………………（42）

北戴河情思 …………………………………………………（45）

旧地重游，情暖药都 ………………………………………（47）

傥骆古道情埋葬 ……………………………………………（50）

第二辑　岁月留痕

情倾雁荡山 …………………………………………………（54）

飞云江畔夜瑞安 ……………………………………………（58）

泅溜古镇源远长 ……………………………………………（61）

三游齐鲁大地 ………………………………………………（64）

18岁闯北京 …………………………………………………（68）

风雨红崖谷 …………………………………………………（71）

秋游百里峡 …………………………………………………（74）

烟雨蒙蒙黑崖沟 ……………………………………………（79）

贤人闲游仙人寺 ……………………………………………（82）

草原的诱惑 …………………………………………………（85）

初冬鹤壁行 …………………………………………………（89）

凤凰古城，铺展在湘西的绚丽画卷 ………………………（92）

乘着专列到桂林 ……………………………………………（96）

难忘的港澳之旅 ……………………………………………（99）

诗意古镇五通桥 ……………………………………………（104）

光雾和谷话秋池 …………………………………… （108）

彩云之南 …………………………………………… （110）

云横秦岭太白山 …………………………………… （113）

我的勉县，我的家 ………………………………… （116）

诸葛古镇梦三国 …………………………………… （119）

第三辑 一树花开

一树花开 …………………………………………… （124）

千帆过尽，听花开的声音 ………………………… （127）

怒放的生命 ………………………………………… （129）

一年又一春 ………………………………………… （131）

人间四月天 ………………………………………… （133）

溽沱河畔，赴一场春天的约会 …………………… （136）

人生，恍然如梦 …………………………………… （139）

"樱桃花"在心枝绽放 ……………………………… （143）

你能否听见 ………………………………………… （145）

人生好个秋 ………………………………………… （147）

与秋深情凝望 ……………………………………… （149）

湖畔遐想 …………………………………………… （151）

美丽汉中遇见暖 …………………………………… （153）

天汉朗月慰风尘 …………………………………… （156）

向左，向右 ………………………………………… （158）

一路走来一路歌 …………………………………… （161）

人生诗酒茶 ………………………………………… （163）

匆匆这一年 …………………………………… (166)
生活需要仪式感 ……………………………… (169)
女人，要学会华丽转身 ……………………… (171)

第四辑　人间烟火

土豆情缘 ……………………………………… (174)
阜平钢丝面的"刚"性 ……………………… (180)
阜平枣酒 ……………………………………… (183)
二爷爷的"水云间" ………………………… (186)
奶奶的针线筐 ………………………………… (191)
三老舅的茅草屋 ……………………………… (193)
龙王沟飘来一抹乡愁 ………………………… (196)
童年纪事 ……………………………………… (199)
追忆儿时的年味 ……………………………… (204)
雪落无声，情有声 …………………………… (207)
让离别成为重逢 ……………………………… (209)
暖，流泻在深秋 ……………………………… (212)
"粽"情端午，"苇"你感怀 ……………… (215)
致逝去的青春 ………………………………… (218)
吾家有女初长成 ……………………………… (221)
黑崖深处有人家 ……………………………… (224)
麦田垄上行 …………………………………… (227)
乡故，香菇 …………………………………… (229)
归　尘 ………………………………………… (232)

第五辑　生命如歌

马兰后人——邓小岚 …………………………………… (236)

军人世家幸福长 ………………………………………… (240)

阜平有位"老命叔" ……………………………………… (242)

冬梅姐，加油 …………………………………………… (246)

又到一年考试季 ………………………………………… (250)

写给中考的女儿 ………………………………………… (253)

再度踏上扶贫路，只因牢记初始心 …………………… (256)

爱心无界 ………………………………………………… (259)

家乡阜平变化大 ………………………………………… (262)

我的理想 ………………………………………………… (265)

让梦想飞翔的地方 ……………………………………… (268)

附　录

深情不枉此生 …………………………………………… (271)

穿越傥骆古道的心灵守望 ……………………………… (274)

彼岸花开开彼岸（后记）……………………………… (278)

阡陌红尘

偶遇也会留下刻骨铭心的记忆，不管是美好的，还是伤痛的，经历过了，就会在心底时时泛起。

众里寻你千百度

> 遇见，在你等待的路口，三千浮生若水，当下一念。诗与远方，相濡以沫！
>
> ——题记

"相见情已深，未语可知心。"我始终相信缘在天定，分在人为。众里寻你千百度，蓦然回首，你已烙印在我心里。杨柳秋千院中，啼莺舞燕，小桥流水飞红的欢欣，是前世的夙愿；柳暗花明又一村的惊喜，是今生的牵念；锦上添花的喜悦，必然明媚了时光，欢颜着心情，原来生命里一山一水的清欢，便可彼岸花开，温暖岁月；原来人生中在水一方的欢愉，便可绕指柔情，青藤缠绵。借用钱钟书的一句情话："遇见你之前我没有想过结婚，遇见你之后，结婚我没想过别人。"是的，遇见你是流星雨的誓言，是枫桥上的浪漫，袅娜翩跹。欣欣然，你已在我来世的轮回里，深情驻足。

春去夏来秋迎冬，日复一日亦复年。宿命轮回，走在梦爱的旅途，殊不知我们一直都在积聚着缘分。在流淌的岁月里，你我从未离开，而是重叠又重叠。我把自己想象成一株花，开在你必经的傥骆道上，素净中寻觅一季繁华。夜夜思君不见君的泪化作弱水三千荡涤一舟汉江水，划过一弯华阳月，醉了流年，暗了红尘。

爱到深处，时光搁浅，"昨夜寒窗消旧梦，桃红柳绿一帘春"。

因缘聚合，我时常在一扇窗里，听风听雨。静静地，将你的呵护、你的关爱，你的怜惜串联，去丰盈流年。纵使，红尘熙攘，也早已习惯了微笑着，领略岁月变幻的美。只为不辜负你的良苦用心，还有那一份来自心底深处的感动和挚爱。

斗转星移，一个又一个24时，一个又一个1440分，一个又一个86400秒。一季花开，带着瓣瓣花语，守在轮回的边缘，这一抹暗香又浮动在你我的梦中，墨染思念，熏香满径，月缺月圆，众里寻你，众里等你，千百回，千百度。

在湘西凤凰古城，青石板路上的足音，叩响月亮之上的思恋，那抹浓得化不开的牵念，宋词般难掩泪水涟漪，"我在寻你"；在洄溜烛影摇曳，涓涓落成碎念。期许寻找到拨弄心弦的引子，于一行诗句下，散落成花，眉底晕染着，潺潺留香，一缕情未央，茫茫人海，"我在寻你"！

爱上一座城，倾心满世界欢喜，是从遇到你的那一刻起。醉舞山河，款款而来，这份刻骨铭心的情感与雪月无关，与风花无关。我只想静静行走在有你有爱的时光里，在晚秋的"印象广场"捡拾飘落一地的枫叶，守一份懂得，惜一份真情。纵使，繁华落尽，依然愿执子之手与子偕老。

一阕阕词，装订成册，投放到汉江，为你水墨丹青一朵朵念起，笃定的盛放，只待千百次回眸，能在轮回遇见，黄泉路上，忘川河畔，三生石旁，奈何桥头，我可曾见过你？你不知在你转身错落的那一瞬间，我的心在战栗，在滴血，我已万劫不复。

于是，执着守候，彼岸相伴，修行千年，千百度。恰好的时间，恰好的地点，我愿只为你一人起舞。

忘川河畔盛开了多少朵红莲？轮回中我们擦肩了多少个百年？前世的你吟唱了多少梦紫魂牵？如今的我又多少次佛前许下誓言？十指紧扣，一本《心经》，合于掌心，于岁月扉页上，抄写经文的禅悟，在水一方静静等待，心香绕指的俗世情缘。鸿雁传书，共话桑麻；暮鼓晨钟，许下黎明。小轩窗下，桃红渡中，如痴如醉，初心未改，那一纸契约，是我三生的烟火换取你一世的迷离，是彼岸花开的一念执着。"我一直都在，都在寻你！"

错过的年华在秦岭南麓开出斑斓的紫薇花。心系一袭清风，轻挽一缕细雨，缓缓拨弄心弦在拈花的指间，一瓣心香，一片痴心，如春蕾馥郁，芳香四溢，相信你懂得！万般的柔情细语，一直都在冥冥之中，超然物外，寻找前世今生的缘，执着着执着，执念着执念，众里寻你千百度。

"心有千千结，结结为君系。"一纸素笺，写满流年的殇；一方浅墨，诉尽经年的梦。确认过眼神，你依然是我深爱的人呐！期许下一站，依然能够遇见，能够转身时，绿满庭院，春风十里香。拥一座城池，守候成树，不问春花谢了几回，秋枫红了几度，不言时光荏苒，流转千百，有一行小字，临摹千百，始终为一人；有一帧风景，独绽留藏，始终如一在追寻！

曾经在轮回中守望，只为你展颜一笑；曾经在菩提树下焚香，只为与你相遇。书一笔缱绻，折一纸流年，可否许我一段时光，让我在岁月中执一缕牵念，墨染沉香，暖于冬阳，喜于念起？

任由岁月蹉跎，任由风雨绕肩，只要能一生就这样与你携手共度，这就是满满的幸福。

今夜有雨敲窗。恋过，痛过，哭过，笑过，洗过铅尘，那开在彼岸的花，一直期盼着那踏入红尘的雨蝶如期而至，舞动出一曲蝶恋花的美丽。

众里寻你千百度，你可否在那灯火阑珊处？众里寻你千百度，只为今生能和你约一程同行的路，只为这一程路上，与你把春色涂抹，把时光共度，把岁月的味道慢煮，把修来的缘分不辜负。

飘飘樱花雨

寂寞与悲伤汇成的旋律，是樱花的羽翼。

再见樱花，又是在雨中。那日，雨蕴春意，飘飘洒洒，于是，心境也就显得格外地空灵。

你可否记得你我相识在樱花雨中？当一片片，一层层，一簇簇，千里一陌在心田摇曳，芬芳了春风十里，也惊醒了你我的季节。

你可否还记得你我漫步在芳香满怀的小径，醉看缕缕芳菲，醉了春光？

蓦地，起风了。洁白的樱花随风舞动，如同白色的蝴蝶，挣扎着飞离枝头，在空中纷飞着，在生命的最后尽情地舞着，似乎在向谁诉说自己的哀伤。

曾听人说，樱花最美的时光，不是开得如火如荼之时，而是那一朵细碎的花瓣凋零在空中，纷纷扬扬之日。是的，漫天飞舞的樱花，如梦似幻，飘也潇洒，落也俊逸，却又如此的哀伤、凄美，令人心碎的冷艳，落花如泪，是在为谁哀伤？为谁哭泣？

空气中浮动着特有的淡淡清香，笃定你我远离世俗，携一份豁然开朗的愉悦，行走在暖意的春天，俏丽在岁月的枝头送一抹浅笑给樱花微雨。蘸一池春色，书写风起花落依然不变的守候；染一袖花香，给生命涂上一层姹紫嫣红的律动。

岁月如花，伴随着一场"夜来风雨声"的洗礼，一片片的花瓣凋零在残红里。人生不也如此吗？

我隐约听到依旧苍凉而悲怆的歌唱回荡在高高的苍穹上，无数的飞鸟聚拢又散开，樱花如同伤逝一样，残忍地降临。

皎洁的明月挂上树梢，洒下轻纱般的月光笼罩着樱花林中相拥的你我，盛开的樱花纷飞落下，和着一缕清香，宛若精灵起舞，不染尘世的喧嚣。轻叩虚掩的心门，捕捉跌落在时光的春韵和感动。

聆听花开枝颤的声音，沐浴杨柳春风的惬意缠绵在最深的春色里，种下一缕葱茏和春天一起生长。

你把花的印象留下，我把花的芬芳留下，你我把我们共同浇灌的希望留下。想起你，我的岁月永远鲜艳，永远芬芳。

我们总是在看似正常的轨迹忙忙碌碌地劳作生活。或许，就在一个不经意的瞬间会伤感、会落泪，甚至会离去。

或许冥冥之中早有安排。吟一曲心底的惆怅，轻轻悄悄地把无字的旋律编辑成一缕缕飘零的遗憾，深深埋葬。

从此，土地生香。是我温暖的窠巢；篱落疏疏，是我贴心的纨素；那些过往的路人，是我慈爱的亲人……还有那些扑蝶的孩童，嬉闹的村姑，叽叽喳喳雀跃着的鸟儿，都是我永恒的幸福。

"落花逐水泪满襟，许喑厢缌却葑离。"飘飘樱花雨，唯美中滋生着撕心裂肺的疼。流血不止的伤口还牵挂着你的诗和远方，我悲悯地慢慢适应你的离开，悄悄地闭上眼，眼泪不知不觉落下来……

匆匆太匆匆

秋雨绵绵，落在地面上，撩起一层轻薄的水雾，似氤氲暧昧般笼罩着山城，视线也变得模糊了，分不清是雨水还是泪水。

清晨的秋风盛满了色彩，吹向远方，落英缤纷，在大地漂泊，离别的泪痕，渲染了秋色。十几年的婚姻生活，总是在聚少离多的日子里悄然走过。从最初的恐惧、焦虑、无可奈何到现在的坚强、镇定、习以为常，这当中经历了以酒精助眠的漫漫长夜，以孤灯陪伴的春夏秋冬，有噩梦惊扰的惊慌失措，有照顾儿女的力不从心……

"久别的人盼重逢，重逢就怕日匆匆。"是的，每一日的静静等待，每一夜的痴痴期盼，如泣如诉地演绎着"你已走出我的视线，但却从未走出我思念"的滴滴点点。雨滴如断珠，从屋檐下滴落。我的泪也悄无声息地顺着脸颊滚落。

在 2018 年 8 月 30 日的雨声嘈杂里，窗外的秋菊，翠绿的叶子已然被打破，坠落满地。沁黄的花瓣，亦是狼藉不堪。如我此时的心境，"省级文明县城"网上申报录入工作已渐近尾声，然而心力交瘁的同时又存在很多很多的未知不安。好想好想有个可以依靠的肩膀。或许是上苍的怜悯，或许是冥冥中的注定，他在绵绵秋雨里，在浓浓思念里，在我工作最后的关键时刻匆匆归来。我深深地知道，这突如其来的短暂相逢必将面对的是又一次的匆匆离别。然而，他的出现仍然使我欣喜若狂，无法掩饰内心的喜悦和激动。以前总以为，人生最美好的是相遇。后来才明白，其实最难得的是重逢。

树荫落下来，满地斑驳的痕迹，我纠结，他纠结，两颗纠结的心交融在一起，又一点点撕裂开来。我纠结，他回来可以先到我单位附近能够先看看儿子；他纠结，忍下了对儿子的思念，先回到家，督促女儿写作业，帮我打扫了卫生，清理了垃圾，洗涮了衣服和床单，做了可口的饭菜。让我可以少一点对家庭琐事的操心而专心工作。那份喜悦感动覆盖了心里的苦不堪言，上传了所有催要上来的创城资料，又重新罗列筛查整理了一遍没有上交单位的具体职责分工，在次日，最后一天时间里能够在群里及早部署，电话通知。来不及收拾杂乱无章的办公桌面，匆匆跑向儿子寄住的人家，夜已深，儿熟睡，我只好带着失望遗憾，步履蹒跚地行进在雨里，不打雨伞，不穿雨衣，任雨淋湿我的眉、我的眼，希望雨能把我的疲惫冲散，头顶突然撑起了一把伞，一双大手搂住我单薄的肩……

回到家，陪我吃过可口的饭菜（不曾想，早早做好了的晚饭，却谁都没吃，都在等我回来一起吃）。我哽咽着含着泪吃完这顿饱含幸福的晚餐。由于"阳城侠侣"清晨的守候要播我为山城阜平一位女教师写的文章——《爱心无界》，我匆忙冲了热水澡，顾不得检查女儿的作业，顾不得为他整理远行的衣装，一字一句斟酌我笔下的《爱心无界》。当编辑设置了发送，女儿已经在甜美的梦中，他也已经在铺天盖地的呼噜声中。我知道，他为了家太累太辛苦了。而我却不敢闭眼去睡，怕闭上眼睛又是创城资料的上传、暂存、提交；怕闭上眼睛，一晃就会到天明，就会面对匆匆太匆匆的离别。

爱你的夜真绮丽，想你的夜真绵长，离别的夜真无情。

这场雨，一直下到了翌日清晨。早早起床，女儿还在熟睡，我们要赶去陪陪儿子，带儿子走走，转转，当儿子电话得知，我们要过去。小小的童心世界泛滥了，说：我的爸爸回来了，要来看我；说：我喜欢妈妈，妈妈给我买飞机、挖掘机、买……

雨后清晨的县城大操场夹杂着泥土的芬芳，空气清新宜人。不管是树叶还是地面，都被洗刷得干干净净。更美的是儿子看到我们那发自内心的笑容。我怀抱着娇儿，低喃道：儿子对不起！对你的陪伴总是太少。其实，孩子的世界是何等的简单，一个玩具汽车、一次短暂的陪伴，一个温暖的怀抱，足矣！可像我们目前的生活模式，真的欠缺了对孩子太多的爱和陪伴。我很自责也很愧疚。他却拍着我的肩膀安慰我：别难过了，你已经很辛苦，很努力在做了，一切都会好的。看，我们陪伴着，孩子多开心啊！我们是最幸福的……不时地看向手机，快到我上班的时间了，也快到他离开的时间了，我在思量我们匆匆走后，儿子又会是撕心裂肺的哭喊；我又是一个人时候的泪流满面；他一个热血男儿的铁骨柔情肝肠寸断。我抓拍下了他递给儿子烤肠时的温馨画面和牵着儿子小手吐着烟雾掩饰内心失落痛苦无奈的瞬间。路经一棵树，翠绿的叶子，干净得能泛出光，似翡翠般。他抱起儿子摘了一串叫不上名的果子，儿子却开心的如获至宝。一直在说：爸爸给我摘的，爸爸高高，能够着，我喜欢……

操场塑胶跑道的狼藉，早已被清洁工打扫干净，小路上的雨花石，越发色泽斑斓。看着他每走一步，似乎踩落满地的相思，温馨陶醉，在我心中闪烁。

骄阳升起，洒在地面上，树梢泛出晶莹，积水的翠叶更加璀璨，儿子笑容绚烂秾丽，给他原本就帅气的面容，添了潋滟华彩。此刻，他开始了离别前对我的叮咛，要我脾气收敛一些，不要冲撞爸妈，要我对弟弟弟媳多担当帮助，当得起姐姐的样子，要我照顾好孩子们和自己，说自己没本事，跟着他让我吃苦受累了，我稀里哗啦地哭了，他笑着劝慰我：看孩子笑话你呢！别哭了，儿子都不哭。儿子果然笑了，一抹纯真的笑，正在缓缓荡开，形成一圈漂亮的涟漪。

一次次离别的情景，一帧帧画面的再现。浮华一生，淡忘一季。空有回忆，打乱缠绵。一双儿女的出生都在滴水成冰的寒冬腊月，北方的冬天特别寒冷。他为了不要让我着凉，要我调养好身体，不厌其烦地变着样儿，每日为我做八九顿饭，给孩子和我洗洗涮涮，为了让我多休息，每一个夜晚都亲自给孩子换尿布、冲奶粉……嫁给他的十多年，只要他在家，没让我做过一顿饭，没让我洗过一件衣，记得在儿子出生50天他为了生计不得不再次匆匆离开之际，叮嘱女儿听话，好好学习，回到家完成作业之余要多帮妈妈分担一些家务，妈妈生养你们、教育你们、照顾你们不容易等等。乖巧懂事的女儿如我当年照顾我的妈妈那样，甚至比我做得更好。儿子夜晚高烧哭闹，女儿帮我一起照顾儿子，和我一起喂药，女儿每天完成作业后帮我洗衣，收回晾干的衣服整齐地分类叠好。每次上学走时帮我带走垃圾，我每当夜深人静，孩子们睡熟之际，流泪落笔写下这一生的经历遭遇，幸得今生有你，给我爱和包容，所以，我要尝试着长大、努力着坚强，认真工作，精心抚育我们的孩子，在每一个日出日落里为你滋生牵挂思念；在每一个冬去春来里为你祈祷健康平安。用真挚的情和赤诚的爱等你归来，用每一次的离别守候每一次的相逢，把每一次短暂相逢的喜悦寄托在等你平安归来的幸福时光里。

　　人生天地之间，如白驹过隙，忽然而已。不知不觉八点半了，我必须要回到单位，做最后的催促，审核工作，争取今年在规定的时间点圆满完成测评。当你背起行囊，儿子稚嫩的童音响起：我不要爸爸走，爸爸不走，爸爸别走，我忍着泪从你怀里抱起儿子到我单位办公室，我不想残忍地让儿子面对爸爸妈妈的同时离去，我不想让儿子刚刚收获了爸爸妈妈的陪伴又转瞬即逝……

　　每一次的离别，我都控制不住自己，泪流满面，而你总会玩笑地劝慰我：别哭，是愁没人替你分担，替你干活，替你洗衣做饭吧！实则不然，岁月匆匆，人生匆匆。匆匆间父母已两鬓斑白，匆匆间弟弟已长大成婚，匆匆间我已为人母，匆匆间我的一双儿女在一天天长大，匆匆间我们又要别离，匆匆间，我们都会走向暮年古稀！刹那间，我更深刻感悟到两个人走到一起，真的不容易，且行且珍惜！

　　自古多情伤离别，更那堪冷落清秋节。天空有些暗了，暗的刚刚好，我难过的样子就没人会看到。那一刻，繁华落尽君辞去；那一刻，韶华远去无处寻；那一刻，孤影成形泪湿衣……

　　你也匆匆，我也匆匆，天也匆匆，地也匆匆，一切匆匆，匆匆太匆匆！

飞来翩翩梦里度

1 长安公园赏牡丹

"花谢花飞花满天，红消香断有谁怜？"看似阳光烂漫的我，时常会为《葬花吟》而黯然伤神，中学时代多愁善感的我便俨然成了同学们谈论中的"楚楚可人林黛玉"。

石家庄之行，我不刻意去做任何周详的计划，因为人世间存在很多的未知，我能够在笑声与泪水的夹缝中感悟到人生的春天就足矣。

对于石家庄我并不陌生，但每次前来心境大都相同，觉得空洞压抑、窒息。唯独此次石家庄之行让我感到满心的欢喜，因为我是为文字而来，为缘分而来，为访师会友而来。

缘分带着宿命降临到我们的世界，我感恩母女缘分，也十分珍惜爱女的一路照顾和陪伴。我是山里的山花，不可能四季明艳。授人以鱼不如授人以渔！我笔下曾写过《哭泣的玫瑰》，也曾翻阅"杜鹃啼血"的故事，"凤穿牡丹"一直是我对爱女未来生活的期许。

"唯有牡丹真国色，花开时节动京城。"说起牡丹，估计很多人会想起这句著名的诗，刘禹锡用短短两句诗尽显了牡丹雍容华贵、艳压群芳的魅力。

牡丹和长安似乎有着不解之缘，在石家庄赏牡丹当首选长安公园。长安公园位于石家庄市中心，是省会大型的综合性公园，也是石家庄市区重要的旅游景点公园。始建于1955年5月，1958年8月1日正式开放，因当时地处解放路附近，取名"解放公园"。1960年市内划分区域时，因地处长安区，改名为"长安公园"，1968年长安区改名为"东方红区"，公园也随着改名为"东方红公园"。1980年"东方红区"，恢复"长安区"名称，公园亦恢复"长安公园"至今。2020年2月，为感谢全国医护人员的坚守奉献，自疫情消散之日起至2020年12月31日，景区向参与武汉"抗疫"一线救援工作的全体医护人员、解放军战士及各行业志愿者们免费开放。

女儿身穿汉服简直成了长安公园内一道靓丽的风景，一路走栈道、绕假山、步亭台、过楼阁，活蹦乱跳地寻觅牡丹园，我着旗袍随行其后。女儿走走停停俏皮地回眸对我说："妈妈、妈妈，您像极了民国时的军阀太太"，然后就一溜烟地跑开。再驻足又会追问：妈妈，您说这"长安"的"牡丹"，有没有一种梦回大唐的感觉？说完，会再一次跑开。

未见其貌，先闻其香。循着一缕香，一朵朵端庄秀雅的牡丹映入眼帘，绚丽的牡丹白的似玉、红的如火、粉的若霞、黄得像金。一株株亭亭玉立，居高临下，面容和祥，采集起众花之灵气，向人间播撒着祥云福音。真可谓牡丹花开，雍容华贵，气质天成，如洛神出水，一顾倾城，一瞥惊鸿，让人不禁想起《诗经》里"月出皎兮，佼人僚兮"。

感情这东西是极其微妙的，爱情如此、亲情如此、友情亦是如此。谁会想到素未谋面的深泽摄协会员"雨中情"姐姐，会在游人如织的公园内一眼认出我呢？感恩滹沱河文学，遇见即是欢喜。有了与姐姐的园内邂逅，也就有了牡丹美人图。

轻踩落英缤纷的幽径，红尘旧事袭上心头。迎面走过来一位老者向女儿打听园内有没有征婚的？这又不由地让我想起"落花有意随流水，流水无心恋落花"呀！

在情深一世的守候里，女儿就是我心中最美的牡丹花，花开富贵、国色天香。花开花落，只是自己独自在想：山有多高，水就有多深，我在用心地去爱着所有我爱和爱我的人。在每一个云淡风轻的清晨，在每一个无人的黄昏，守得云开见月明。

锁定你，是我视线

相隔的距离或长或短
选择诗歌的语言飞渡
深入另一种生命的内部

高雅圣洁的牡丹花啊
让我迷恋痴醉
如此的季节如此的年纪
把目光投向你
撑起天使的翅膀
明媚我的眼眸

风吹动着俏丽的霓裳
祝福撒落一地
所有的一切
如此美好
演绎着情不自禁

2 滹沱河畔悟人生

将所有的日子解读，一个名字暖热我的双眼，流淌无尽的回忆和文学的梦。

在最美人间四月天的滹沱河畔，碧水蓝天，柳如烟。"滹沱河文学"让大江南北的文友多少次在烛光盈盈的夜里，我手写我心，我心抒我情。不也是这般的柔情万缕，尽显温馨吗？洋洋洒洒的文字，有对家乡的牵念、有对彼此的祝福、有对美好的向往。所有的思绪交织成网,网住了诗和远方。

眼睛看不到的地方,文字可以;脚步丈量不到的地方,文字也可以。对文字炙热的情,倒映在滹沱河的清澈里,追梦的脚步,跟随时代一直向前。

我深知文学创作是一条漫长的路,如滹沱河历史源远流长,但有众文友间的关心、支持与鼓励我并不孤单。一年又一年,是文学给大脑注入了时代的观念,是丰富的精神食粮伴我走过平湖烟雨,走过岁月山河,日子才过得行云流水。

滹沱河畔,众文友谈文学、谈梦想、谈人生。

青山常在水长流,当自己决心走一条路或认定选择的时候,我没有左顾右盼。我对生活并不敷衍,包括事业、家庭和情感,对滹沱河文学更是有种望穿秋水的期待。

一双赤脚,一袭长裙,我怀揣梦想,滹沱河畔,感悟人生……

美丽滹沱河,我的眼里只有你

滹沱河,省会的母亲河
一核一廊一线数园
支撑着我的躯壳
滹沱河,如果没有你
我不知道我将在哪里
滹沱河,我从未这样爱过一个人呐
美丽滹沱河,我的眼里只有你

滹沱河的景观塔
高高屹立于山顶
每一层塔檐向着心房聚拢

美丽的滹沱河，你也在爱着我啊
在碧波的倒影里
让我感知到友情的珍贵
天南海北的文友
赶赴一场春天的约会
如果，没有你
我们又怎能够相遇

美丽的滹沱河，如果没有你
山还是那山，水还是那水
我却不是我……

3 正定古城诉沧桑

　　城墙幽暗，关隘无眠，倚着桥栏，思绪蔓延，琴音散落了温馨的香案。
　　脚下的青石板，在历史的长河中，坚守属于自己的安然。
　　古城墙下，我在月城与瓮城之间穿行，仿佛走入了时空的隧道，漫步古城墙，脚踩青砖，踏着古人的足迹，我感到自己是如此渺小。当沿着历史的云烟，攀爬到生命的阶台，顿感自己不过是沧海粉尘般的过客，微不足道的存在。站在古城墙城楼上，看络绎不绝匆忙而过的人群，恍惚间我穿越千年，金戈铁马，驰骋疆场；鼓角争鸣，大浪淘沙。
　　在仰视、俯瞰间，我不知道自己是在远行还是在流浪。历史虽已远去，但留给我们的思索仍在继续。有谁能够在颜真卿的《祭侄文稿》中，了解年轻生命匆匆而过的悲怜？又有谁能够理解心魂失落的热切期盼？轻轻触摸巍然屹立的正定古城墙，或许在每一块青砖与青砖的缝隙里都可以找到想要的答案。

第一辑　阡陌红尘

15

蓦地，千年的风吹起我的衣袂，红披风是那么的刺眼，宛若千年前的古战场上厮杀的场景一帧帧再现。梦断的岁月，重温执笔的云端，起风的日子里我学会了依风翩翩起舞，似梦似幻。

每个人都有一段沉默的时光，也有喧嚣的时刻，至少我是这样的。其实，一切都在已定的轨迹上延伸，有没有终极，谜一样地辗转反侧，也得一步一步执着前行。

生活中的每一场相遇都是缘分的交叉演绎，不是吗？我们在茫茫人海中相遇、在涓涓滹沱河相遇、在古城墙过往的历史江湖中相遇，为了我们共同的文学梦，也为了我们的后会有期。在"一口紫粮原浆美酒"中，我们肆意地挥洒壮志豪情，只为一段滹沱河文学的缘聚。

脚步在喧哗中寂静无声，足迹伴着文学梦渐行渐远，在异乡的月夜里，去拾捡属于我们的梦的记忆。

一切都结束了，一切又在开始。

面对岁月

等你的黄昏
心情是含满羞涩的花朵
横上樱唇的笛子
飘来荡去出一首《诗经》老歌
美如秦月云彩悠悠
和着青春杨柳的思念

盼你的黄昏
心灵守候成一份风雨盈窗的缠绵
那一抹浓得化不开的牵念
宋词般难掩泪水涟漪

第一辑　阡陌红尘

想你的深夜
其实是希望发现另一个
更加绚烂的枫叶故事
繁华青春多缘的梦想天空

那一天
走在落幕的黄昏
你的手、我的手
十指间传递的温存
将夜晚遗落的星星烘干

那一刻
走在阡陌红尘的栈道上
你的只言我的片语
让孤寂充满了诗意
所有的忧伤优雅地转身

为你，我愿守候整个冬季

"君去鸟飞远，空有梦相随。谁知相思苦，除去天边月。"透过车窗，思绪也如列车疾驰穿梭。欣赏了春暖花开，聆听了蛙叫蝉鸣，目睹了落英缤纷，从此，让我的牵念定格在皑皑白雪里，从此，我只钟情于冬，为你，我愿守候整个冬季。

彩云之南的边界瑞丽毗邻缅甸，是中国西南最大的内陆口岸。而你如挺拔的劲松守候着瑞丽，守候一方平安。如果，三生石上没有今生前世的纠缠，我又怎会隔山隔水地跨越出现在你的世界？我们的爱情亦不会从一种似曾相识的感觉开始，而相爱之后我们依然期待着能够再有一个相爱的来生。在有过似曾相识感动的爱情中，相信这辈子的姻缘其实上辈子早已注定，前世的因，今生的果，宿命轮回，缘起缘灭……

我踩着清晨的第一片柔软，在冬日的静谧里揉触着空气的寒凉，只身南下只为了玉龙雪山殉情那凄美的传说。从此，一种空冥的感觉拉近了山野与闹市的距离，拉进了我与你的距离，大地如此的沉稳安然，不露丝毫的慌张，清浅娴雅，英姿款款，温淡素洁，如你！

从北到南，跨越了一个千年，跫足缓滞，安卧空旷静然之中，神自清怡，心自脱俗，有种欲行千里不觉沉的怡然，任思绪和着空气袅然，清韵幽幽，在庄重厚实的冬日里尽情地舒展，蒸腾温软，你说我是你的彼岸花，很美很美，有着无与伦比的残艳和毒烈般的唯美。而我觉得你是我的曼陀罗，有毒，像罂粟一样能够让我上瘾、让爱疯狂。

原来绵延在一场漫天飞扬的素雪中的美丽相遇，只是为了冰冻你我醉美的爱恋，为了封存我今生的记忆和忧伤。一切安然静默！

听，上关的风，它睡着了，下关的花，它睡着了，苍山雪，也藏躲在夜的领口酣睡，洱海月也闭上了蒙眬的眼睛。你也调皮地和我捉着迷藏，睡着了。我揉醒了一个又一个宁静的清晨，却始终呼唤不醒属于你我的黎明……

想必是季节倦怠了，休眠的万物静寂悄然，蜷缩成一尊慵懒沉静的姿势，均匀的呼吸，生怕稍一动弹便扭痛了腰肢，风还是在冬天的早晨缓缓蔓延开来，试探着大地半酣的睡态，撩起几丝凌乱的碎发，也凌乱了伤痛的记忆。打疼了枝头那几片倔强的枯叶，潸然而坠，满地的零枫，支撑着最后的婉约，被泪眼淋漓过的芳颜几分憔悴，却褪不尽在你必经路畔的那抹艳红，嵌入大地宽厚的胸膛……

我挺拔的劲松呢？我葱茏的曼陀罗呢？循目，孤冢一座，傲然地伫立在边界的旷野，依旧守着年华朝夕更迭的岁寒，默然而坚韧地坚守着上苍赋予的使命，恬然地装扮着垂暮荒芜的岁时，陪伴着生生息息一样嬉闹沧桑在这片土地的万物生息。

此刻，北方又下雪了，雪花纷飞打湿我阴霾的心碎，路儿长长伴随着我的疲惫。从此岸到彼岸，孤独的旅程是我单程的约会，我只能把你的照片贴在脸颊贴在胸前。任忧伤翩翩起舞，舞暖了整个瑞丽、整个冬。

梦中，最难忘的是你倒在血泊里嘴角残留的笑容。几千个日夜依然无法抖落我满眸的忧伤，在无数夜深人静的夜晚，夺眶而坠，打湿了夜的鬓角，便同时也惊碎了一串长长的往事……

那蓝月谷流淌的河水渐渐地也萧瑟了几分，思念着我的劲松依旧馨暖青翠，我的曼陀罗，枯萎成了一眸楚楚的忧帘，于季节的繁华处转身，深情回眸。

红尘情爱，谁是谁刻在心上的疼？谁是谁倾其一生忘不了的情？人的一生中有太多的遇见，但是没有多少人能走入心间，唯独是你。

从此岸到彼岸，云南从来不曾沉寂，飘摇着亘古不变的爱恋，绵延着殷殷不息的氤氲，从北方的粗犷肃杀中抽离，委婉袅娜，在丽江娉婷翩跹，在酒吧一条街擎举着五彩斑斓的油纸伞，在微寒的娇喘中旋转出一抹温婉清丽……

不知不觉雪大了，大到淹没了我的劲松，我的曼陀罗的墓碑。不由地思绪飘飞，想飞过洱海苍山，想飞到玉龙雪山，可是彼岸花只能长在彼岸，只能任思念的泪水融化积雪，光亮出"云南边界缉毒英雄的名字"……

谁说冬季不够靓丽？谁说牵念远在天边？如彼岸花凝态娴静温婉，似曼陀罗心语缄默呢喃，从喧闹中独处清寂，静谧安然，于季节的最深处默然心悦，在雪山之巅用最深沉的厚度包容万物沧桑，抚慰过往，蓄积生命伊始再度的轮回浅唱，从容向晚，清浅款款……

心有千千结

> 痴痴凝望照片中的倪骆道,不由地倍感孤寂,因为我把心丢在了另一座城市里,那座有你的城市,静静地想你,默默地念你……
>
> ——题记

站在这座城市里,眺望着另一座城的灯火阑珊,贪恋着那里独特的韵味,夹杂着你的气息,触及便是温暖。我不知道为何想起你的时候总是泪眼迷离,你说要把我宠成你的女王,要我健康快乐,余生不再有眼泪,于是,我便一笑嫣然,今生为你醉美。

生命的魅力,就在于相遇与相惜;人生的美好,就在于千万人中遇见了你。你是我守望了一季的风景,走过春夏秋冬的交替,历经风蚀雨淋的磨砺,心有千千结,连同对你的这一份爱意深深埋藏于心底,整整澎湃了一个世纪的轮回,直到你的生日来临,才肆无忌惮地汹涌成鲜丽欲燃的炽情,亲爱的 happy birthday!

或许,这一场相遇,是汉江与大沙河的跌宕起伏,唤醒前世千万次回眸的记忆才换来的结局;或许,这一场相遇,是朱鹮与苍鹭的翩跹惊鸿,赢得前世佛前千百年深深祈求赐予的成全。

总觉得,今生能在茫茫人海中遇见你,并与你邂逅了一场感动灵魂的爱恋,是我三生三世修来的福气。

华阳古镇,客栈、当铺、酒馆、茶楼远在天涯,又若近在咫尺。千里之外,熟悉的音律时常在耳畔回旋。每当想你的时候,我知道,也是你牵念我的时刻,挚爱真情彼此缠绕。

其实,你看似无言,却胜过万语千言,你宁愿被我误解也不愿占用我工作、休息的时间,甚至有时候你会长达十几个小时不和我说话,但你把所有的爱和懂得都付诸行动,交给时间。其实,真正的知音不需多言,两心的交集在刹那间。不是吗?你我的心贴得是如此之近,近得可以聆听到彼此的心跳、咀嚼着你的每一句关爱话语,感受你的每一次呼吸,都是心动的感觉,都是满满的感动和欢喜。

我知道我们合着生活的节拍,在清清浅浅的时光里,拨弄着思恋的琴弦,多少个夜晚我在太行山涧写作明月山河,而你亦在秦岭南麓习字行云流水。

时光里静默,心海泛起涟漪,岁月为笔,相思入墨,写的都是你,而你,满纸生香,晕染彼岸花开。

我时常会想你我之间美妙的缘分,想和你有关的每一个情节,想着想着便会傻傻地笑开……对的时光遇见对的你,而后在平淡的烟火中执子之手,与子偕老;抑或在岁月深处演绎一场"时光静好,与君语;细水流年,与君同;繁华落尽,与君老"的千古之恋。

走过唐诗,回到宋词的年代,你依然是那个凝眉执笔的公子,绘着一段梦,画着一双人,每每吟起,便是情到深处青衫湿。春花秋月,往事经年,思念丰盈却捻瘦了笔尖,你却始终望不穿秋水,看一眼彼岸的花间,那个为你守候的我,千年又千年。而你只甘愿成就一个美丽的传奇,却不能够织起一段幸福的佳话吗?

假如有来生,我依然愿意为你驻足停留。人生有幸遇见你,虽然无缘相守在一起,但你留在生命中的点点滴滴,已足以慰藉风尘人间的寒凉与孤寂。

光阴中,太多经年的遇见都浅淡无痕,可是,你却在我心中烙下了深深的痕迹,那些印记里,印着我最初的心动,印着我思念的美好和无奈的愁绪。

天地初元,你我天各一方,一朝相逢,一世眷恋。我依然是你的女王,锦衣皇冠,你路过我的圣殿,悄然映入我眼帘,只那一眼,我便再也难以忘却……

丢了光阴，丢不掉情深。在我心中，你永远不是我的陌路人，因为，我的心，我的情，每时每刻都与你紧紧地系在一起。

与你隔山隔水相爱，花谢花开相惜，每一程山水岁月，我们都在彼此心里。想你念你，是我每天生活的重要内容，是我心跳的律动，就仿若我的呼吸。

思你，恋你，成了时时戒不掉的习惯，可是亲爱的，为何你不在我身边？独留我梦中流连。想你，念你，也成了奢望的痴念，你可知？你可愿？相思树下花儿遍野，只是无人来采。手把花锄葬落花，红颜一日终须老……

爱，深深，念，重重，一往情深深几许，笔下生花的孤独，终是无人来解。剪不断，理还乱，这一生天边的眷恋，充盈了我孤独的心，却寂寞了我忧伤的情。忧伤是毒，爱到蘼荼。也许这一份思念的力量是我承受不起的情劫，流入时光里化作一种真情的回忆。终于明白，爱一个人，就是成全。"你若安好，便是晴天"，不能拥有不代表不爱，爱不一定能够拥有。你说情多，终是情薄。为了成全你的幸福，我只好站在你的身后，伴着你的心灵起舞，看着你为她红尘摆渡……

烟雨人间，你成了我频频回顾的渡口；悠悠天涯，你是我静静守望的港湾，也成了泊在我心头的一颗朱砂。心有千千结，结结为君系。那结，因你而缠绕成一生的珍惜与惦记……

落花流水

我是你梦中的落花，
顺着流水飘向天涯。
我是你崖畔的青青浅草，
寂寞中枯萎在每一个春秋冬夏。

彼岸花开

梦里天涯咫尺,几多茫茫;
梦里华阳古道,在诉轻狂;
梦里锦瑟和鸣,烟峦雨障;
梦里蒹葭何处,在水一方。

遇见你，是我的缘

古往今来，有太多太多的文字在描写着各种各样的遇见。"蒹葭苍苍，白露为霜。所谓伊人，在水一方"，这是撩逗心弦的遇见；"这位妹妹，我曾经见过"，这是宝玉和黛玉之间初见面时欢喜的遇见；"幸会，今晚你好吗？"这是罗马假日里安妮公主糊里糊涂的遇见；"遇到你之前，我没有想过结婚，遇到你之后，我结婚没有想过和别的人"，这是钱钟书和杨绛之间的决定一生的遇见。

所以说，遇见仿佛是一种神奇的安排，他是一切的开始。

亲爱的"赤土岭文协"，当你我邂逅，凝视彼此的双眸，我便在想，你我是否曾经许下今生的约定？

岁月蹉跎着山川，那抹痴念深深，难舍难分。你可知道遇见你，是我的缘？从此，我的人生便有了春暖花开，有了小桥流水，有了云淡风轻，有了雪中情思。你就是我的四季。

亲爱的"赤土岭文协"，遇见你——我的笔下总有许多情不自禁梳理成文字，总有许多相思幽怨在心田滋生。《古风汉韵》像温柔的陷阱，吞噬着我那颗爱你的心呐！从《赤土诗坛》到《汉水悠悠》，从《汉人老家》到《汉江诗歌》，每一篇章都有我深情的呼唤，亲爱的"赤土岭文协"，你已在我每一个细胞里，而我在你哪里？

似乎是一个偶然，你就出现在我多情的梦里。爱上你，在无数个寂静无眠的夜里，纸短情长，一次又一次写下凄美的诗行，这是我对你许下的诺言啊！亲爱的"赤土岭文协"，你已在我的每一次呼吸里，而我在你哪里？

似乎又是一种必然，遇见你，在醉美的时光里。"抚一曲琴声唯有你听，填一首青词唯有你懂。"念你，读你，懂你，写草木情深，写雪落成殇，写生命旅途中太多太多的人生感悟，我的心至今日，

第一辑 阡陌红尘

还是因你而柔软。亲爱的"赤土岭文协",你已在我的心跳里,而我在你哪里?

不是只有梁祝才有海深的恋情,爱上你——我的"赤土岭文协",缘于天时、地利、人和的契机,也许有一种特别的缘分就是彼岸守望,祈愿:你若安好,便是晴天。而我火热的心一直在等你,等你,等你……等你来到我在的山城,观天桥飞瀑,赏云花溪谷,品莜麦饸佬,尝水氽煎饼……其实,你也一直都在,一直一直都在我的心里呀!庆幸生命中有你温婉陪伴的那段日子,那是带有微笑的疼痛,虽然天各一方,那又有什么关系呢?亲爱的"赤土岭文协",你已在我的血液里,而我在你哪里?

亲爱的"赤土岭文协",你是春日温暖的阳光,明媚我的憧憬;你是夏日凉爽的夜风,柔美我的幽梦;你是秋日火红的枫叶,燃烧我的思念;你是冬日洁白的雪花,浪漫我的爱情……不必说天长地久,只愿瞬间定格成永恒,我把你的一篇篇文章封存心底。而我总是在感念中用笔墨把你串联成的最美的回忆。你永远是我梦里的桃花源、心中的水云间,让我魂牵梦萦挥之不去。亲爱的"赤土岭文协",你已在我的记忆里,而我在你哪里?

多少个岁月,我咀嚼着自我世界的一片荒原,独忍彷徨和苍凉,枯守在相思的彼岸年复一年,哪怕光阴瘦成线,沧海变桑田,我愿化成一粒尘埃,飘落在有你的空间,心甘情愿。只因,只因亲爱的"赤土岭文协",你已在我的生命里,而我在你哪里?

亲爱的"赤土岭文协",今生,幸运就是遇见你。遇见你,我愿做你水中的落花,顺着流水飘向天涯;爱上你,我愿做你崖畔的青青浅草,寂寞中枯萎在每一个春秋冬夏。遇见你,是我的缘。爱上你,更是我的缘。

时空蓦然,失去云形,我依然在等你,固执地等你……等你在风里雨里,等你在云里雾里。那么,就让我枕着四季的风景和千年的寻觅入眠,让我在梦的路口等你,等你春去春又回,演绎只可意会不能言传的灵犀……

感恩的心，感谢有您

元朝栖霞山人白珽在其《湛渊静语》卷三中写道：近刘极斋宏济，蜀人，遇诞日，必斋沐焚香端坐，曰："父忧母难之日也。"我非常赞同这句话，所以，每年我的生日那天我都不刻意去庆生，却务必抽出时间陪妈妈逛逛街、聊聊天、吃顿饭，以此感恩母亲。

在宿命轮回中，亲爱的父母给予了我生命，在半夏时节带我来到这个世界，让我呼吸着花儿绽放散发着清香的味道，领略大自然的神奇和人世间的美好。

从呱呱坠地的第一声啼哭到蹒跚学步时的第一次摔倒，我都未曾离开过父母关注的目光；从长大求学到毕业工作、再到为人妻为人母，都未曾缺失过父母的谆谆教诲。毫无疑问，父母的一生是为儿女操劳奉献的一生，正因为如此，父母日夜操劳的养育之恩，成长路上的教导之情，是穷我一生也难以报答的恩情。

我深知父母对于儿女的爱大抵是无私的奉献，无论他们的生活如何窘迫，在他们淳朴的意识中却是无论如何都希望我们生活得幸福，他们甘心为我们奉献所有，并且从不要求任何回报。但成家立业、养儿育女之后的我，又怎能不怀着深深的内疚和无尽的感激之情，以及岁月长河中感恩的心，感谢有您。

人们说慢慢老去的时光里，相守是最温暖的承诺，陪伴是最长情的告白。但面对工作生活中诸多琐事牵绊，东奔西跑中总感觉对父母的守护和陪伴越来越少。同时伴随着儿女一天天地长大，我不知不觉间也滋生了一种心有余而力不足的怅然和无奈。

换我们一天天长大的时光，是父母一天天老去的容颜。那斑白的两鬓，满脸的皱纹是岁月留下的印迹。我永远不会忘记村外就读的日子，每年的冬天，爸爸借助手电筒的光亮为我清扫从家里到学校的积雪；不会忘记一个又一个夏夜，妈妈摇着蒲扇为我驱蚊散热，陪我解读难题；不会忘记婚后对我的牵挂遥遥无期；不会忘记帮我照顾孩子的不遗余力；不会忘记工作中对我的鼓励、生活中对我的安慰……太多太多的一切，铭刻于心，成为我面对挫折的勇气、奋发向上的动力。

其实，每一位逐渐老去的父母他们心中有悲苦，身上有病痛，只不过，为了减轻自己儿女的负累，他们总是装作云淡风轻的样子，父母用善意的谎言，用纯朴的道理安抚他们永远割舍不下的儿女。

无论儿女用怎样努力的步伐也赶不上父母老去的脚步，夜深人静之时，我不止一次地问自己：我该拿什么去偿还父母给予的比天高比海还深的恩情？

面对未来，我从不惧怕风雨，只希望尽自己的努力给他们幸福。

今天，又是我的生日，如果愿望真能实现，那么就借助温馨的生日烛光，我虔诚地许个愿：亲爱的爸爸妈妈，未来长长的路，我们一起慢慢地走，你们陪我长大，我会陪你们变老，愿时光能缓缓流淌，愿平安、健康、快乐永远伴随在你们身边。

思绪如雪飞

> 总喜欢一个人来到山巅，打坐在温柔的时光里，抛却杂念，全身心地去想一个人……低头，闭目，深思，梦幻着他衣袂飘飘，由远而近，纤尘不染……
>
> ——题记

与一场雪邂逅，那是季节的馈赠，心灵不会无端战栗；与一片雪花相融，那是相守的物语，灵魂也不足恣意出窍。但在雪花漫天飞舞的冬季深山里，与一个人相遇，那便是永久的记忆。

那年的隆冬，白色的雪，将整座城封存。

我着一袭红披风，踏雪而行，不知不觉中深入山涧树林，渐渐地，皑皑白雪模糊了我的视线，迷茫一片。树木的生机，早已沉睡。雪花依然洋洋洒洒飘落，在林间起舞，同时也在释放一种纯洁宁静的白色。安详之际，雪落入荒草丛中，厚厚地覆盖了一层又一层。一切，好像变成了梦境中的柔美，波澜不惊。踏着脚下的积雪，那些在雪中半掩的、枯黄的、弯下腰的杂草，坚韧而深邃，仿佛布满岁月沧桑的痕迹，仿佛又在诉说着什么……

冬，让人瑟缩发抖。却又忍不住赞颂他几天都褪不去的白色。那轻盈的雪花，被揉进大地里，无声地，宛若天马行空般众生的执念。一片一片，悄然刻印在时光里，在记忆中轮回思念。冬，总有那种神秘的感觉，却总在神秘中，展现倾城之姿，羞怯地在沿途留下一串串惊碎的足迹。雪轻轻拂过我的脸颊，湿润一片，如此轻描淡写。但创造冬景的，除了这透亮的雪花，还有在雪花飞舞的山顶，那抹孤寂的身影，站在深山的最高处，一动不动，是男是女？在漫舞的飞雪中，我无法看清。

　　这一刻，我必须走近这空旷的山巅。慢慢地，离那抹身影越来越近，也越来越清晰。

　　啊，看清了，是一个英俊的男子，着一身黑色的毛呢大衣，围着白色加长的围巾，满脸的忧伤中带着悲凄。在我沉甸甸的记忆里，山路上没有行人，没有声音，只有雪和雪中的洁白。

　　他从哪里来，为什么会来到这里，为什么会满脸的悲凄而没有流下一滴泪珠？他背后一定有着沉痛的往昔。谜，他对我来说是一个永远的谜，像音乐一样缥缈，像此时这雪山一样沉寂。

　　我缓慢地从他身边走过，他依旧凝视着远方的山谷，没有注视我，更没有回眸。我无法带走他身上的一片雪花，更带不走他双眸中的一丝忧愁。就像轻柔的风拂过，就像温润的山泉流过。

　　风过，满山的飘雪把我带到更远的岁月，而我总是频频回忆，一次次地去怀想，那雪中的偶遇，那沉静的山谷和幽深的山涧，还有山巅站立着的身影，摄人心魄，深入骨髓。

　　他不知道我的名字，而我也不知道他是谁？多年以后，当我再次走向山涧望向山巅时，雪山依旧，风声依旧，山泉流水依旧，而他却不知流落到哪个方向。

　　我静静地驻足在当年的路口，山顶上依然没有行人，没有关乎他的丝毫痕迹。只是多了时空，多了寒凉的苍茫，更多了我这落寞的怀想，与雪花相融，与冰山相拥，共同追忆着偶遇中弥留的身影，成为牵念中永远的心景。

时光清浅，岁月嫣然

人在旅途，多少往事在风的气息中悄然走过。安然处于时光的角落，静静地品读着，时光带给我们幸福的痕迹。

漫飞的思绪，越过心门，翻过窗，落在夜的静谧中，那一首首夹杂着心跳旋律的诗行，柔情地弥漫在我的世界。

在光阴里修行，时光浅淡，捻过岁月的衣衫，拂过相思的河畔，斩不断相思之痛，万千明媚的疏离，唯有清浅如水的容颜。

身居喧嚣的闹市，庭前寂静无声，凄美的红尘，留下些许美丽的忧伤。

宠辱不惊，静听花开花落，笑看云卷云舒。于季节深处转身，让秋风带给我五彩缤纷的梦，怎奈山高水长，锁住我的轻灵，曼妙的舞姿，始终与你关注的目光平行，我怂恿着绿色，为你煽情，你用一颗兰心，呈现蝶梦。

一念成悦，处处繁华处处锦。采一朵雨做的云，挽一帘云秀的风，开启生命的又一旅程，在细雨的清新里，踩着落叶，追逐夕阳，落英缤纷，灯火阑珊，犹如跃起的轻柔，绵绵地飘落在我的心间。

所幸，草色花香，平湖秋月，我们都在最好的时光里，做过醉美的梦，期望遇到一个心心念念的人，和梦境一样美好而真实，执子之手，与子偕老，一起编织人生的诗情画意。青山绿水，淡墨重痕，你侬我侬，相守一生的时光，低吟浅唱，一世不离，三生相契。

渴望美好的邂逅，渴望刻骨铭心的遇见。从此惊艳了时光，温暖了岁月。

多愁善感这么多年，总是孤独作陪却不知如何是好。遇到你之后，我终于明白了我孤独的原因。

确认过眼神，你就是我要等待出现的那个人。刹那间，梦不再是梦，舞姿更曼妙了，云朵更诗意了，风更轻柔了。

浪花遇到岩石，在相拥的瞬间陶醉了，繁星遇到月光，在相视的瞬间迷恋了，人海茫茫，我遇到了你，在相依相偎的瞬间倾心了，这种感觉是如此的神秘，摸不着看不到。而关乎我们快乐、悲伤、幸福、痛苦的所有情感，又何尝不是一种宿命呢？

于我而言，不是在最美的时光遇到了你，而是遇到你我才拥有了最美的时光。人生就是一场远行，总有那些特定的遇见，来丰富这一路的风景。

于千百年的修行中你我如期而遇，从此我们携手走过人生的风雨，感谢红尘有你，让我漂泊的心得以栖息。

不是只有梁祝才有化蝶的浪漫和海深的恋情，你的勤劳善良给了我美好的憧憬。尽管，滚滚红尘里，你少了许多许多对我的陪伴，但彼此的牵念却时刻萦绕心间。正所谓"两情若是久长时，又岂在朝朝暮暮"？

时光清浅，岁月嫣然，携一抹感悟于流年里，那些镌刻在生命平仄韵律中的温暖与感动，便是生活留给我们的幸福痕迹。轻倚时光的门楣，看窗外枫林尽染，姹紫嫣红，天高云淡，秋意正浓，捡拾一片飘落在风中的落叶，在秋的气息中，将思绪搁浅，尘封深藏，那一抹溢在心底的暖意，便是岁月沉淀的芬芳。

月朦胧，人朦胧，谁在咀嚼思念

　　清风伴月映窗台，银辉撒床照寂怀。又逢中秋团圆日，举头空盼君归来。六年了，自从你到异地我从未曾看到过月亮的模样，中秋月夜总是早早地关好窗，拉上帘，我怕月光会将我所有的期盼思恋折射到你在的远方而发酵"日日思君不见君"的惆怅。

　　十几年的婚姻生活总是在聚少离多的日子中悄然走过，曾经总以为人生最美好的是遇见，现在越来越觉得其实最难得的是重逢。

　　夜，静极了，玉盘似的满月在云中穿行。亦好似一滴清泪挂在披黑头罩的夜空，如我在黑夜里嘤嘤地啜泣；月光似笙歌，放飞梦的幽思，于宛转悠扬的旋律赋上一泓温软的绵柔香锦，如我在唯美的月夜里"举杯邀明月，对影成三人"的如痴如醉。

　　踏上铺满月光的梦径，我知道，在梦的入口，有你如期的等候。是啊！倾城的月光缓缓流泻，仿如你浅唱低吟在我心中点燃希望的火，我含泪轻吻那明月的清辉，沁香迷醉我的心扉。看，一轮圆月正在冉冉升起，银色的月光映着轻云将我全部的眷恋抛洒在你在的方向。

　　一缕轻柔的月光透过窗子，洒在了窗台上，窗台宛若镀上一层银，此刻的月光又仿佛是一匹银色的柔纱，从窗口垂落下来。伫立窗前，幽幽凝视窗台上你亲手栽种的那盆波斯菊静静地绽放，在月光的洗礼下越发婀娜多姿，瓣语凝香，孕育着万缕的牵挂。

　　深情似海，敌不过岁月蹉跎。悬挂于夜空的玉盘，装不下太多的思念。于是，我蜗居陋室深锁重楼，淡写流年、轻描素笺。想你、念你的执着，沉醉在朦胧中。

　　任时光远去，谁解我清愁？

皎洁的月光透过窗台，痴痴地、柔柔地漫进小屋，漫到心可以抵达的地方，不留一丝丝缝隙。

相遇在人海，聚散在重逢之外，醒来的窗台等着月光洒下来。

月光洒满窗台，微风轻轻掀开帘，梦中的彩蝶翩翩起舞，在这寂寂的夜里随风飞进我的流年，我的红尘。

深夜，和着如水的月光，从异乡到故乡的距离不再遥远。花前月下的祝福与思念，在守望和等待里，天涯亦是咫尺。

对你永无止境的牵念，是我一生的惊涛骇浪。你来陪，容华不谢，桃花依旧；你离开，青丝寸白，泪流满面。不会忘记你夜半三更的惦念、一日三餐的嘱托，我的季节，我的美，是从与你在人群中遇见的那一刻起。一眼似万年，仿佛你只为我而出现，我只为你而守候。目光交集，一份怦然心动的感觉和一份懂得，抚慰了岁月的沧桑。从此，我前行的身影总有你默默关注的目光。

你哄我安然入睡，梦里是朱鹮梨园，是华阳古镇，是小桥流水……梦醒时分，一双纤手将所有的深情，所有的期待幻化成歌，让无尽的思念从琴音中演绎最美的锦瑟年华。

风华是一指流沙，苍老是一段年华。独自望着窗，窗台映月光，月寒人凄凉！

彼年豆蔻，谁许谁地老天荒？深情凝视月光，情不自禁思念蔓延。眼前一片彼岸花残艳绝美铺展开来，从此岸到彼岸……

抬头望着窗外，明月当空。圆了，从初一到十五，仰首在残缺的期待里，拥抱希冀。远方的你，是否也在向往里守候？

深情凝视月光，情不自禁思念远方。

丹桂的清香已醉满了庭院，摆满贡品月饼的石桌前，儿女陪伴浅听月宫的细语呢喃，这是否算所谓的花好月圆？

如果还是那轮丰盈，如果广寒宫的台阶再低再短一些，你是否可以陪在我们身边，一起欣赏嫦娥曼妙的舞姿，静享着皎洁月色的温柔？

凄美又朦胧，闪烁的星星，似乎在复述着一个亘古不变的故事——"独在异乡为异客，每逢佳节倍思亲"？

月满则亏，重逢、离别，多少次轻盈的灵动里，多少回冰冷的泪痕中年复一年的缺憾圆满？

月光洒满整个窗台的时候，我在窗前静静地坐着，仿佛这世界只有我和似冰的月光，今夜，不邀朋不访友，和着桂花馨香，就让我用思念剪一缕月光，荡涤灵魂。空蒙之外，心思凝成只语片言，潜伏在诗行……

拥抱灵感

1

似乎是偶然,你就出现在我多情的梦中。然而就是这瞬间的感悟,让我心中的激情一次次再现,一次次汹涌澎湃。

似乎又是必然,人生的顿悟就是心灵的成长。然而就是因为你的出现,我且以深情相许,承接出这温暖的遇见,和你约一程时光,共赏一段春暖花开的盛放。

你是偶然与必然的精灵,让现实中的我跟随着你的影子在梦幻仙境中如天马行空放飞自我,瞬间发现这世界是那样的迤逦神往,生活是这样的诗意美好。

我的柔情似水,像春雨风光,细微长绵;你的热情像火,如花开荼靡,暗香翩跹。

缘分的交错,是生命中的执守,当春日的光影飞扬在指尖,不经意间,将思念洒的满地。我在一阕清词里,一遍又一遍走过,任腕底情丝缠做念,覆过你的沧海桑田。

然而,那份激情又是如此的不可捉摸,如同一个个跳动的音符,总是在无意之间划过心际,遗憾的是很多时候由于自己的任性,在沙滩上把这些来自心灵的瞬间抛至梦中的大海,待到重新撒网想去捕捞时,才真正体会到什么叫作刻舟求剑。

这就是缘分吗?你如同一只珍稀的朱鹮,偶尔从我心灵的天空飞过,又让我难以捕捉你的身影,因为珍贵,所以珍惜。有时你距我如此之近,有时好像又那么遥远,似乎隔着万水千山。为了寻找你的踪迹,我常常徘徊在浩如烟海的文字里面。你的出现是我最大的希望和满足，那是从千年传来的神话。只要碰触到你的灵魂，我一定要把你带回我心灵的家园。你是我彼岸的烟火，能否燃烧得更旺，留下更深的印迹，让你永远燃在我的心里？——你是我永远的挚爱，我将把你藏在心里，落在墨里，生生世世。

2

曾经在繁星点点的夜晚，独立月下，不过是为了与你不期而遇，为自己编织一个五彩缤纷的梦。于是，你悄然走入我的梦中，带着芬芳；于是，我感受着你的魅力。从此，我的梦不再飘零。今夜有雨敲窗，为你，我再次伫立窗前。

红尘阡陌，在平淡的岁月里，在已沉淀的记忆中，是你，让我不再迷茫，不再胆怯地跟随时光的脚步悄然走过。

正在远逝的青春，未免让人感到有些惆怅与寂寥，然而望着倪骆道席地而坐的你，心中骤然升腾起一股串联于全身的炽热，捕捉彼此间的灵犀和感动。

在每一个起风的日子，依着文字的韵脚，写意着烟火的岁月。我在这里，你在那里，解读着彼此的欢喜，如此，便好；如此，甚好。

在你那宽阔的胸怀里，我总能静静地读你灼热的语言，读你浓烈的情感，读你青春之门开启的瞬间。

你的无言胜过万语千言，你的关爱穿越时间空间。你的身影清晰地烙印在我心间，你的全部已渗透到我的生命……

抬头望夜空，明月高悬——"此情依旧"！

赴一场生命之约

水天云烟里,踽踽独行,梦里的扁舟将驶向温州,晚风来急,清辉寂至,幽思,恍若碎玉满地。当在龙湾机场出口看到手捧鲜花满脸欢喜的你,我知道今生邂逅一颗简单温暖的心,做一个快乐幸福的人,是对生命的善待,也是对生活的热爱。

你说最远的我,是你最近的爱。你说严冬已过,在如诗的四月,你我相约江南一游,必将惊艳眼眸,温暖岁月。你说在最美的年华,遇见了温柔的我,一切都刚刚好。

是的,对的人总会在对的时间,为彼此奔赴而来,哪怕跋千山涉万水,对的人总会在对的时间重逢,就像路过的风,总能记住一朵花的香,就像对的人,总能知你所知,懂你所想,思你所思。

纸鸢飘飞的四月,在四季的新一个轮回中,仿佛总有那说不完道不尽的美丽故事。几场淅淅沥沥的春雨,伴着轻柔的微微春风,吹绿了河畔山野,也吹绿了这江南风姿清雅的小城。相逢的日子,被一种温馨怡人而又惬意明媚的温柔笼罩,仿佛一切都被镶嵌入翡翠一般,充满着令人陶醉的光鲜和色泽。那路边开放的杜鹃,一丛丛、一簇簇姹紫嫣红、争芳斗艳,鲜红的、粉红的、紫色的、洁白的朵朵花瓣,缀满了冠型的枝丫,其间偶尔几株稀疏的地方,也是满枝条嫩绿的叶芽,轻风吹来,红、紫、白、绿,交相呼应着,在熠熠生辉的春阳下,如云蒸霞蔚,明艳了时光。

桐溪——浙南小西湖岸边的垂柳,轻舞着它柔软的纤手,让人们在百花绽放的季节里,总能发现一处别样的风景;毗邻湖畔龙潭的岩石上,静静生长着湿润的青苔,深黛色的绿,掺杂着几丝山涧袅袅升起的缭绕着的水雾,像是油画里略显厚重的水彩,平添了几笔春的意韵；而通天洞外草坪上嫩绿色细茸的叶尖，也在用它清新的淡雅，诉说着季节的生动。

四月的芳菲，展示着它轻盈的舞姿，承载着我真挚绵柔的情，承载着我温馨多彩而美丽的梦，翩跹于生机盎然的姹紫嫣红中。曾几何时，两颗朝夕与共默契的心，在"不是亲人胜似亲人"的相互牵挂中，感受着那绵延无尽的亲情；曾几何时，将思绪放飞，期盼着能在一个美丽的季节，执手相见，如影随形。也许，是这四月有着难以言喻的魅力，让我们同时在不知不觉中爱上这个芳菲时节，那一抹"细雨江南执手走、陌上人归两回望"的情愫；那一种"人间四月芳菲尽，山寺桃花始盛开"的意境，让我们在缱绻滋生的情怀里，让我们在春光流溢的感触中，同时期盼着在这个"庭外兰花开延径，风动香疑玉人来"的季节里双向奔赴，然后真情相拥。

有位作家说过："于千万人中遇见你所要遇到的人，于千万年之中，时间无涯的荒野里，没有早一步，也没有晚一步。"生命的旅途上，有缘相识是一种美好，能遇到更是一种幸运。缘，真的是妙不可言，网海深深，人海茫茫，一场荧屏偶遇，让不同性格、不同文风却有着本性善良的我们，相遇、相识、相知、相爱。一个旷世奇缘的巧合，把同年、同月、同日生的你我，在文字飘逸的墨香中，扯起心灵与心灵交融的纽带，演绎着浪漫的跨省恋情成为现实中那独一无二、至善至美的人间真情。见面时的似曾相识，让我们自然而然地两手相牵、两眼相望、两心相系在一起；那十指紧扣的触觉，让暖暖的温馨从我的内心汩汩涌出，到达你的心灵深处。也让这一抹水墨匀不开的情结，凝结成一幅四月光影交叠、五彩缤纷的画卷，氤氲了我人生中最美丽的一页斑斓。

"一生诗意千寻瀑，万古人间四月天。"依山傍水的桐溪湖畔，在"天庆观、贞白祠"的美丽传说中，恰如一幅雅致脱俗的水墨丹青画卷，让我们感受到山水的温柔、一静一动的和谐自然。在飞云江，我们带着憧憬与梦幻，体会了母亲河宽广的胸怀和容纳百川的气度，领略了雄浑壮美的大河风光及源远流长的文化景观。我们轻踏鹅黄粉绿，流连于花香满庭。目睹了龙潭"九曲十八弯"的旖旎风光；杜鹃含笑、杨柳依依的百里江滩，定格下我们踏歌而行笑靥如花的烂漫。

人间四月天，在林徽因笔下是一曲母爱的礼赞，而在我的心中，则是前世情缘未曾遗落的菩提花瓣，随着这一抹四月醉人的春色，让你我一路执手前行的点滴记忆，清晰地刻在流年的卷轴上，散落在这一步一诗情、一步一画意的芳菲季节。那些相互关爱、灵犀相通真切的感动，犹如这四月山温水暖暗香浮动的明媚，洋溢着灿烂，让人清雅沁心，让人意犹未尽。那份酣畅淋漓彼此间快乐传递的人间真情，如一场风和日丽春天的盛宴，让我们的暖意在喋喋不休的絮语中温润，于心的海岸，穿行在这四月令人沉醉的经世留恋中。

这个四月，对于我来说，是那么的与众不同，它是人间最美的一幅画，是融入我灵魂深处的一首难忘的诗篇。让我的人生，在那一处飞花若梦的时光里，玲珑暗吐，柔音轻漫；它让我拥有了真真切切铭刻在心的情缘，拥有了那份不是亲人胜似亲人的暖，这份暖，伴着春风的吹拂，带给了我无尽的幸福和欢乐，让我的生命在这个芳菲的季节里，抒写出人生中最诗意、最难忘的一个章节，也铭刻下记忆中最真最美的无尽眷恋。

感谢命运的眷顾，红尘清浅，所有的走过，都是岁月沉淀的印记，我们只需静静收藏，那些烟火微澜都会是眼眸里盛放的月华；感谢温暖的四月，让我生命时光中这个最美的季节，能有你的陪伴。谁说网络尽虚拟？谁说网络无真情？当离别的车站汽笛声声鸣响的时候，当我们泪光盈盈深情拥抱后各自踏上归程列车的时候，我知道，无论是行程在陌生的天涯，还是远走在孤独的海角，再也走不出彼此关爱的目光；那环绕于胸"前世之缘，今生相约"真情浓浓的感动，会串起无数拨动心弦记忆的风铃，让我在人生的岁月中，平安踏实，不再孤单；让我在寒冷的冬日里，暖意如春，芬芳久远……

　　感恩这一路上，终能遇见灵魂相近的人，那些伸手相扶的暖，那些擦肩而过的缘，无论是忧伤或明媚，都被光阴赋予了欢喜的味道。

　　外滩的海鲜宴，在花的馨香和酒的醇香中醉美你我的情感，绚丽如四月芳菲，绵延若杏花烟雨，温暖似杨柳春风，清澈像一泓碧水；它是世间最美好的情愫，也是人生最永恒的春天，更是精彩纷呈的生命之约。

七月回家，感觉甚好

家，永远是令人向往的地方。那里有我们的亲人，回到家里，就是回到了温暖和爱的怀抱。

尤记得小时候在外求学，每逢周末、月末、寒暑假就盼望着回家。尽管大都市里有霓虹闪烁、有特色美食、有时装包包等各种诱惑，然而在我心里更喜欢家里的那束微光、爹从山上挖回来的野菜、娘一针一线缝制的书包、衣裳，喜欢一家人围坐在一起其乐融融地唠着家常。

长大后，嫁为人妻，有了自己的家庭。随之，也就把大部分时间和精力放在自己小家的生活琐事中，接送孩子、上班下班，每天忙忙碌碌，平时再也没有闲暇时间可以常回家看看，于是每年就特别地盼望着七月的到来。七月，孩子们放假了，家里爹娘菜园里的瓜果蔬菜都熟了，可以拖家带口地回家大快朵颐。

为了方便女儿三年的初中生活，也为了自己上班及接送儿子上幼儿园方便，在七月一日，我带孩子们到了另一个家，暂且不说新家的居住环境、屋内设施如何如何，单凭能够近距离地陪伴孩子们身心成长，很好地照顾孩子们的饮食起居，就是一件值得欣慰和幸福的事情。唯一美中不足的是顿感离父母远了、远了，似乎远了的不仅仅是距离，还有从心里滋生的那份彼此的牵挂。结婚成家前，从来没有离开过父母的羽翼。虽然我清楚，人生，需要经历离别才能够成长，生活需要承受磨难才能够坚强。人生本就是一个个选择和放弃的过程，谁都是一路走来，拥有着，失去着，但是等到自己需要在现实中独自面对时，还是让我的心里多了一份怅然。

好在，我在七月里放歌，在诗行里飞渡，虽远离了"三月湖天春昼长,东风飘暖草浮光",辞行了"人间四月芳菲尽,山寺桃花始盛开",阔别了"云遮陌上百花艳,蝶弄双翅舞人间",欣赏了"毕竟西湖六月中,风光不与四时同",却迎来了"仲夏苦夜短,开轩纳微凉"。

我是父母放飞于蓝天之上的风筝,牵挂,是父母手中长长的线。没成家时,父母时刻牵挂着独自在外打拼的女儿,结婚后,父母的牵挂又增添了爱人,等到我也有了自己的儿女,家中的爹娘啊!又时时刻刻牵挂着我的一家。平时,他们怕影响我们的工作和学习,总是把长长的思念藏在心底,每次接到我和孩子们的电话,就是他们最开心的时光。听到彼此熟悉的声音,一声声烫平了岁月中无尽的念想,当电话挂断,思念却被牵拉得更长更长。只有当七月来到,孩子们放了暑假,我把将要回家的喜讯告诉父母,爹娘便早早地准备好满桌子饭菜,站在巷子口深情地张望,张望着我们来时的方向。

七月,又是一个艳阳似火的七月。白天,鸣蝉声中孩子们跟随着姥姥姥爷在菜园里采撷瓜果的芬芳,在广阔的田地里尽情地玩耍,放飞自我;晚上,一家人坐在院子中,手执夏扇扑赶流萤,在老家宁静的夜晚,依偎在父母的身旁,我又是那个徜徉在父母之爱中幸福的姑娘。任七月的风轻盈地落在我柔软的心房,倾听父母一遍遍讲述关乎我的故事。

在家乡得到爱的滋润,我满怀的思乡情得以抚慰,对生活的激情重新回到我的心中。

于是,每次回到七月,山河、信念、诗篇都格外昂扬;七月,生命、万物和青春都蓬勃向上,所以,我选择了七月,放下所有,回归到我曾经生活的轨迹,回归到我曾经写下最稚嫩的诗行的地方,就像一粒随风飘洒的种子,注定要落入土壤才能够拥有芬芳。

以前没有认真地年轻过,往后余生我会选择优雅地老去,在慢慢变老的时光里,德行、孝道、健康、诗文,还有对工作、对家庭的热爱是动力,是源泉。

没有什么比灵魂的回归更有意义,在七月阳光明媚的日子里,终于回家了,感觉甚好!

北戴河情思

　　北戴河，一颗镶嵌在渤海湾北岸中部的璀璨明珠。既有河的秀丽，也有海的宽广。有宽阔平坦的柔软海滩，也有碧波荡漾的清澈海水，碧水蓝天，风景秀丽。茂密繁盛的树木，峰峦叠翠的山林，翱翔的海鸥是北戴河发给世界的名片，行走在这里，美不胜收的风景让每一位来此旅游的人流连忘返。一波波涌动的海浪、带着海腥味的晚风，撩拨着游人的情思。特别是在尘世拼搏中几乎忘记自己的时候，我总是想到北戴河走上一走。

　　时光如行云流水般悄然走过，淡淡的花香渐渐地散了，轻得似乎从未存在过。

　　如果不是在老虎石的岩台上记录下永恒的瞬间，在平水桥的沙滩上留下远行的足迹，在山海关的城楼上穿越历史的云烟，似乎就没有任何痕迹印证自己曾经来过。

　　只有走出来的灿烂，没有等待中的辉煌。

　　是的，走出来的自己，原来也是可以如此的娇艳。在这一刻，自己又回归到一个女人的世界，原来小鸟依人的感觉是如此美妙，原来娉婷袅娜的姿态是如此可爱。

　　日复一日，年复一年。总是在工作的繁忙和生活的琐碎中度过，身心俱疲，脾气暴躁，思想禁锢，是时候了，来场说走就走的旅行吧！让心灵去流浪，捕捉一缕阳光，给心情一季的守望。

　　之所以选择走近大海，是想让海风吹散我的过往忧伤；之所以选择走近大海，是想让海浪激荡指引我未来方向。

　　海鸥伴着彩云飞，望着掠过海面的海鸥，我似乎拥有了一帘五彩缤纷的梦……

岁月的年轮缓缓转动，默然间，春秋置换，岁月更替。日子一天天滑过指尖，平静似海水，平凡如海鸥。

　　时光新了又旧，旧了又新。一阕花词在心中萌生——金色的沙滩上，珊瑚或珠贝被随意地丢弃着，细碎且晃眼。于是，我蹲下身，一粒粒，小心地拾捡、珍藏。

　　天蓝蓝，海蓝蓝，总想将自己的影子拉得更长，我置身广阔的大海，单纯而又执着，给海滩带来了安静和想象——在这片水天相接的大海的怀抱里，所有的恩怨情仇、世俗纷争都荡然无存了。海纳百川，有容乃大，这个尘世，我们只是温柔地路过，活出生命的精彩与价值，有追求，有抱负，有理想，才不负这一趟人间值得。往后余生，抹去尘埃旧事，认真过好每一天，努力活出幸福的模样。

　　就这样静静地聆听、轻轻地触摸、柔柔地感受，渴望可以拥有花前月下，拥有郎情妾意的生活……

　　一切都过去了、结束了，一切的记忆都将被时间的浪潮冲淡，但心不会遗忘，北戴河之行，看的不是沿途的风景，而是寻回落魄的灵魂，找到最本真的自己！

旧地重游,情暖药都

流水不因石而阻,友谊不因远而疏。18年前的那个秋天,云淡风轻,山高水长,十六七岁的我们怀揣着梦想,从不同的地方相聚药都,两年半同窗苦读、朝夕相处,一起度过了人生的一段最快乐的时光。

时隔多年,心里无数次地孕育重返校园、重温过往的念想,然而由于家庭的牵绊、工作的繁忙,始终没能如愿以偿,18年后的寒冬,一个偶然里,利用外出培训学习的机会,约三五同学,相聚药都,旧地重游,心情无比激动。

感谢美女同学的作陪,在我们欢快地谈笑声中,不知不觉车子已驶向了通往校园门口的路径。在脑海里我迅速地把镜头切换成当年的场景,门口当年的"承诺"饭店不见了,日用百货不见了,"星雨发廊"不见了,就连当年火得风生水起的"火烧焖子"店铺也不见了,满目视野,都是挺拔而起的幢幢高楼。

熟悉着我的熟悉,陌生着我的陌生,怀着复杂的心情踏上通往校园的幽径,仿佛闻到了花开正浓的丁香,看到了欢迎新生入学的条幅,听到了学长们热情的欢迎声……

我按捺不住心中的欣喜和激动,一路小跑冲进校园大门,搞得看大门的大叔忙紧张地问:干什么的?美女同学赶紧上前和大叔说明了缘由,可能是源于我的鲁莽,认真负责的大叔坚持要我们给校领导打电话才可以放行。时隔18年呐,当年的校领导、班主任早已另谋高就,我们满怀热忱,早已淹没了当年的胆怯,和大叔要了校领导的电话,振振有词地和校领导沟通,校领导很痛快地要我们到德育处办公室。大叔听后,态度也不再强硬,让我们进去了。

彼岸花开

　　尽管是上课时间，我们轻声慢步从教学楼跨进我们当年的求学之门，随之也打开了记忆之门……一楼大厅，在那个年代我们课间习惯翻找信件的信箱荡然无存了，取而代之的是墙壁上写有"社会主义核心价值观"内容的字迹。随之，我和同学串通一气到二楼我们昔日上课的班级，并分别拍照定格瞬间的永恒！

　　多功能厅的前方多了几棵树，傲然地站立在风中，好像在记载着岁月的痕迹，还有那个曾经来自山区瘦小女孩的坚毅。操场上的跑道醒目地醉卧在那里，起点、终点都是人生的轨迹。不同的是多年前我们是与厚土的碰触，满地的尘埃。而今，脚下却是柔软浮华……

　　沿着来时的路，依依不舍地返回到教学楼前，同学说我们18年前毕业拍照就在这个位置。是啊！18年的时光匆匆而过，那些许的曾经过往，或伤痛，或欣喜，都如阳光伴随着我们成长，激励我们坚强！同学在实训楼前给我拍照说：当年在针灸时的惊慌失措，我却说，还记得我拿针头自己扎液的淡定从容吗？老师都惊讶了，说你怎么扎自己呀？那有模型……随后，我们不约而同地哈哈大笑。

　　办公楼里，我们还能清楚地记得并找到校长室、德育处的位置，看来，我们都还年轻，年轻到我们的十六七岁！

　　中药材种植园里种植瓜蒌的那个亭子还在，仿佛可依稀看到，当年给我们授课的那位风趣的幽默的老师，正用手拿着瓜蒌讲述着其功能及主治……

　　一切都已过去，一切又在开始。在同学的新巴黎会所，我从头再来美了一番，在重庆面馆我醉了，吃到了情深绵长的豌豆酱肉面，重温当年在那条街上繁华落尽后的怅然。是啊！18年啊，重新再见，庆祝相逢，同学照顾得面面俱到，岂能不醉？新建的药王广场，我脱掉外套兴奋地拍照，同学说："天冷，别冻着，快穿上吧！"

　　虽然是寒冬，但同学情谊浓浓，热血沸腾，犹如药都沐浴在春天，人生得一知己足矣，何况我有众多呢？最后，我们手握手作别，同时也握住了我们彼此的快乐和幸福、握住了我们人生的春天！

　　旧地重游，情暖药都……

傥骆古道情埋葬

> 闲暇时,风花雪月里沉溺;忙碌时,柴米油盐中赶赴。有时热烈是一个人的江湖,有时静默又是一个人的孤独。可不论我处于何种旅途,心上都有不变的静穆和繁华万亩,用以将自己安抚和救赎。多想所有的风姿绰约都是懂得。那么,我所有的失魂落魄都是值得……
>
> ——题记

怀念一个人,其实是在怀念一段日子。

雨纷纷落下的时候,情感的废墟上,挽歌是最美的悼词。

一束红玫瑰,一场风花雪月的故事,就这样随风去了,留下的忧伤比雨中的路还长。

从此,我知道渴望爱情已成了一种奢望。

从此,春天的鲜花不再绚丽;从此,盛夏的绿荫不在清凉;从此,金秋的稻田不再飘香;从此,深冬的白雪不再向往;从此,我的世界亦黯然神伤……

但我不后悔曾如此执着地爱过,只是天涯从此寂寞。短暂的幸福拥有就足够了,只求余生平安喜乐。为了"你若安好,便是晴天"的承诺,我在为你努力地活着……

你说让我等!总有一天你会带我回汉中,到华阳。可是这一切的一切都不可能了。你食言了,两个人的路,今天让我一个人来走,你可知道,我好辛苦?每走一步都是满满的忧伤和涩涩的酸楚。

当我一级一级攀爬到古镇最高处,整个华阳尽收眼底。远山、近树、稻田,还有几户人家。袅袅的炊烟升起,引燃了我的思绪。

望着天空中的云飘飘浮浮，连同我的记忆也恍恍惚惚。你说的"洋县蓝"呢？灰蒙的天空或许正是我此刻的心情，或许这也是命定的安排，是对你我的情感最后的告白，最好的慰藉——天空已不再是昨日的天空，生命却还是最初的颜色吧！

　　你说你最担心的是我，最放心不下的是我，于是，我学会了坚强，学会了强装笑颜，学会了逆行。但有时，我还是忍不住会哭。因此，洋县华阳古镇之行，我婉拒了好友的陪同，选择以娴静温婉的姿态与你我的灵魂静默呢喃，静谧安然；与时光对话，默然悦心；与傥骆古道千百年的马蹄声共鸣，来抚慰灵魂。

　　此刻，起风了。夏似茵，梦如歌。两只朱鹮的啼鸣将我从幻境中叫醒。太阳从云隙中挤出一道光亮，把我温婉的影子印在了傥骆古道的青石板路上，随着阳光拉长，随着云起而模糊。看着随风而舞的稻田，我知道在金秋十月再也看不到你发给我的稻田图片了，再也吃不到你寄的红米了，再也听不到你的叮咛了……只能凭借纯美如斯的回忆，滋养着内心深处的寂寞……

　　在傥骆古道的那片草地上你手执玫瑰，许下最纯的诺言。你说你是上苍派来照顾我的；你说守护我一生是你永远不变的承诺……可是你却狠心地丢下我，让我一个人苦苦撑了这么多年。

　　蒙蒙细雨又走进云朵里的黄昏，笼罩在古镇上空，我的身影写满孤旅缘分。给你的温柔如同春天盛开的油菜花，真实的梦融入虚伪的庄园，让泪水虔诚地流淌，洗礼人间的世事沧桑，一颗心与一颗心的相印，在轮回的路上向往。

　　此情微寒，此景阑珊。此时，我把忧伤放入心底，当作一程风景的回忆。此刻，一个人努力回想昔日两个人的携手同行，多少的浪漫已然不在，多少的承诺已然凋零。都说忘记需要时间，更需要勇气，情字的世界里，我自以深情可居……

　　一切已结束了，一切又在开始。

　　亲爱的，你我之间留有太多的遗憾。岁月静好，你从我身边匆匆匆走过,我日日夜夜地倚窗守望,却无法换回你真实地在我身边,清灰飞处,我仿佛看见,你的脸上有着无尽的不舍和留恋,只愿今生的缘幻化成来世的情……

亲爱的,今天我来了,来到我们的华阳。我始终明白你的用心良苦,留给你的笑靥,是红叶红遍,红豆落泪的经历,我也懂得你的立场分明,为了你的心安,我把玫瑰花瓣一片一片小心撕下,亲手葬在你席地而坐过的那片土地上,连同我的那份炙热的情感……

第二辑

岁月留痕

在文字里寻找诗与远方,我的脚步也会到达梦想中的地方,在名山秀水间一个靓丽的转身,成就了一帧帧精美的瞬间,也留下了深深浅浅的脚印。

情倾雁荡山

我与雁荡山，有着不解之缘。

初识雁荡山，是在 2021 年"雁荡山"现代爱情诗国际大赛中。当时单凭一个诗意的名字和浪漫的征文主题，就足以让我心旷神怡。于是，草就一首《我在雁荡山，找到遗忘的爱情（外一首）》投稿参赛，并喜获嘉奖。

因此，江南一游，打卡雁荡山就成了一种必然。

雁荡山，又名雁岩、雁山，位于中国浙江省乐清市境内，部分位于永嘉县及温岭市。因主峰雁湖岗上有着结满芦苇的湖荡，年年南飞的秋雁栖宿于此，因而得名"雁荡山"。为首批国家重点风景名胜区，获国家级"卫生山、安全山、文明山"、国家文明风景名胜区、国家 AAAAA 级旅游区、全国文明风景旅游区示范点、"世界地质公园"等称号。

雁荡山主要有灵峰、灵岩、大龙湫、三折瀑、雁湖、显胜门、羊角洞、仙桥八大景区，有 500 多处景点。素以独特的奇峰怪石、飞瀑流泉、古洞奇穴、雄嶂胜门和凝翠碧潭扬名海内外，被誉为"海上名山，寰中绝胜"，史称"东南第一山"。其中，灵峰、灵岩、大龙湫三个景区被称为"雁荡三绝"。

如此奇秀的自然风光，自然吸引了众多文人墨客留下题刻，成为千古传奇。譬如：南宋的谢灵运，唐代的杜审言，北宋的沈括、叶适，明代的徐霞客、汤显祖、戚继光，清代的袁枚、邓石如，近现代的康有为、蔡元培、叶圣陶、郁达夫、郭沫若、邓拓、张大千、黄宾虹、潘天寿、陆俨少、陈志岁、周沧米等名人，都在雁荡山浏览和考察中留下了许多不朽的名篇佳作。

山不在高，有仙则名。称之为"海上名山"的雁荡山以其空灵奇绝的奇山秀水一直受到国内影视制作团队的关注，先后有《神雕侠侣》《温州两家人》《仙剑云之凡》《琅琊榜之风起长林》《烈火如歌》《扶摇》等影视剧在雁荡山拍摄外景。这些影视剧的拍摄，为雁荡山打造影视基地起到了积极的推动作用，也为景区积淀了丰厚的影视文化因子。

而于我而言，因与一个人的邂逅让我对雁荡山心驰神往，再次投入雁荡山的怀抱之中。

环视诸峰，只见雁荡山层峦叠嶂，群峰峥嵘。拾阶而上，登上灵峰放眼四望，雁荡山既有泰山之雄伟，黄山之挺秀，又有庐山之飞瀑、峨眉之烟云。

雁荡山峰拔地而起，直插云端，横看侧望千姿百态，景随步移。山因水而更加灵秀，那凌空而起的瀑布飞流直下，因风作态、瞬息万变，如丝、如烟、如云，妙不可言，身临其境，顿有"不游雁荡虚此行"之感。

在沈括的《梦溪笔谈》意境中，信步来到大龙湫旁，仰望疑似九天银河飘洒人间的飞瀑，领略"雁荡径行云漠漠，龙湫宴坐雨蒙蒙"的意蕴。一边在美景如画的雁荡山中行走，一边拿着手机和雁荡山合影，把自己的音容笑貌镶嵌在美丽的图画中，并情不自禁把这些照片分享给你。

没有想到的是你秒回信息，并且说身着红色民族风服饰的我在山顶有河、峰顶有瀑、谷中有溪的雁荡山是一幅流动的画，一首有声的诗，一支动听的曲。

回忆和你的相识，就在这峰峦奇秀的雁荡山。在雁岗湖你我对视会心一笑，十指紧握踏遍漫山的灼灼华芳，寻着隔世的十里幽香，看倾其一季的相思。你抓拍下我的侧影，说我是独绽在山尽头的桃花仙子，摇曳着醉人的芬芳，盛放着诱人的唯美……

我突然很想见你，发信息给你："要是你在我身边多好！""我就在你身边不远!"一条信息闪电般在屏幕中闪现,惊艳了我的眼,震撼了我的心。"在哪?"我迫不及待地回复,边环顾四周,在游人中搜寻你的身影。一个调皮的表情包飞来,你说你在雁湖,在我们最初相遇的地方,你知道我会来,你就提前在那里等我。

  我庆幸遇到了你。这一生"桃花屏前初相遇,轻叩玄门春风渡。一世倾城映回眸,十里相约前世途"。

  雁荡山,我来了,我们将幻化成两只雪白的大雁,乘着梦想,穿越千山万水,带着前世今生的执念,轻叩季节的院门,寻一季桃花香,邂逅一段三生三世的守望,来一次倾城的爱恋。

我在雁荡山,找到遗忘的爱情(外一首)

穿过峻峭的峰峦
细胞跳入绝情谷
钙质婉转成一缕柔情

在我的雁荡山
在温暖的日子
走近你

血液奔涌飞瀑流泉
呼吸抚摸你结实的胸膛
心跳感受你坚毅的气息

相守的物语
化作心头飘过的一丝烟雨

在岩壁上

镌刻爱的音符
灵魂渗透进每一处缝隙
我在雁荡山,找到遗忘的爱情

雁荡山之恋

我的雁荡山
在你的怀抱,安暖
我肆无忌惮地撒娇
把玩你的眉峰、棱谷
读你是诗,看你是画

两情相悦,呢喃细语
怦然心跳的悸动
与你深情缱绻
依着、抱着、靠着
我看向你,你望着我
抓拍、侧拍
定格在一瞬间

为什么爱上你
我在问自己

飞云江畔夜瑞安

飞云江，浙南瑞安的一条美丽的江。诗意的名字不禁让人联想起白云飞渡，横亘江水的画面。八月虽已立秋，但在带着潮热的湿气里，我奔着清新的江风，美丽的江景，特别是早就听说并一直心心念念的瑞安外滩夜色憧憬而来。

浙江自古沿海，地理位置优越，不仅有广阔的海岸线，而且各地纵横交错，丰富的江流水域与大海一样，为通达天下四海的商贸提供了便利条件，千年来更为成为江南富贵之乡注入了底蕴。是以，瑞安人对水、对江、对海的感情极为深厚。而有着瑞安外滩之称的飞云江北岸，更是瑞安人心中一道靓丽的风景线。

这里是一个集防洪防汛、城市道路、旧城改造和新区开发为一体的综合性工程，开发总面积达25万平方米。

外滩是人们的健身场所。白天，它是繁华热闹的游览胜地；晚上，则是情侣浓情蜜意的天地。每当华灯初上，夜幕降临之时，各栋建筑物上灯火辉煌，整个建筑群沉浸在霓虹灯的世界里，一座座晶莹剔透宛若水晶宫殿一般，真是美轮美奂，令人心潮澎湃，流连忘返。

一个偶然里，从网上看到一段很甜很撩人的句子："有你在的地方，是最美的风景。"我则认为"让心随意而安，是人生最美的风景"。不是吗？《菜根谭》说："世亦不尘，海亦不苦，彼自尘苦其心尔。"当江风掠在我的脸庞，江灯点燃我的眼眸，嗅着江水奔腾的味道时，面对迢迢青山，悠悠江水，我心中涌起"云山苍苍，江水泱泱"的由衷感慨。这种新奇美好的感觉与我自小在河北太行深山区，面对绵延起伏的群山是完全不一样的。是以，当北方家乡山水的心灵印记与江南山水相遇，叠加在一起的时候，我才明白，它们的风景风情是大气与秀气、苍劲与明秀的不同和区别。

如果说上海黄浦外滩风景秀丽，灯火辉煌美不胜收，那么温州瑞安外滩的美则在于清新爽眼，舒展了眉梢。夜色中瑞安外滩的通天广告——赤橙黄绿青蓝紫，直入云霄。绚丽的霓虹与璀璨的星光相交融汇，给人一种视觉的震撼，一种全身心的享受。此刻，我发现——"内心的宁静，是人生最美的风景。"正如杨绛先生所说："我们曾如此渴望命运的波澜，到最后才发现，人生最曼妙的风景，竟是内心的淡定与从容。"

在飞云渡观看瑞安外滩，不愧是中国百强县级市，外滩面貌堪称小香港。无疑，瑞安外滩是温州的一张亮丽名片。不仅如此，它更是视觉、听觉、感觉，可以抵达心灵的所在。那么"让爱入心成癖，便是人生最美的风景"。清人张潮曾在《幽梦影》中写道："花不可以无蝶，山不可以无泉，石不可以无苔，水不可以无藻，人不可以无癖。"

或许，是在北方生活久了。每天除了群山还是群山。所以当面对外滩的广袤无垠，无比兴奋。置身外滩，犹如在生命里放歌，在诗行里飞渡，在夏夜的风中，于星空下看江岸风貌，心中漾起"仲夏苦夜短，开轩纳微凉"的惬意。

微凉的夜风袭来，伴随着一丝丝咸咸的味道。脚下踩着细沙的柔软，静听江涛拍打岩石的声响，感念浪花与浪花拥吻的悸动，回味潮涨潮落抹去我脚印的怅然……我的内心瞬间洗成一片空白，自由而宁静。因为江的色、江的味抚平了我心底的不安和躁动。

在无垠的江边第一次听到了自己心跳的声音，在潮湿的夜风中感受到了自己平稳的呼吸，多好听啊，一遍一遍地……突然明白自己还活着，并且如此真实地活着！

霓虹灯照耀下的瑞安外滩，绚丽多彩。

远处的渔火忽明忽暗，有船只在江中游弋，飞云江在璀璨的灯光中越发显得美妙而神秘。乌篷船三三两两，来来去去，满眼的都是风景，满心的都是欢喜。小舟，暮色……都是迷蒙的神姿，都是我心底朦胧的痴念。

　　红男绿女细语呢喃从身边穿梭而过，俯瞰外滩首府、尚品半岛屹立在瑞安"不夜城"熠熠生辉，江月湾、留香园依旧幽静而深远。

　　俗话说得好：一方水土养一方人。在瑞安外滩东延伸线的东山渔港，停泊着大大小小的渔船。瑞安作为温州一个县级辖市，靠海渔民的生活主要来自海洋的捕捞。在瑞安的外滩停靠着许多渔船，是外滩风光里最惬意的一道风景。这些渔船靠码头停泊，都会有鱼运送上岸，岸上的水产市场里都可以见到各种水产品，人们都会在那里选购，有些还直接进入水产加工厂，需要补充给养和维修保养的渔船也可以在这里完成任务。

　　都说"城市因水而生"，温州对水的依赖，深入骨髓之中。瓯江之滨是温州最具活力的区域之一。沿着外滩一路欣赏，从帆影广场到鹿城广场，一直到滨江CBD，连绵十多公里的"温州外滩"，荟萃着这座城市的精华。整个外滩被笼罩在绚丽的灯火中，他仿佛要向世人展示着过往的繁华以及当今的盛况。我内心被深深地震撼到了，为这太平盛世而感到骄傲和自豪。

　　当城市现代化飞速发展的脚步一步一步坚定而又夯实的踩下，我们可以看见的不仅仅是一条壮丽的江岸线，亦是一座城市美好而撩人的未来！

洄溜古镇源远长

寂静古朴的洄溜古镇，位于安徽省阜阳市颍州区三十里铺镇东北方向，北靠颍东区沙颍河，东与颍上县，西与西颍州区三县交界，在乾隆帝御赐"洄溜湾"的美丽传说中，一股墨香沁入心脾，淡雅地勾画出古镇的山山水水。

相传乾隆皇帝下江南时，乘龙船途经颍沙河洄溜古镇时，看到颍沙河来了一个漂亮的回漩，水花中的漩涡不断打转，水却向西回流，不禁惊叹不已。乾隆对着颍沙河水说，倘若你能将朕的龙船给旋转回去50米，朕就给你赐封地名。话未说完，乾隆和大臣便发现龙船开始后退，大臣个个惊叹，并齐刷刷向乾隆跪拜贺喜。其中一位大臣恭敬地说，吾皇英明，此地水神恳请皇上赐名呢！乾隆皇帝哈哈大笑，便思索了一会，说颍河水滚滚东流入淮入海，此处水流却向西流，真奇哉！就封此处为洄溜湾吧！乾隆皇帝金口玉言，从此这段水域的一带地方便叫洄溜湾。"洄溜古镇"从此得名，并在阜阳享有皖北"小香港"的美誉。

穿越历史长河，走过四季更替，沉淀着古镇千年的厚重，古街、青石小路、古屋，犹如怀春少女的一帘幽梦，在寂静中顾盼生辉。一些文物、传说也唤醒了颍河的沉寂。

洄溜古镇的老街，曾是商业贸易中心，而咸黄牛肉、烙子绿豆饼、沙缸豆芽、地锅豆腐皮（豆腐）则是老街的灵魂。旧时镇上的人们每天往来行走在青石板铺砌而成的街道上，不紧不慢，温柔地将石板抚摸，那款款踏足，像是在弹奏一曲曲清韵雅曲，更是历史悠长的回音；那斑驳的木板插门，旧的红漆剥落了，竟也是落魄的美，都是其历史的见证；那高高的挑梁，木廊木柱，几株狗尾巴草，扦插在屋顶的黛瓦上,终日不见阳光的墙角布满了青苔,向人们讲述的正是古镇老屋之传统建筑的特色与民情风俗。

聆听。那么的悠远、绵长,绘声绘色。

回味。这般的悦耳、动听,美妙。

颍水从洄溜直下,在清朝乾隆年间,顺着水路从洄溜南可抵达金寨、六安、合肥、芜湖、南京、镇江直至上海一带;东可抵达蚌埠、江苏淮阴一带。在以水运为主的年代,洄溜集坐享沙颍河航运便利。从唐朝开始就有移民不断涌入、商铺不断增多,当年的洄溜码头上经常停满往来的商船,成为黄淮平原上为数不多商埠古镇。

清末民初时,因这里商贾云集,先后建起东西走向、石板铺路的三条大街,各种商埠鳞次栉比。在洄溜集三块石条大街上,街道两旁分布着大大小小30多家百年老店,如百年麻糊馆、百年茶馆、大别山茶行、穆印同盐行、百年煤油铺、百年瓷器店、百年当铺、百年穆家枕头馍等等;五块石条大街上有黄牛交易区、山羊交易区、木头行交易区、百年竹子交易区、杂技团场地、四宝斋酒店、古龙井浴池等。由此可见古镇昔日的繁华。

但是后来沙颍河泛滥,再加上山匪作乱,加之现在陆路取代了水路,古镇慢慢没落淡出历史舞台。但其两旁街道仍然存有当时车水马龙、人山人海的印迹。

漫步于洄溜古镇,映入眼帘的那小桥、流水、青砖、黛瓦,还有那古屋、老街和古寺,在春夏秋冬、风花雪月的交替和演变中显得如此浩渺和沧桑。

老屋的砖瓦悠远着醉人的幽香,青石板街道缝隙里的花草迷醉了蝴蝶的翅膀,古寺的晨钟引来了鸟儿的歌唱,我行走在时光隧道里,看着蓝天白云,心境豁然开朗,听着小河流水,心湖涟漪荡漾。

一直在想,用这样的方式感悟古镇,是最美的享受。伴随着穿越时空的感觉,沿着岁月的轨迹串联情感的脉络。

继而,随着当地世代流传的一首歌谣在耳畔响起:"朱家坟、闫家坟、高高山，老龙头、椅子圈、鸭子堆、鼻架山"，以及"朱元璋南寺生，北寺长，灵隐寺内当和尚"的故事，让我对古镇的人文历史有了更深刻的理解。也在心灵深处的美好静谧中氤氲着一缕泂溜古镇的衰败和惋惜……

社会在进步，时代在发展，一些陈旧事物终将被新生事物所替代，在历史长河中被淘汰。古镇也正失去着一些东西，在不知不觉中淡褪，消散。

曾经的繁华、如今的沉寂以及未来的华丽蜕变，都在悠远而厚重的古朴气息中凝聚，在时尚与繁荣并存的现代文明中升华。

追忆，不知向何处行走。置身于这座宁静的古镇，墙缝的一簇幽草、屋檐的一串铜铃、映月的一道流水，都折射出一种极致的韵味，使得泂溜古镇源远流长……

三游齐鲁大地

齐鲁大地是山东的代称。第一次踏足源于 2009 年 3 月万能险月销售保费高达 15 万之多，被保险公司授予"特级寿险英雄"的称号，并授荣誉牌，同时奖励了四个"山东游"名额。这样，我们一家人尽情游玩了蓬莱仙阁、威海国际浴场、烟台古炮台等名胜古迹；第二次是在 2012 年 6 月到济南参加主管晋升培训学习，顺便游览了趵突泉公园；第三次则是在 2018 年 7 月暑假，带女儿去日照、青岛赶海踏浪，领略潮汐塔的雄伟和五四广场的肃穆。

即便是同一座城市，不同的时间和不同的人前往，心情也截然不同。更何况，我三次游齐鲁大地所选城市各异，继而更增添了浓厚的兴趣。

经过旅游大巴日夜兼程的行驶，我们于黎明时分到达蓬莱。在此，有幸目睹了"海市蜃楼"的壮美奇观，并在八仙渡取景全家拍照留念。随之，在导游讲解八仙过海的传说中我们登上蓬莱阁山顶，眼前果然是人间仙境，我从来没见过这么美的地方，一条条渔船划过海面，一只只海鸥飞在天空，结构精美，造型奇特的仙人桥尽收眼底。而更震撼人心的是八仙过海的雕像：只见铁拐李拄着拐杖；汉钟离笑眯眯地摇着扇子；吕洞宾肩背双剑；张果老倒骑着毛驴；曹国舅双手捧着奏章；韩湘子吹着笛子；何仙姑手捧荷花；蓝采和手提花篮。雕像高 5 米左右，八仙们神态各异，非常逼真。

到了齐鲁大地，怎能不下海呢？而威海国际海水浴场无疑是最好的选择。它位于威海火炬高技术产业开发区，是一个天然海水浴场，一年四季分明，冬暖夏凉，属于典型的海洋性气候。

海水浴场石雕大门是浴场的标志性建筑。西边是一只海豚，上面"国际海水浴场"六个大字是威海著名书法家苏生子先生亲笔所书。东边是一只河马,它的正面雕刻着一条美人鱼,栩栩如生,背面是国际海水浴场简介,也是苏生子先生撰写并雕刻的。

我赤脚踩在滩缓沙细无杂质的浴场海滩上,吹着扑面而来的海风,甚感舒爽怡人;高空中的艳阳热情地洒下金色的光芒,爸爸和弟弟在沙滩的太阳伞下,吃着瓜果、喝着冷饮,正可谓面朝大海,悠闲自得;爱人在水质轻柔干净的浅海里招呼我下海驾摩托艇游玩,在环绕浴场的千亩松林与大海相映成趣下,我们一家人俨然就是一首澎湃的诗,一幅流动的画……

军人出身的爸爸,对烟台古炮台甚感兴趣。这里较好地保存下来了三座古炮台。它们分别是位于蓬莱阁里面的东炮台和位于芝罘区西炮台(通伸岗炮台和岿岱山炮台)三座炮台成为烟台历史的见证者。它们以独特的自然和人文景观吸引着游客纷至沓来。

漫步烟台古炮台,爸爸爱惜地抚摸着巨炮,并意味深长地对我们说:"没有了古炮台和古炮,烟台海岸边就少了一丝古韵,就少了一份怀古;有了它们,就有了眼前一亮,就有了一百多年前的历史画卷,就有了想要进一步了解烟台、了解中国的渴望。"

当时,我不太明了爸爸的心境,只是在想:目睹古炮台可以一瞥历史的痕迹。或许,碧海蓝天,需要昂首挺胸的火炮护佑吧!

但我依然庆幸当年,在古炮台拍下了珍贵的照片,铭记第一次鸦片战争及第二次鸦片战争的历史。

而作为山东省省会城市的济南以泉城名扬天下。它的出名取决于泺水之源的趵突泉。因此,趵突泉也就成了济南的象征与标志,与济南千佛山、大明湖并称为济南三大名胜。

趵突泉三窟并发,声如隐雷,"泉源上奋,水涌若轮"。泉水一年四季恒定在摄氏18℃左右。严冬,水面上水气袅袅,像一层薄薄的烟雾,一边是泉池幽深波光粼粼;一边是楼阁彩绘,雕梁画栋,构成了一幅奇妙的人间仙境。1956年,趵突泉被整修辟为公园,历经几次扩建，逐渐建成以泉为主、小巧玲珑、步移景异的泉石公园，面积从不足3.4公顷，扩至10.5公顷。

由于地处济南市中心的繁华地段，被评为国家AAAAA级旅游景区，它南倚千佛山，北靠大明湖，东与泉城广场连接，也就名副其实地成为以泉水、人文景观为主的文化名园。

有孩子陪伴的时光，每一天都是幸福快乐的，我会用母爱照亮孩子的世界。在日照无边无垠的海水里，朵朵浪花轻快优美的舞姿，如同我的女儿展露无遗的欢乐笑颜。在海水里身着泳装的我们追逐嬉戏；在沙滩上，女儿好奇地捡拾扇贝，我把玩海带碎片，羡煞旁人，都异口同声夸赞我们这对"姐妹花"活泼可爱；在潮汐塔我们看着灯光随潮涨潮落而变换着色彩，来寻找人生的坐标；在青岛百年"海上长廊"，我们跨越岁月的长度；在五四广场，我们感悟青春的悲壮；在奥帆中心，我们领略生命的价值。

潮汐塔是日照市的标志性建筑之一，塔高24米，主体通体透明，中部设有外伸观景平台，平台外面装饰莲花瓣形金属网，宛若莲花盛绽之态；部分构架采用节节收缩的方法，外饰透光玻璃，以整个天空作为它的背景。在蓝天、大海的烘托之下白天显得雄伟、壮丽，夜幕下则充满着虚幻和神秘。登临时，人们对神奇的海洋越发感慨和向往，越发产生探求海洋奥妙的渴望。唯愿我的女儿，在今后的学习、生活中能够像灯塔一样钟灵毓秀、外柔内刚。

《人世间》有句话：在这个世界上，你在乎的人和关心你的人只有几个，这是你的整个世界。

是的，三游齐鲁大地，不仅拓宽了眼界，浏览了风景名胜，体验了近海生活，同时还感悟到人生的真谛。如今，在逝去的年华中，落笔追忆那段经历，重温亲情的美好，依然可以印证属于我的"整个世界"的内涵。

日照灯塔，是一座宏伟的坐标

灯在塔上
塔在灯光里
想要一束光折射在我的眼眸
这样不论我在不在日照都会在生命的塔台
与你深情氤氲在夜空

一遍遍攀爬到你的台阶直到浪花亲吻最后一块礁石
我在潮声里
成了无家可归的人

但东夷小镇的约会不会推迟
你一直问我为什么看不见日出东方海之秀
我说
心一直在小龙女的眼泪里

于是披星戴月
于是卑躬屈膝
赤脚在沙滩上
打捞零碎的记忆填满夜光杯

穿透日照的灯塔
我在塔缝里抚摸潮涨潮落的哀伤
结茧的手里忽的多了一件
珍珠扇贝织成的罗裳

大概从某一个时日
灯塔注定成为俯视日照港的
那一座宏伟的坐标

18 岁闯北京

1999 年，年仅 18 岁的我从药都安国只身前往首都北京。

当 8 点整，直达客运车驶入北京木樨园车站缓缓停下时，我兴奋不已。

按序下车，看着站内、外陌生的街道，陌生的人群，不再胆怯。仅凭一个"朝阳区八里庄鲁迅文学院中国少年作家班编辑部"的地址，使我满怀信心、鼓足勇气，拨打编辑部的办公电话……

接二连三的出租车司机上前招呼我坐车，越是热情我越是警惕，总感觉不靠谱，还不由地会把影视中一些出租车司机宰客的镜头联想到一起……

片刻思量后，我决定乘坐公交车去往编辑部。可是对乘车路线一概不知，于是，我在站前报刊亭买了一份北京市地图，走到无人的角落开始研究。

有了地图，仿佛拥有了制胜法宝，在车水马龙的大街上寻找公交站牌。

"公主坟走啦走啦，一位 20 元。"循声望去，只见一辆中小型客运车停靠在路边不远处。脑海中一帧帧闪现《还珠格格》的片段，于是，毫不犹豫向开往公主坟方向的客车走去。

走着走着，忽然，我的手腕被迎面走来的一位中年女人抓住，她的身边还跟着一位年龄和我差不多相仿的男孩。

"放开我，你干吗抓我手腕。"我对中年女人吼道，"小妹，求求你，给我们点钱吧，我们娘俩一天没吃东西了。"中年女人依旧拽着我说道。

我并不是无情的人，但面对社会的纷繁复杂我还是存在一定的戒备心理。迅速从所谓的娘俩身上一扫而过，我断定这是一场骗局，于是，毫不客气甩开中年女人，并振振有词回道："你们一天没吃东西，我三天没吃了，谁给我呢？有困难找民警，要不要我带你们一起去找警察？"随后，这两个不速之客，很快逃离，消失在人群中……

我也三步并作两步，一溜小跑乘坐上那辆中小型客运车。有了刚才那一幕，我在心里更加叮嘱自己，一定要当心。

当车子在957路站牌停下，我回想起刚在北京地图查看得知，从这站坐公交可以到广渠门、北京站，我下意识想到北京二爷爷在铁路部门工作，幼稚地认为到北京站便可以打听到住所。于是，又下了通往公主坟的客运车。

一路行走，一路张望，一路打听二爷爷家所在的方向。所有的回答都是：对不起，不清楚，你再问问别人。这个时候，也想到给爸爸打电话问问爷爷家电话，具体地址，可又怕家人担心而责备我贸然一人进京，就打消了这个念头。

生活就是一边经历一边成长，一边成长一边坚强。为了梦想，我执着地一路向前，到执勤岗楼询问警察叔叔怎样乘车才能够到达编辑部……

当天安门从公交车车窗一闪而过，我踏实了，心安了，感觉我是一个走失的孩子，有种终于回家的感觉。

功夫不负有心人，几经周折，于下午两点钟我平安到达我心心念念的鲁院中国少年作家班编辑部。

递上信函，值班门卫帮忙打通编辑部办公电话，几分钟后三位老师前来门口接我。

稍作休息，小伙伴带我去华堂商场吃了麦当劳，帮我选购了生活必需品，带我熟悉了周边的十里堡，晚上，在餐厅聚餐后，编辑部主任召集我们开会，做了任务分工，次日，我便开始了在编辑部的实习编辑工作。

一切安顿妥当,才告知家中。我决定放弃在药都安国市医院实习的机会,来到北京鲁院少年作家班编辑部潜心学习。

后来,与北京爷爷、叔叔、姑姑取得联系,利用周末、节假日时间,我们会结伴游故宫、逛颐和园、登八达岭长城……享受与家人在一起的幸福和温馨。

生活就是一点一滴感恩、一丝一缕享受。感恩生命赐予的苦与乐,享受生命里的悲与喜。你所拥有的就是你的幸福,人生得失,不必看得太重。

很庆幸,时至今日,面对世事沧桑,依然拥有18岁独闯北京的勇气;面对困难挫折,依然拥有永不言弃的斗志。

18岁闯北京的经历,足以让我铭记一生、受用一生。

风雨红崖谷

趁阳光正好，趁微风不躁，趁繁花还未开至荼蘼，趁现在还年轻，还可以走很长很长的路，还能够诉说很深很深的思念，去寻找那些曾出现在梦境中的路径、山峦、溪流与旷野。

在一个风雨缠绵的日子，我远离尘嚣，独自出游，来了场说走就走的旅行。

其实，在某个环境待久了，总有种日复一日、年复一年、暂停重播的感觉，每一天都在工作、生活、家庭的繁忙琐碎中悄然走过，心随云动，在净化心灵的旅途中，寻找独处的沉静，寻找春天的踪迹。

带着美丽的心情，漫步在红崖峡谷，不经意间，红崖古镇、缘溪栈道、红崖潭、九天飞瀑映入眼帘。随之，春天柔嫩的气息湿润了我干涸的双眸，沿着华严寺的正门拾阶而上，直奔"望而生畏"的红崖谷玻璃吊桥。

红崖谷玻璃吊桥位于红崖谷海拔最高处，南北连接朱雀岭和玄武崖，横跨红崖坳，全长488米，宽4米，有433个玻璃台阶，由1077块、重70吨的玻璃铺砌而成，桥面与地面垂直落差约218米，相当于站在66层高楼，桥面自然下坠形成一个倒彩虹桥，是目前世界最长、跨径最大的悬空式玻璃吊桥。吊桥四周青山环绕，透过玻璃底面，红崖坳苍茫郁秀、风光秀丽的景色尽收眼底。行走其上，仿佛御风而行，上下颠簸，左右摇摆，刺激无比！

沿途，从下山的游客口中听到：由于刮风下雨，玻璃吊桥上又滑又晃，并且山上的风甚大，还是不要上桥的好！很多本来兴致勃勃的游客，听后立即打消了上桥的念头。而我望着生长在悬崖峭壁上的杏花，想着66层楼高的吊桥景观，仿佛看到有一个穿红衣的女子，长发飘飘，衣袂翩翩，端坐在峡谷之巅，轻抚琴弦；仿佛听到了一种久违的声音萦绕在耳边，像燕莺缠绵，似笙箫悠远，若利箭离弦，如浪蝶翩跹。沉醉其间，春色在梦间盘旋。

　　行走在和风细雨里，心却随着风雨缠绵飘向远方。远方的云雾缭绕，心也随着缥缈，生活也许就是这样，反复无常，琐碎而零散。

　　木质台阶犹如云梯一直绵亘蜿蜒，路径两边的小草也从地里钻了出来，努力地向上生长，生活中有很多人也许就像小草一样，会被命运的脚狠狠地踩踏，可还是会像小草一样顽强地活了下来，如我！不知不觉，行走至半山腰，风大了，雨也大了……行色匆匆的游人，有的戴帽，有的撑伞，有的在埋怨天公不作美。尽管我也感到了春寒料峭，然而却没有像其他游人一样选择原路返回，而是潇潇洒洒，接受人生风雨的洗礼，拥抱彩虹的梦。

　　山谷环绕的山脉，有陡峭的岩峰为墙，直通九天的阶梯，需要心中有阳光围绕、有春意勃发的勇敢者去攀登，勇敢之门向勇者敞开，勇者去克服困难，勇者去越过重重障碍，实现自己的梦想；真正的勇者能正视困难与曲折，能勇敢地去面对生活的挑战。

　　杨柳依依，情姿款款，杏粉桃红，温馨浪漫，有谁可知她经历了秋的荒芜、冬的严寒，只为在春天里，在和风细雨里，呈现美丽委婉的一面。生活中的我们，不也如此吗？在光艳的背后，历经常人无法想象的困苦和艰辛，历经工作生活中超负荷的压力和挫折，桃花依旧笑春风，在山谷中领略着美景，也领悟着生活的内涵，只有执着向前，才知外面是另一片天地，不管道路崎岖，不管路途遥远，我们深信，走出去，前面就是春暖花开。

　　在没有任何惧怕的迹象下，踏上了玻璃吊桥，很庆幸，今天穿了平底的鞋子。尽管如此，脚下还是滑滑的，而比起蹲在吊桥中央、抱头哭泣的游人，我感觉我已经寻到了春天，拥有了春天。吊桥上也不乏相互搀扶着缓缓走过的游人，和着风雨似乎还听到他们怦然心跳的旋律。

　　一级一级，踏着写满自信的阶梯，仰头是云雾暧暧，俯首是层峦叠嶂，山坳里的杏花花瓣如雪，花蕊若梦，微风袭来，恰似卷进白锦无纹、琼苞欲绽的花海。

　　我信手捻来三月的娴雅，游走在仙袂飘飘的周围，对着缠绵跳动的花瓣，封存的驿动悄然放飞。

　　和风、细雨、远山、迷雾，掠过心境，掠过眉间。偷偷地拥一缕花香、摘一片花瓣，点亮此时的浅笑；轻轻地拾一滴雨水、荡一波涟漪，定格在春的画卷里。

　　伫立在吊桥之上，极目远眺，红崖潭的垂柳若隐若现，树身健硕，平和朴实，与人为善。枝叶繁茂，<u>丝丝缕缕</u>。倒挂悬垂，若帘似幔。与小桥流水相映成景，如诗如画。

　　一路向前，继续寻找春的踪迹，最先昭示春的信息的，莫过于那点点鹅黄，虽然不细看，很难找到它的影子。而就是这不易发觉的一点点，<u>一丝丝</u>，慢慢染绿了湖畔、桥栏、长廊和心田，随之，引来了燕子，唤来了翠鸟，也迎来了蜂飞蝶舞的春天。

　　沁黄的嫩芽从朴实的枝干上抽离，像轻风，却织就了一片又一片的风帘，一挂又一挂的翠幕。"帘动柳笛响，幕垂弦音悠"，陶醉了流水，唤醒了锦鲤，催生了希望，激荡了春情。柳荫匝匝，光影曳曳，足以让人流连忘返。

　　如果说满山遍野的杏花如同一位曼妙的女子。那么，倒挂悬垂在湖边的垂柳，一如谦谦君子，抚着长椅，揽着石凳，招呼着白发翁妪，庇荫着红男绿女，呵护着大小顽童。<u>丝丝缕缕</u>中，是念想；枝枝丫丫里，含至真。

　　在风雨中执着前行，我走完了吊桥的全部路程，身也暖暖，心也暖暖，婚姻生活也应如此，学会彼此欣赏，学会憧憬未来，尽管一路跌宕起伏，放眼望去，也定会是"水光潋滟晴方好，山色空蒙雨亦奇"的佳境！

秋游百里峡

金秋的午后,我们几个志同道合的朋友,相约一起畅游百里峡。

四男二女一行六人分别驾驶三辆车从涞水县城出发,在通往野三坡景区的高速公路上大约行驶了一个小时的路程,又转乘旅游观光电瓶车大约行驶了五分钟。"天下第一峡"——百里峡出现在我们的视野。有着丰富出游经验的我们在停车场就加了衣衫、围巾、帽子,尽管如此,曲径通幽处还是突然增加了一些凉意。但是,却并没有影响到我们亲近自然的愉悦心情。

我们远离工作的繁忙,一路走在幽静的小路上,欣赏沿途的美丽风光。欢笑声、放歌声、赞叹声此起彼伏,和着云淡风轻,看着山高水长,听着蟋蟀低吟,好不惬意。放眼望去,天仿佛比以前更加蔚蓝了一些,也比以前更加高远了一些。层林尽染,满目璀璨,遍野都是金黄、橙红、黛绿,交织的色彩,令人沉醉。

百里峡景区是野三坡风景区的王牌景点。被誉为"天下第一峡",全长105华里。由蝎子沟、海棠峪、十悬峡三条峡谷组成,这里曾作为央视版《三国演义》《赤壁》《寻秦记》《萧十一郎》等中国影视剧的外景拍摄地。其中,海棠峪是百里峡三条峡谷中最美的一条,因谷内遍布海棠花而得名。全长35华里,此处翠壁兀立、重峦万仞、直插云天,令人望而生畏。真有宋代诗人"不畏浮云遮望眼,只缘身在最高层"的境界。

当海棠峪的第一条飞瀑悬挂在山间,就阻止了拍照狂的我们前进的脚步,于是,我们变换着各种美姿娇态,一张张照片记录下精彩的瞬间。为了赶时间,涞水的朋友催促我们继续前行,劝解我们这只是心灵的一扇窗,越到峡谷,越到顶峰,就越能领略到秋色的烂漫。朋友告诉我们马上要到"老虎嘴"了。有诗云"京畿胜境在三坡,三坡魅力数苟各。幽峡三道藏绝景,虎嘴天桥一银河"。可是,通往"老虎嘴"的路有两条,就犹如人生有许多路口,常常不知是向左还是右,我忙询问涞水的朋友,哪里比较陡峭难走,我就选择走哪里。朋友指向左边一条台阶路,说:走过83级台阶,还需钻过一条30来米长的隧道便可到达老虎嘴中。又指向右边山路——这条路相对来说比较惊险刺激,有两处比较陡峭,我们可以顺着这些古藤攀岩而上。两条路殊途同归,在老虎嘴中汇合。常以压抑领略偏见、以弯曲体验生命的我,听后便毫不犹豫地选择在弯曲的"古藤"山路上手脚并用开始攀爬。是啊,漫漫人生路,不也如此吗?人活一世不可能一路平顺,如果习惯了走宽广的大路,一旦路变得狭窄,就多了些许抱怨,更别说是满地荆棘丛生,满路泥泞不堪了,那就会让人更加举步维艰了。所以,我愿意,从最初就尝试行走崎岖的山路,哪怕是崎岖的山路也不曾拥有,那么,就脚踏实地,用双脚踏出一条路,只要有足够的信心和勇气,脚下总会有路,总会越过险峰,拥有平坦。

  男士们欣赏的是风景,女孩们捕获的是心情。刚刚兵分两路的我们好不容易在老虎嘴中汇集在了一起,由于我和心盈忙于拍照,所以又被他们甩得好远。我们也不着急去追赶游伴,就尽情地陶醉于互拍靓照中,在幽径处幽静着我们的心灵,在清心处庆幸着我们的缘分。

  心盈兴奋地说,这里一路都是一线天。我说,是啊!时而线宽,时而线窄。但狭窄的"一线天"更会使游客们心旷神怡。两边崖壁上的青苔苍苍莽莽,蓊蓊郁郁,让我们赏心悦目;那百里山巅,群峦叠嶂,巍峨峻峭尽显眼底,让我们有点应接不暇、悠然自得。

  在一个叫回首观音的景点,几位男士稍作休息,率先取景拍照,顺便等我和心盈。这个地方有个售货厅,等我和心盈赶到,她一溜烟跑向售货厅,路上,她曾几次和我说口渴特想喝水,以至于看到从山上流下来的泉水就有要喝的冲动，被我劝阻了。天凉水冷，怕喝了水土不服受不了。好在在这里我们每人拥有了一瓶矿泉水，其实，由于午餐和爬山的原因，我也早口干舌燥了。只是努力克制着。水瓶到手，迫不及待地打开瓶盖，一饮而尽，我惊奇地问："买的冰镇的吗？"同伴说："不是。"我说："感觉像从冰箱里刚拿出来的。"那叫个凉爽，痛快，够劲！解决了口渴的问题。在男士们的呼吁下，我又在写有"回首观音"标志的石头前补拍了照片（这座惟妙惟肖的神奇的观音像主要是由于岩层中发育了多组垂直裂隙，垮塌后形成岩柱，在经球状风化和物理风化形成观音的头和脖子，因为走到这里，我们必须回头才能一睹观音的芳容，故称"回首观音"）。继续赶路，走了约十几分钟的路程，那蜿蜒曲折，规模宏大的十八弯的木质台阶——"上天桥"，尽现眼前，仿佛一条神龙飞翔在"百里峡谷"之上，钟情于峡谷柔情，守候美丽的姑娘。

　　为了更好地远行，我们异口同声决定在这里集体休息，围坐在树墩桌前，我们以水代酒，庆祝缘分，庆祝美好的遇见，碰杯！干杯！或许是刚刚喝过胜似冰镇水的原因，心盈在寻找洗手间，似乎是连带条件反射，我也随后前往。

　　开始拾阶而上出发到目的地——百里峡最高峰观景台。因为有了目标，有了向往，一个个铆足了劲，健步如飞。木质台阶"上天桥"仿佛一把折尺，折过来又折过去，也不知道我们行走了几个折，我开始感叹：这不正是人生路的真实写照吗？我们历经艰难曲折，向往憧憬，期盼美好，何时才能把"之"字的人生路走完？涞水朋友体质偏胖，每走一步就气喘吁吁，大汗淋漓。无奈，我们只好走走停停，等他赶上。每次都是他刚追上，我们又开始前行。这无形中是我们在歇息了，他在死追猛赶。好在，我们想到了一个妙招：让心盈陪他拍照，给他精神滋养，美其名曰"精神扶贫"。嗨，还别说，这招还真管用。此后，只要他稍微落下，我们就一起欢呼：快点，上来，在这里给你们拍照！于是乎"勾肩的、搭背的、搂腰的"

一系列具有现实意义的照片，就定格成了完美的画面。

为了诗和远方，我相信，只要一级一级踏着写满自信的阶梯，就一定能够到达百里峡顶峰，也就一定能够到达人生的顶峰。在成功的彼岸，把人生灌醉！

涞水朋友告诉我们一共3000多台阶，走了一半了，半山腰处，俯视我们走过的路，走过的是秋色，是心情。仰望百里峡谷上空。哇，秋色更浓了！多么可爱的秋色啊！蓝天白云、行云流水，我真不明白，为什么欧阳修作《秋声赋》时，把秋天描写得那么肃杀可怕，凄凉阴沉？在我看来，花木灿烂的春天固然可爱。然而，满山遍地的秋色却更加使人欣喜。

传说有一位台湾画家，走遍名山大川，陶醉在云雾缭绕、山峦明秀之中。青山日出里，他登上山巅，用手中画笔绘下群峰挺拔，画出云中神仙……晨曦微明里，他跋山涉水，阡陌古道，用心运墨，泼洒男耕女织，林水山间，情人飞歌，牛牧云田。

在他的笔下，祖国的每一山峦只是一位婉约的女子，画笔下的神韵才是一位伟岸的丈夫。那群山逶迤，是其浩瀚的胸怀；那海拔千米，是其笔直的脊梁。

正是画家之神笔，呼唤出一个又一个名胜古迹：保定市涞水县野三坡百里峡——这片神奇的山谷，无疑藏匿着一片奇特罕见的岩石峰林自然景观，无疑是野三坡的宠儿，是地球上十分罕见的嶂谷地貌。三条幽深的峡谷海棠峪、十悬峡、蝎子沟形如鹿角。这神奇的鹿角惊心动魄，集雄、奇、幽、润于一体，是一座天然的地质博物馆。

接下来1500台阶的路程，我们或高歌、或作诗、或拍照，不知不觉中，就登上了百里峡观景台。一路走来，太热了，出了很多汗，我和心盈把外套衫脱下，摆弄着姿势准备观景台上拥有"会当凌绝顶，一览众山小"之意境而拍照留念。不料山风袭来，凉意倍增。我们又赶紧穿衣戴帽。在观景台逗留了半个小时，我们依依不舍地从另一方向沿着"下天桥"返回。

  俗话说"上山容易下山难",事实上,还是下山容易。我们迈着文明的步伐,积极践行社会主义核心价值观,歇一会儿,互相合拍一会儿照片,走完了台阶路,天色渐晚,在平坦的鹅卵石路上,我们阔步向前,心盈姐姐真是乐不思蜀、流连忘返,身后陆续有游人追上来,又超过去,看着步履匆匆的游人,想想我们平时在工作中,匆匆忙忙,匆忙之中谁又会回过头去,望望过去的那个自己呢?而此刻,我们都停留驻足,回望走过的山路,等待心灵的盈动。

  心盈带来一幅幅落日余晖中的百里峡谷美图追上来了,视觉的味蕾开始泛滥了,漫山的景色,姹紫嫣红,枝绿叶黄,清香四溢,步步为景。这正是久违的秋天的味道啊……

  黑暗中,快乐是灯塔;沙漠中,快乐是甘泉;童年中,快乐是糖果……而在此时此刻我们心中,快乐就是在秋色、秋味、秋意中结伴同游百里峡!

烟雨蒙蒙黑崖沟

初夏六月，烟雨蒙蒙，如梦似幻，清晨的黑崖沟宛若置身仙境，云雾弥漫着的华北第一高架桥，蜿蜒在山间，气势恢宏。

夏风裹挟着微凉，吹向樱桃园，满园樱桃带雨红，成了黑崖沟一道靓丽的风景。

其实，之所以我对黑崖沟并不陌生，是因为十年前，由于工作关系，也曾来过，也曾住过。这里的乡亲们热情好客，这家管吃饭，那家让住宿，很是体贴、周到。

此次"黑崖沟樱桃文化艺术节"与保定、阜平文友一行二十余人，再次走进黑崖沟，再次感受到浓浓的乡情。

份份浓厚的情谊，不仅仅是乡土风情，还有乡村振兴的热情，在景德镇打拼多年的阜平籍小伙子周合伟，迎合着家乡脱贫攻坚的致富梦，义无反顾地投身到家乡建设的公益事业中。他创办的"冷山公益画院"将作为黑崖沟的支撑点，一带一片，翘起沟里与沟外的和谐、进步、文明……

还有返乡创业的年轻人张红亮，怀揣为家乡脱贫致富的伟大梦想，在黑崖沟村成立了"珍惜蔬菜瓜果种植专业合作社"，依托我县金融扶贫政策，协调银行贷款150万元，流转土地50多亩，使得黑崖沟蔬菜大棚迅速发展。

在乡村振兴的道路上，无疑，这个村庄是热闹的，老百姓的日子是红火的，"我和我的祖国，一刻都不能分割"循声望去，瞧！当地村民1000多人合唱《我和我的祖国》慷慨激昂，振奋人心，催人奋进！

"冷山创意市集"上的绘画草帽、手工坐垫、百样花馍惟妙惟肖，精湛绝伦，无不彰显村里人的勤劳、智慧。

正如乡镇领导在樱桃文化艺术节开幕式上提到的：用文化拉动经济，把黑崖沟的文化、产业、风景和民俗宣传推介出去，打造文化旅游兴镇、产业强镇、生态富镇，助推当地经济发展，使得深山贫困地区的百姓走出屡遭经济发展瓶颈制约的困境，彻底摘除贫困的帽子。

是啊，黑崖沟村优势多多。看！阜平县龙泉关镇的黑崖沟村有保定第一高峰歪头山、有华北第一高架桥黑崖沟大桥、有千年古刹白衣寺、有百亩樱桃园、高山苹果园、中药材、双甍山木耳种植基地、有"冷山公益画院"、有淳朴的民俗民风、有勤劳善良的黑崖沟人。

此时，更喜欢烟雨中的黑崖沟，此刻，樱桃更红了，晶莹剔透，山上的树木更苍翠了，郁郁葱葱，村民们精神抖擞，干劲更足了。高大爷头戴草帽，挎着背篓在核桃树下挖野菜。我在询问后得知：高大爷每天挖野菜，说每天挖一点，刚好够前来游玩的客人吃，保证新鲜。我问高大爷："这下雨天您也坚持挖吗？"高大爷乐呵呵地说："你们这些娃大老远从大城市来到俺们黑崖沟，来一次不容易，就想着让你们吃到稀罕的东西，坚持挖，这也不费劲。"

这就是黑崖沟的父老乡亲，憨厚善良，我漫步雨中，此刻的雨水犹如黑崖沟村智慧的甘泉、家乡致富的雨露，我卑微的灵魂必须接受净化洗礼。

雨一直下，我情不自禁地走进樱桃园，园内夹杂着泥土的芬芳，空气清新宜人。翠绿的樱桃叶被打破，坠落满地，满枝的红樱桃越发得高高在上，有黑里透红的，有红中带粉的，有粉中泛黄的，再细细看去，不管是树叶、樱桃还是地面，都被洗刷得干干净净，犹如黑崖沟人纯洁的心灵。

和本村的作家冯老师一路同行，走在去往村庄的路上，冯老师边走边对我讲解关于黑崖沟莲花山的故事……

极目远眺，烟雨蒙蒙中的黑崖沟——远山、雨雾、村庄、房舍，若隐若现，还有烟囱里的缕缕炊烟袅袅升起……

贤人闲游仙人寺

  仙人寺，位于河北省保定市阜平县吴王口乡南庄旺村南沟，始建早于五台山诸寺院，当地有"先有仙人寺，后有五台山"的说法。后来，由于此地僧人逐渐增多，又无处扩建，便迁至五台山。"仙人寺"在印度、五台山佛界均享有盛名。

  仙人寺地处幽深峡谷，群峰险峻，山峰顶处，有石如人，石人脚踏山巅，头顶蓝天，十分壮观。有诗文赞誉如下：

> 群峰峥嵘森林密，万丈奇峰谷中起。
> 山上有山石摞石，石上石人巍然立。
> 青松参天景秀丽，石人相背古庙宇。
> 三面断崖一条路，险峻天下数第一。

  初到仙人寺是在 2016 年深秋的雨后，当时在吴王口乡政府上班，机缘巧合，县党校的几位领导到吴王口乡驻村下乡，我作为乡政府工作人员陪同前往。

  其实，人生就是一场修行，沿途风光便是最美的风景。从乡政府所在地出发，车子大约行驶十几分钟，"银河大峡谷"的瀑布便悬挂在眼帘。飞瀑直下，好像天空中此时正下急雨，一缕缕下坠，隆隆地咆哮着，喷涌着，远远望去，宛如万斛晶珠闪出一道银白色的珠帘，让人醉在其中。

  随着车子的颠簸，心也跳跃在仙人寺的晨钟暮鼓上。

  由于 2016 年夏季的特大洪水灾害导致在距离寺院两公里处的道路被冲毁，所以，我们只好下车徒步前往。

同行的我们走走停停，不时翻转手机仰拍、录拍，把山涧的红枫、树挂都定格在镜头深处。越通往幽径越感到清凉，脚下偶有冰雪的痕迹，在路的拐弯处是仰视观望对面仙人石的最佳位置，松柏掩映下的仙人石在云雾的氤氲中若隐若现，美奂绝伦。

　　仿佛感召到仙人的指引，腿脚酸软的我们顿时精力充沛，拾阶而上，一步步走向心中的信仰。

　　从山门进入，仙人寺就在眼前，鼓钟就在眼前，仙人石就在眼前，那个遥远的传说亦就在眼前。

　　相传，在很久很久以前，山下有几个小村庄。祖祖辈辈村民们以打柴为生。有一天，小南沟村一个叫贾旺的小青年牵着一头小毛驴上山打柴。砍累了，他就仰面躺在山坡上想休息一下再砍。可一抬头，看见山顶上有两位白发苍苍的老人正在下棋。他感到很好奇，天这么冷，两位老人怎么坐在山顶上下棋呢？于是，他来了精神，把驴拴在一棵小树上，丢下绳子和斧子就爬上了山顶，想看个究竟。两位老人只顾下棋，没有理会他，一会儿飞来两只大飞虫，两位老人一人接了一个，放在嘴里，"吧喳"了几下，就吐出一颗红桃核儿。又飞来一只，一位老人抓住让贾旺吃，贾旺嫌脏不肯吃，老人吃了又吐出一个红桃核儿。贾旺很是纳闷，飞虫到了老人的嘴里怎么就变成桃子了？不知不觉，天已向晚，两位老人的棋快下完了。贾旺才下了山崖，寻找驴和斧子，可是驴和斧子都不见了，拴驴的小树已长成了几搂粗的参天大树。天黑了，他就摸索着进了村。可进了村，怎么也找不到自己的家门口了，挨户敲门，谁都不认识他。他说是贾旺，上山砍柴，只走了一天的工夫，怎么村子就变成这个样子了，人也全都不认识了。这时，人们才想起老辈子有人提起过有个叫贾旺的青年上山砍柴失踪了。人们以为他遭了不幸，被狼吃了。几辈子过去了，怎么今天又回来了，还是一个小伙子，莫不是见了鬼了。贾旺把他在山上一天的经过和村民细说一遍。第二天，人们怀着好奇跟着贾旺上了山，可是两位老人早不见了，只有两块

83

大石头，形状很像两位老人在下棋。人们这才明白，贾旺可能是上了天，碰上了神仙，正所谓，天上一瞬间，人间几百年啊！

  贾旺回了村，乡亲们帮着盖了几间新房，娶了媳妇。媳妇一连生了五个儿子，人丁兴旺，几十年的工夫，庄子里姓贾的占了一多半。贾旺活了一百二十岁才死。人们为了纪念他，就把小南沟村改名叫南庄旺，山顶上的两块石头被称为仙人石。人们又在仙人石旁边开了一块平地，盖了庙叫仙人寺。后来人们都想活到一百岁，就纷纷攀上悬崖。据说是只要能从仙人石的脖子下面转过去就能活到一百岁，并且多子多福，一生都平平安安。虽然只是一个传说，但是后人却都信以为真。

  白云朵朵绕仙石，百年松柏遮仙寺。站在仙人石脚下平台，俯视群山，颇有"会当凌绝顶，一览众山小"之感。"菩提本无树，明镜亦非台"，仙人寺不大，红墙黛瓦，庙顶上长满了青苔。殿堂佛像金碧辉煌，墙壁上粉刷了好多仙人，栩栩如生。

  如今，脱贫攻坚战已完美收官，乡村振兴又在谱写新的华章。在党和政府的关怀和领导下，修建了由吴王口乡通往龙泉关镇的乡村旅游大道。这样，大大方便了游客朋友们，在去仙人寺虔诚朝拜的同时，可以一并游览位于龙泉关镇的保定市第一高峰——歪头山，华北第一高架桥——黑崖沟大桥，以及2012年岁末，习近平总书记来阜访贫问苦的骆驼湾村、顾家台村。

  老区阜平山清水秀，旅游景点众多，绿色生态旅游与红色革命圣地相辅相成，欢迎更多"贤人闲人"前来仙人寺观仙石、赏仙境、话仙事，投资开发民宿，助力乡村振兴。

  最后，愿贤人、仙人与我们一路同行，建功新时代，再启新征程！

草原的诱惑

1 初见草原

　　生在山城，长在山城的我对草原的向往已久。也曾不止一次幻想：前世，我一定是在某片广袤草原的深处，骑着温顺的马，从缤纷的草原野花中穿行而过，或许还会唱着草原情歌，任碧空中丝丝云彩在歌声中游离……

　　念由心生，心随意转，一次从省会返阜途中，驱车前往涞源的空中草原。

　　从山脚下到山巅的空中草原是骑马而行。当路两边本来很平坦的丘陵被突然拔地而起的怪石奇峰所代替时，奇妙之旅由此开始。道路变得蜿蜒曲折，行在其中感觉像穿行在巨大的石林中，简直是"山重水复疑无路，柳暗花明又一村"的绝佳注释，让人不得不感慨大自然的神奇。

　　或许是时间的关系，秋末黄昏草甸有点深沉，遗憾没能看到牛羊成群的景象，但令我难忘的是草原的雾。

　　茫茫雾海漫荒郊，叠嶂峦层峰亦高。连绵银纱覆草地，金帷散现落山腰。前一秒还赤脚踩着柔软肆无忌惮行走，后一秒便胆战心惊留步，雾把天空连同夕阳一起藏了起来，四周变暗了，瞬间什么都看不见了。然而当雾消散后，我发现自己驻足在悬崖边缘。真可谓"妙在险中求"！

　　步行下山，返回停车场，从宣传牌上得知：涞源空中草原是著名的"太行八陉"之一，历来就是兵家必争之地，相传曾是大辽萧太后的牧马场、练兵场。至今还流传着关于杨家将的许多美丽传说。

2 草原的云

人生不过是一场旅行，你路过我，我路过你，然后各自修行，各自向前。与高阳姐姐一拍即合，风雨无阻，说走就走，再次开启草原之旅。

锡林郭勒盟多伦草原，我来了！

敕勒川，阴山下，天似穹庐，笼盖四野。天苍苍，野茫茫，风吹草低见牛羊。草原上的风轻轻柔柔的，带着泥土的气息，带着青草的清香，把一望无际的绿吹向我。其实草原最美的风景就是一片碧绿连接着蔚蓝，天地之间和谐交融的景色令人难以忘怀。

映入眼帘的草原无边无际，上边是蓝蓝的天空，白白的云朵，云飘来飘去，恬静闲适，莺飞草长的草原和悠闲的云搭配在一起是无比的惬意，刹那间眼前明亮了起来，站在草原上的我心旷神怡。

蓝蓝的天上白云飘，白云下面马儿跑，正是此刻的意境。湛蓝如洗的天空飘着朵朵白云，时时变换着模样，对应的是大地碧绿的旷野，羊群在青青中浮动着白色，像一朵棉花晾晒在了绿色的绒毛毯上。野花点点斑斑，点缀在这片绿色的海洋里，让草原变得五彩斑斓。

夕阳映照，眼前的青翠仿佛是刷了一层金粉，随着阵阵晚风袭来，掀起了碧波金浪。盛开着的各色各样的野花，这里一丛，那里一片，沐浴着落日余晖，在广阔的草原上散发着浓郁的芳香，放眼望去，野花如同色彩缤纷的云雾，飘落在绿色的草原上。

有幸路过这漫无边际的绿色，人又怎能安于平俗的客套。生于红尘，总得有红尘的事，来装点我们的心意。

草原辽阔无限，而与它有关的情话，该是生命一程又一程的理解和懂得……

3 草原的夜

草原的夜是激情的夜，狂欢的夜。

夜，来临了，每一株草都显得格外幽静。躺在微微倾斜的草原山坡上，抬头仰望夜空，夜色奇美，高高的天空缀满繁星，它们眨着可爱的眼睛，仿佛是在欢迎我们这些远道而来的客人们。

不远处，篝火点燃，游客们激情四射。手拉手围着篝火转着圈儿，边歌边舞。

腾空而起的焰火光彩夺目，时而像是一只凤凰冲破云霄，时而像是一层火红的薄暮四散开来，时而如同绯红的夕阳照向大地最后一缕阳光，久久地凝结在空中……

只见一片火海满天横流，疯狂的火浪一个接着一个，张牙舞爪地仿佛想要把天空也吞下去……

入夜，整个草原完全地改变了，浓浓的雾气，从四面八方升起来，草原慢慢地转为暗绿色，每朵小花，每棵小草都散发出香味，草原蒸熏在芬芳的气息里，月亮撒开银色的网笼罩了一切，为草原添上了神秘的色彩。

人其实也只有在晚间才可以释怀，放下所有，因为一些对的、错的、好的、坏的，在每一个今天都会结束，给心留有更大的空间，张开双臂拥抱更多个美好的明天。

4 草原日出

草原的天亮得特别早，为了看日出，早上四点便起床。

清晨的草原，万籁俱寂，所有的绿都在沉睡，仿佛等我入梦来。蒙古包附近的几只孤灯在茫茫草原冰冷的空气中与天空时隐时现的星星交相辉映。

晨曦初照，渐渐地东边露出了一片红霞，接着红霞的范围越来越大，越来越红。

早起的鸟儿有虫吃，一点没错。小丘上几只早起的马匹在尽情吃草，几头奶牛在山坡下舒懒地躺着，偶尔听到牛的几声哞叫。

一望无际的草原被这些牲畜点缀得生趣盎然。火红的太阳从草原冉冉升起。开阔平缓的大地反射着遍野的绿色。没有高楼，没有工厂，没有商铺，没有喧嚣，有的只是点缀在绿色海洋中的几座乳白色的蒙古包。在这样美的环境下，情不自禁想要高歌一曲。

平淡如水的生活在柴米油盐中极具烟火，在人生的旅途中，历经苦辣酸甜蒸煮出包罗万象的胸襟，如草原辽阔。

5 作别草原

轻轻地我走了，正如我轻轻地来；我轻轻地招手，作别草原的云彩。那成群的牛羊，是草原上的希望；蔚蓝下的碧绿，在我的心头荡漾。

蓝天上缕缕白云，那是我心头丝丝离别的轻愁；然而我需要坚强，我的胸怀必须如长空一样晴朗，因为下一站有更美的诗和远方。

风凌乱了我的发，吹起如花般破碎的流年，思绪在拉长，成为我生命旅途中最美的点缀，看天，看云，看季节深处的暗香。

别了，一碧千里的草原，成群结队的牛羊，肆意奔跑的骏马，轻柔舞动的季风，洒脱飘逸的白云和热情好客的草原人家……

别了，曾经懦弱无能的自己，曾经不堪回首的往事，曾经颠沛流离的生活，曾经耿耿于怀的心结……

草原之行使我明白了把弯路走直是聪明的，因为找到了捷径；把直路走弯是豁达的，因为可以多看几道风景。

草原的辽阔让我感到生命的卑微渺小，在蓝天白云下，每个人的一己之私，都是微茫的存在，待风吹红了晚霞，吹白了长发，看那雪月风花，薄暮飞沙……折射出心里每一丝憧憬和牵挂。

初冬鹤壁行

一季一风景，生命不长不短，刚好够用来看看这个世界。所以，在2021年的初冬，我决定到河南鹤壁一游。

鹤壁位于河南省北部，太行东麓，淇水之滨。相传因"仙鹤栖于南山峭壁"而得名。它是华夏文明发祥地之一，历史悠久，源远流长。殷末四帝在此建都，周末赵国也曾建都于此。这里曾诞生了我国历史上第一位爱国女诗人许穆夫人；也是孔子高足子贡的故乡；军家鼻祖鬼谷子禅办军庠于云梦，文学巨匠罗贯中着奇书于淇滨。并且有一条神奇的河——淇河，《诗经》中有许多描绘淇河两岸人民劳动、生活和爱情的诗篇，这条河是华北地区唯一未被污染的河流。境内名胜古迹荟萃，自然景观奇特。淇县云梦山，依太行而揽胜，缘仙境而著世；浚县大伾山，自平地而耸峰，因古佛而闻名。煤炭、石灰岩、白云岩、地幔矿物等资源繁多，储量丰富；淇河鲫鱼、缠丝鸭蛋、冬凌草被称为"淇河三珍"而享誉中外，久负盛名。

由于鹤壁地理位置适中，它既是豫北城市群的中心，又是晋冀鲁豫四省十市经济协作区的中心，具有承东启西、连南接北的有利条件，发挥联络和辐射作用，不仅交通便利，通讯便捷，107国道穿城而行，京汉铁路、京珠高速公路傍城而过，濮鹤高速公路与京珠高速公路交汇于此，而且京汉直埋通讯光缆在境内通过，新区通讯站已正式投入运行，还是南水北调工程、西气东输豫北支线、郑州—北京铁路客运专线、长治—泰安铁路的必经之路。

2021年初冬之际，从我们石家庄乘坐高铁，历经一个小时车程抵达鹤壁东站，随后，出站打车到酒店办理入住，接着再步行游览，凭感觉找了一家老字号招牌的饭店——一碗地地道道的河南胡辣汤下肚，不仅果腹，填充饥饿，而且暖胃，抵御风寒。

要想了解一个城市先从这个城市的美食开始。这话说得一点没错。在《圆桌派》里，梁文道说到，"什么人懂食物？什么人懂吃？"我们一般都觉得是厨师和美食家，其实，您忽略了一个群体，那便是旅行者。

因为受邀观看晚上七点在鹤壁市艺术中心上演的"河南省第十四届群星奖音乐舞蹈大赛"演出，所以，在这段时间先到演播厅附近的淇水大道走走转转是最好的选择。

淇水大道依托淇河绿道和淇河自然风光，增加了踏歌出游、夹镜鸣琴、淇园雅乐、松鹤迎宾、晨钟暮鼓、泉水思源等新的景观节点，打造"淇水悠悠、诗意绿廊"的美丽画卷。走在夜晚的淇水大道上，我仿佛置身于灯的海洋，泛光灯、霓虹灯、投光灯、礼花灯、庭院灯、变色喷泉灯，彻夜通明，投影出艳丽繁华的樱花美景更是让我震撼不已，心也跟着明亮起来。

两个小时后，随着五彩缤纷的大赛节目结束，我们移步前往鹤壁宾馆参加庆功宴。

次日，在鹤山区政府领导的陪同下，游览了峭壁一名起源之处南山和鹤壁最有故事的山——古灵山。

相信我们都熟知《封神榜》的故事，而在《封神榜》中，所有故事的起源，就是因为昏君纣王在女娲宫触怒女娲，女娲娘娘降罪殷商，派妲己祸乱朝纲，才有后边纣王暴虐、武王伐纣的精彩演绎。据传说，纣王降香之处，就是在鹤壁古灵山。

中国远古时代的历史，神话色彩一直都是非常浓重的。女娲造人，封神演义等等。而鹤壁淇县古灵山自古也是皇家所看重的风水宝地。

南朝梁武帝普通年间，由曾出任京城昭统寺大统、纲领全国僧尼四十年的著名高僧、朝歌人法上在此修行。唐永微六年，高宗皇上曾特召灵山寺长老法一到长安垂询佛事，唐开元年间，灵山寺又得以重修。

　　直到今天，古灵山有女娲峰、古佛洞、铜顶等60多个景点。其中，以女娲峰和号称"天下第一铜顶"的铜顶为魁首。

　　除此之外，位于淇县的云梦山也别有风格，值得一看。传说春秋时期高人鬼谷子隐居于云梦山，在云梦山修道成仙，广招学徒。其中孙膑和庞涓便是他的学生之一。鬼谷子教他们两个人学习了三十六计。可是，最后庞涓变坏了。鬼谷子经常说的一句话是："三十六计走为上"。后来，三十六计便走上市场……

　　四季轮回，每个人都能够从或长或短的旅途中悟出自我生命的意义。其实，旅行就是一种心态，一种对山川流水和瑰丽文化的痴迷。

　　初冬鹤壁行，遇见更好的自己，仍觉人间值得……

凤凰古城，铺展在湘西的绚丽画卷

有人说，脚步到达不了的地方，眼睛可以；眼睛到达不了的地方，文字可以。湘西凤凰古城与我，跨越南北，隔山隔水，但她始终在我柔软的心底，在我多情的梦里，在我醉美的情愫里。

我常常在想，"凤凰古城"仅凭一个诗意浪漫的名字就能成为"中国最美丽的小城"吗？答案肯定不是。那么，能与云南丽江古城媲美（丽江古城宛若一颗璀璨的高原明珠闪烁在彩云之南，我幸而见之，也曾在平遥古城的古色古香中穿行），并享有"北平遥、南凤凰"之名，足见她有着非同寻常的人文历史以及独特的神韵传奇。

带着对凤凰古城的好奇，我走进集汉族、苗族、土家族等多民族聚居的湘西小镇，融入唯美的梦里铺展开来的绚丽画卷。

凤凰古城，始建于清康熙四十三年（1704），绵亘逶迤于武陵山脉深处，倚南华山，环以石墙，傍沱江水，群山环抱，河溪萦回，关隘雄奇。在沈从文先生的书香里，流水潺潺，青山耸立；在黄永玉的画风中，古貌犹存，古韵熠熠；在宋祖英的歌声里，天下凤凰醉美，山间鸟语花香……

穿透云雾，穿过烟雨，穿越世纪轮回。当置身于梦里长途跋涉，终于驻足凤凰古城的面前时，极具当地特色的青石板路纵横交错。那些柔柔地漾着暗香绵长与寂寞的青石板巷；旧色斑驳陆离的灰瓦砖墙；缝隙中瑟缩了几根细细的野草；撑了油纸伞在烟云雨色迷蒙中踽踽独行的"丁香姑娘"。真可谓：

> 凤凰城里凤凰游，人自堤行江自流。
> 笑语时传浣沙女，轻波频载木兰舟。
> 衣牵石巷青如染，光映廊檐淡若浮。
> 遥望危崖红树上，片云飞去那山头。

　　堪称苗乡建筑一绝的吊脚楼不经然地使我在历史沧桑中深切感受到那份来自心底的静谧。随着地形的起伏变化，错落有致，层峦叠嶂，鳞次栉比，蔚为壮观。没有浮夸，没有矫饰，只有质朴集智慧垒筑起一种高高的尊严，雕刻出一种傲骨的威力，在寂寥与怆然中默默地延续。

　　清浅的沱江穿城而过。这依山傍水的小城，红色砂岩砌成的城墙伫立在沱江岸边，两岸苗寨建筑充满了诗意。放眼望去，那些砖瓦房屋虽朴实无华，但仍能散发出迷人的气息。水车不停流转，俯瞰虹桥风雨楼屹立在烟雨，回龙阁依旧幽静深远。

　　我不知道虹桥在岁月的长河中都经历了什么，也不知道与之匹配的朝代都发生过怎样的故事，但从其造型、建筑风格、格局、气势上看，虹桥是那样的气势磅礴，是那样的非同凡响。

　　此时此景，不得不重新解读沈从文先生的《边城》，不得不惊叹于无数的苍凉和无数的寂寥怅然。那个使翠翠在睡梦里为歌声把灵魂轻轻浮起来的年轻人也许永远回不来了。也许，这便是最好的结局。我不知道如何落笔，如何表达，甚至不知道该说些什么，从何说起。因为翠翠触目为青山绿水，眸子清明，"从不想到残忍事物，从不发愁，从不动气"，那就定格在山间撑着渡船，嗅着空气里每个季节的不同味道，激荡心底的涟漪，做场永不苏醒的梦吧！

　　这里的人也常常与山水一样。山水含笑且有情，譬如沈从文先生、熊希龄总理。在这里练就的不单单是一副铮铮铁骨和一腔豪气，还有你追我赶中的儿女情长。像极了凤凰姿态的山脉有一种温柔的旋律在流动，其色泽、韵味亘古绵长，火焰般燃烧着热烈的激情与深沉的焦虑。

凤凰的韵味似乎不需要修饰。它是赤裸裸的,古老而沧桑。让人可敬、可畏而不可亲。不是吗?《雪晴集》前一组文字,美如雪晴风景,无处不闪烁着大自然的神性光泽。人事方面,却多阻滞,导致山乡人充沛而活跃的生命力四散横溢,铸就形形色色的莫测命运。又因世风日下,前景暗淡,增人隐忧……

面对这样的凤凰,我只能仰望和惊叹她的雄奇、她的傲慢、她的冷峻、她的壮丽与诡谲,以及它的无言与怆然……

凤凰,始终又是超凡脱俗,古朴典雅。

凤凰古城,又犹如一个人,首先显现的是外表,接着是形骨,再次是精气神,最后是智慧与灵魂,越往后,潜藏越深,越难以深入其内部。

无智无勇者,只能看到外表,看不到形骨;有勇无智者,可以看到形骨,却不问精气神;大勇少智者,能够透过形骨感受到精气神的状态,但也仅仅如此而已。只有如沈从文先生大智大勇者,方能穿越一道道"墙垣",进入凤凰的灵魂。

任何事物的存在除了自身的价值,还有天时、地利、人和的契机,甚至还有万物的灵气。想想刘禹锡"山不在高,有仙则名,水不在深,有龙则灵"的诗文,我们可以悟到更多山水、更多城池、更多灵魂以外的东西。

日间,曲径通幽的深街长巷,一幢幢青瓦木楼和琳琅满目的商铺紧紧偎依,仿佛在述说着几百年来小小古城的富庶繁华。如果说故宫是帝王的天堂,那么凤凰古城则是平民的乐园。

入夜,沱江倒映下的凤凰古城更加别具一格,大街小巷,灯火通明。徜徉在光可鉴人的凤凰古城石板街道上,摩肩接踵的游客没有惯常闹市中的喧嚣,而是全都悄言细语地感受这古朴民居的无限韵致,一种超然人寰的宁静悄然而至。有些农家人,点燃激情的篝火,合围一圈伴随着悠扬的乐曲,载歌载舞。

在凤凰古城，我似乎来到了净界。凤凰的灵秀穿透形与神，沟通了天与地、光与影，使无生命的景观充满了生命的灵气，让沱江孕育勃勃生机。给数百年的传统特色文化注入了灵魂，也带来了空蒙以外的玄想与哲思，最终给后人留下了无限遐思。

凤凰古城，俨然就是一幅铺展在湘西的绚丽画卷，我如在画中行走，又似在梦中游离……

乘着专列到桂林

"桂林山水甲天下"我们在小学语文课本便熟知。桂林山水之美在于山、洞、水,称为"桂林三绝"。

2011年,我有幸晋级为保险公司的绩优主管,总公司奖励"桂林游"方案,我们1500余人作为河北分公司第二批赴桂人员于4月14日,乘专列在锣鼓喧天,条幅高悬、鲜花接站的隆重仪式下了开启了梦寐以求的桂林之旅。

桂林桂林,桂树成林;桂花桂花,桂花飘香,这就是桂林的由来。

的确如此,今天,我有幸揭开了桂林的真实面纱,领略到了这奇丽的风光。

桂林有四大奇观:山清、水秀、洞奇、石美。我们到的第一站是象鼻山,属于国家AAAAA级景区,位于桂林市与桃花江的汇流处,它是桂林的城徽山,也是桂林城中的山水精华,更是桂林市的标志,集雄、奇、险、秀于一身。远看此山像极了一头口干舌燥的大象,把长鼻子伸进清澈的漓江里喝水,"象鼻"与"象腿"间形成了一个山洞,就是水月洞。

凡是来桂林旅游的国内外游客,基本上都要来象鼻山游览。拍照留念更是分内之事。

桂林还是一座文化古城。两千多年的历史,使它具有丰厚的文化底蕴。秦始皇统一天下后,设置桂林郡,开凿灵渠,沟通湘江和漓江。桂林从此便成为南通海域,北达中原的重镇。宋代以后,它一直是广西政治、经济、文化的中心,号称"西南会府",直到新中国建立。在漫长的岁月里,桂林的奇山秀水吸引着无数的文人墨客,使他们写下了许多脍炙人口的诗篇和文章，刻下了两千余件石刻和壁书，历史还在这里留下了许多古迹遗址。陈毅元帅诗云："愿做桂林人，不愿做神仙"的颂声载道的名句。

晚上我们领略水上桂林风情——两江四湖、日月双塔尽显眼底。所谓两江便是"漓江、桃花江"组成的一条与威尼斯水城相媲美的环城水系；四湖是指榕湖、杉湖、桂湖、木龙湖。

桂林属喀斯特地貌，溶洞很多，次日，我们游览了世界溶洞奇观——银子岩。

银子岩位于距桂林85公里的荔浦县马岭镇，距阳朔18公里。银子岩溶洞分为下洞、大厅、上洞三个部分，洞内绚丽、幽美的景点有28处，奇特的自然景观堪称鬼斧神工，色彩缤纷而且形象各异的钟乳石石柱、石塔、石幔、石瀑，构成了岩溶艺术的万般奇景，被世人美誉为"世界溶洞奇观"。溶洞内最具代表的景点有"三绝"和"三宝"。"三绝"是雪山飞瀑、音乐石屏和瑶池仙境。"三宝"是佛祖论经、混元珍珠伞和独柱擎天。

走进银子岩溶洞，首先呈现在游客面前的是一个巨大无比的"荔浦芋头"，它是一根高2米、厚1米的石笋，惟妙惟肖，似乎在向大家展示家乡荔浦县的芋头名片。沿着狭窄的通道往前走，不远处就是溶洞的第一绝，"雪山飞瀑"了。置身此景，银光闪闪，雪白晶莹，像石崖上万道流水倾泻而成的一匹银瀑，壮美不乏妖娆，令人称奇。导游说：游了银子岩，终生不缺钱。原来这里的银色瀑布，像一个巨大的银子宝库，让你取之不尽，用之不绝。因此该溶洞名为银子岩溶洞。

再往前走，便出现了一组乳白色的石屏。这是银子岩的第二绝，"音乐石屏"。此石屏高约3.5米，宽约5米，是大自然的艺术之宫，老版《西游记》曾在此拍摄取景——"水晶宫"。

桂林之旅的第二天晚上是最最精彩的一个夜晚。我们跟随导游去看了大名鼎鼎的大型山水实景演出"印象刘三姐"。令我惊奇的是

97

这场演出不是在大剧院里举行的，舞台竟设在实实在在的山水之间。我们来到了表演的现场，看到看台就像一片绿油油的梯田。坐在看台上，前方是一片漆黑，我心想：这么黑，怎么表演？舞台到底在哪里？正在我疑惑不解的时候，耳边传来美妙的歌声，寻着歌声的方向，竟然发现一片漆黑的河面上，不知何时飘来了一叶扁舟。突然，对面的山水都亮了起来，夜空仿佛成了黑黑的幕布，把山水映衬得犹如一幅水墨画。随着灯光的变换，河面一会儿变成绿色，一会儿变成红色，看得我们眼花缭乱。最后，许多位苗族姑娘衣服上串着电珠，载歌载舞，身上的电珠灭了，姑娘就神秘地消失了，电珠一亮，美丽的姑娘就一下子又出现在你的眼前……不知不觉，演出结束了，我真佩服张艺谋导演，他把大自然变成了一个神奇的大舞台，真是了不起啊！

　　第三天，是我们乘船游漓江，再次真切感悟"漓江的水真静啊，静得让你感觉不到它在流动；漓江的水真清啊，清得可以看见江底的沙石；漓江的水真绿啊，绿得仿佛那是一块无瑕的翡翠。船桨激起的微波扩散出一道道水纹，才让你感觉到船在前进，岸在后移"。午餐在游船上点了油茶、鱼生、侗族酸鱼、清炒河虾、竹筒饭等特色小吃。下午，我们自由活动，或街景拍照、或超市购物，随着桂林分公司组织的欢送联欢晚宴渐入高潮，此次桂林之旅也接近尾声。

　　在大巴车送我们到高铁站的路途中，脑海中依稀浮现的是桂林的山、桂林的水、桂林的溶洞和风情。

难忘的港澳之旅

记得，在我小的时候，村庄里谁烫了头发，谁买了洋气的衣服，都会被村里其他人指点着夸赞说：你这是从香港刚回来吧！还有称赞邻村富裕，也会说：看人家村美得像小香港似的。

所以，从那时候起，对香港就有了一种向往，觉得香港是一切"时尚、富足"的代名词，是一切美好的象征。

中学时代，从历史和政治课本中，了解到香港所历经的磨难，心中充满悲愤。随之，对古惑仔、四大天王的崇拜又是满怀欣喜。中考那年，正逢香港回归，当从电视屏幕看到中华人民共和国国旗和香港特别行政区区旗缓缓升起之时，心情更是无比激动，兴奋地手舞足蹈简直难以用语言来表达。

于是，想零距离地与香港对话，成了一种热切的渴盼。

人这一生，要遇见什么样的人，经历什么样的事，似乎冥冥之中一切早已有了定数。2012年国庆节期间，我从保定到石家庄司法警官学院接读大学的弟弟回阜平与家人团聚，偶遇在旅行社工作的朋友，寒暄后得知近期他带团去港澳……就这样，了解熟知了一些基本情况，回阜后在假期结束第一个工作日，赶往公安局办理"港澳通行证"，于11月3日带老爸开启港澳之旅。

我和老爸分别从保定和阜平赶到石家庄火车站和其他人员碰头集合。然后踏上南下广州的列车，20多个小时的车程，在车上最容易打发时间的方法莫过于打牌、喝酒，我招呼组织了一下，几个人一呼即应，随之，斗地主的吆喝声夹杂着花生米、卤鸡蛋的混合香，还有地道的家乡阜平枣酒的醇香，从北到南，一路辗转，河南、湖北、湖南已经甩得好远……

列车到站，换乘旅游大巴车到深圳，透过车窗，看着经济特区，不由地想起：1992年，那是一个春天，有位老人在中国的南海边，画了一个圈……同时，为邓公提出"一国两制"的伟大构想而敬佩不已。

到达深圳，办理一系列入关手续，然后检验通行证，乘坐香港旅行社中巴车（香港车和我们不同在于他的方向盘在前方右侧）前往紫荆花广场拍照留念，随后转乘游轮观赏维多利亚港湾夜景。

维多利亚港不仅是世界三大天然海港之一，它还是香港重要的景点之一，享有东方之珠的美名。

在美丽的夜景中，听闻导游在讲：早上，维多利亚港空气宜人，海上大小不一的船在水中行驶，海岸边的鲜花包围了李小龙的塑像，傍晚，海上掀起了一阵阵波浪。随着点点的灯光亮起，维多利亚港变成了灯的海洋。

是啊，看着海岸上的灯光，如同闪烁的江河，光彩夺目。金紫荆广场上的紫荆花就像一只大鸟遮着自己的脸庞。

意犹未尽游完维多利亚港，导游送我们到酒店休息。路上，导游告诉我们香港寸土寸金，当她问及我的住房，我回答130平时，导游惊呼：那么大，豪宅了！

导游还说：在香港，每家每户都要有张上下铺床，节省空间，有的住户晚上把沙发床打开，如果个子高的，睡觉不老实的，晚上一个伸腿还会把电视打开……当然，我感觉这是一种夸张的说法，但从中也折射出香港人居环境的特色。

入住酒店后，辗转难眠，觉得不能把时间浪费在一张床上，于是，我们结伴找了一家酒店吃了夜宵，这里煲汤是一大特色，而后，打车去穿越了香港的海底隧道。

香港的海底隧道共有红磡海底、东隧、西隧三条隧道，我们此次穿越的是香港首条连贯香港岛和九龙半岛的过海行车隧道——红磡海底隧道，它也是香港以至世界最繁忙的行车隧道之一。

这个海底隧道最大的特点便是把昂贵的建筑费用交由每一个路过的车辆人员买单，以至于短短隧道这段路程，我们花费了300元港币。

次日，第一站是朝拜黄大仙庙，此庙是香港最著名庙宇之一，也是香港唯一一所可以举行道教婚礼的道教庙宇。

据说其庙在中国有两个，分别是广州黄大仙祠和香港黄大仙祠。香港黄大仙祠又名啬色园，始建于1945年，不仅是香港九龙有名的胜迹之一，还是香港最著名的庙宇之一，在本港及海外享负盛名。而广州黄大仙祠始建于清朝己亥年，即公元1899年，是广州宗教圣地之一。

导游指着在庙宇附近转悠卖香的老者说，这些人一个月可以有一万多元的收入。我半开玩笑说，那我不走了，留下来也卖香纸去……

第二站是海洋公园，在去往海洋公园路上我们还大饱眼福，一睹赌王大太太黎婉华在浅水湾的豪宅，以及一些明星的豪宅住所。

到达海洋公园，天色渐晚，我们伴随着零星小雨，从低向高游览，依次体验了"空中飞人、海盗船、过山车"的惊心动魄。并挑战了"极速之旅"，现在回想起来还有点胆战心惊。当高达62米（20层楼）的"极速之旅"出现在我面前的时候，我有过胆怯畏惧，想过放弃。可当在旁的游人劝说一起尝试挑战一下吧！我想，他可能本身也是惧怕的，此刻，我们需要相互鼓励。于是，在工作人员协助下完成安全带捆绑，开始空前绝后超刺激的速降，然后再飙升，再更快速度的下降，我下意识用手触摸安全带，想绑得更牢固一些，可是又不敢睁眼，担心误将安全带松开，于是放弃了这种想法，在好奇心的促使下睁开眼睛，身下是茫茫大海，四周是凄凄夜色，只有山顶娱乐设施发出的光亮与海上点点渔火遥相呼应。忽然，我的手被他紧紧握住，与此同时，我们异口同声大喊："啊——啊——"，几秒钟的时间仿佛历经生死，当平安落地，我双腿发软，心咚咚狂跳不止，他把我紧紧拥在怀里，轻拍着我的背部安慰道：别怕，没事了，若干年后，这是我们共同的回忆……

在返回酒店途中，导游告诉我们明日早餐后逛赌王四太太梁安琪旗下的珠宝店，还游说我们每人买一点（一条金项链只需1200元，随便挑选款式），这次我们吃住都是梁太太经营的酒店在接待、支持。

话由她说，该怎么做我们自己心里有数。

一个小时的船程我们抵达澳门，只见沿街店铺关闭，处于休息状态。导游又解说澳门最大的特色就是以赌为生，夜生活气息浓厚。

在澳门第一站我们参观了大三巴牌坊（每晚播报天气预备时，澳门的背景图片就是大三巴牌坊），并与几个葡萄牙籍游人合影留念。然后步入澳门最著名的赌场"新普京"酒店，里面设有蛋状钻石裙楼，客房面积约为二万八千平方米，酒店的地面四层主要经营娱乐场，四层地库里包含停车场，酒店呈莲花状，酒店大楼背后就是葡文学校，上阔下窄的独特设计，酒店主大楼高228米，共为44层，提供420间不同类型的舒适温馨客房供不同人士的选择，酒店里面包括会所、附设餐厅、品牌商店、宴会厅及酒店大堂等各项服务设施应有尽有。酒店外观就像一朵将要盛开的莲花，是澳博新的旗舰店，而且还是在澳门最高、最豪华的建筑之一。澳门新葡京酒店是一所被国际评为五星级的赌场酒店，整个工程投资超过30亿澳元，建筑面积约十三万五千多平方米。于2007年2月11日落成，并由时任澳门行政长官何厚铧主持开幕启用仪式。

澳门赌场原来没有想象中那么奢华不亲民，反而是热门游玩地，澳门拥有着全中国最大的赌城，一直有着一种神秘奢华的感觉。电视剧中的赌神、赌圣汇聚的场所，似乎是普通人无法接近的场所。想象中的赌场除了奢华的装饰还有着莫名的恐惧感。

可当我们近距离接触才得知，其实澳门的赌场都是综合性的娱乐休闲中心，这里不仅仅有赌场，也有各类综合设施，包括酒店、商场、餐厅、洗浴，等等。而且这些赌场都提供免费的接送巴士。从口岸出发的巴士会载着游客来到市区的赌场停车场，不管你是不是去赌场消费都可以搭乘。

赌场一般分为餐饮区、赌场区、表演区、休闲区。最受游客欢迎的莫过于根据威尼斯小城的风格而设计的第三层，这是目前澳门规模最大的综合娱乐休闲场所，赌场作为主营项目只是其中的一个区域。最吸引游客的是威尼斯人打造的假天空，无论阴晴雨雪，头顶永远都是蓝天白云。

这里以威尼斯水上城市为主题，集合了餐饮、娱乐和住宿为一体。不仅可以品尝到澳门最特色的美食，而且还可以乘坐威尼斯小船在人工河中游览，购买到上百种国际品牌。

在今年香港回归祖国 25 周年之际，追忆 10 年前去港澳的难忘之旅，让我更加感悟到血浓于水、同气连枝，香港的命运从来同祖国紧密相连。25 年前，香港回归，步入同国家共同发展、永不分离的宽广大道。回归后，香港同祖国内地的联系更加紧密，交流合作进一步深化。今天，伟大祖国繁荣昌盛，香港、澳门朝气蓬勃。

新征程前景广阔，新时代大有可为。祖国统一，指日可待；中华富强，势不可挡……

诗意古镇五通桥

  五通桥古镇位于四川乐山市南24公里，依山傍水，青山映照，绿水环绕，玲珑秀丽，民俗独特。境内涌斯河和芒溪河把五通桥分为四望关、青龙嘴、竹根滩三部分。这是一座颇有特色的水乡古镇。清代诗人李嗣源称赞其为"烟火万家人上下，风光应不让西湖"，故五通桥又有"小西湖"之称。

  五通桥古镇融山、水、树、镇为一体，山因水而秀美，水因山而多姿，阳光斑驳，树影婆娑。古镇，水多且桥也多，"虹桥千步廊，半在水中央"。镇内各种风格的桥把三片陆地连接起来，人们荡舟水上，穿行桥下，可尽情领略其秀美风光。

  在历史的长河中古镇也曾繁华百年，"因盐而聚市、因盐而成邑"，故而其又被冠名"川盐古镇"之美誉，曾形成成都平原最发达的工业体系。

  公元前250年，境内出现了"凿井煮盐"；1521年，境内用顿钻技术凿出的世界第一口百米石油竖井；到清道光和抗战时期，又先后出现了"川盐济楚"和"民国中央盐务总局"驻五通桥等重要的历史事件；20世纪40年代，天津永利川厂内迁五通桥，同时，"侯氏制碱法"诞生在这里；再到真空制盐的发明等等都是古镇辉煌的印迹。直到如今，"盐卤"依然占据着当地经济命脉里较为重要的一环。

  近几年，新冠疫情在全球肆虐，使我不由地想起五通桥的命名跟五通神以及老桥有着密切的关联。相传古时候的五通神主要管理瘟疫，古镇的盐商最怕的就是闹牛瘟，因此，对于五通神很是崇拜。而供奉五通神的地点就在古镇老桥不远处的五通庙里，所以便有了五通桥的美名。

漫步于五通桥古镇，连青石板铺成的小路也是如此古色古香，火红色的高跟鞋与青褐色的石板相互碰撞，发出的咚咚声，听起来却如钢琴奏出精灵般的音符，它们笑着，跑着，美得好似城墙上舞蹈的阳光，跳着华丽的华尔兹。我不由想到：昔日作为工业贸易中心的古镇，旧时镇上的人们，必定是每天络绎不绝地行走在青石板铺砌而成的街道上，往来频繁，步履匆匆……

如今的古镇虽不复昔日的热闹气息，但其极具诗情画意的韵味却扑面而来。古建筑的窗棂，古砖缝的青苔，古街道的印痕，都凝聚着厚重的文化底蕴，所有的这一切，都让古镇闪耀出璀璨的光芒。

"树绕村庄，水满陂塘"，这里的黄木角树，苍劲雄伟，枝繁叶茂，童童如盖，树沿着河，街依着树，树绿水青天蓝形成了五通桥古镇独特的旖旎风光。

在近代史上，抗日战争年代，从这里走出了一位不爱红装爱武装的奇女子，巾帼不让须眉。她便是青年英雄丁佑君。

1931年9月27日，丁佑君出生于犍为县五通桥（今乐山市五通桥区）瓦窑沱一个盐商家庭，她天资聪颖，富有正义感，从小就同情劳动者。丁佑君在通材中学上学时，开始接受进步思想，在幼小的心灵中播下革命的火种。

1947年2月，丁佑君考入成都市女子中学（今成都六中），在二哥丁好德和进步同学引导下，特别是在共产党员黄梦谷老师教导下，丁佑君的思想逐步发生转变。她广泛参与校内外各种进步社会团体组织的活动，思想认识进一步得到提高，并积极投入党组织领导下的日益高涨的民主革命运动中。

1948年4月9日，以四川大学学生为主体的和平请愿，遭到国民党反动当局的血腥镇压。消息传进女中，丁佑君和同学们走上街头演讲、撒传单，揭露"四九"血案真相，一直坚持到罢课斗争取得胜利。"四九"血案和罢课斗争，使丁佑君得到了锻炼，受到了深刻的教育，提高了思想觉悟。

1950年7月29日，丁佑君调到西昌县盐中区任青年干事，参加征粮工作。9月18日，盐中区国民党残余军队、土匪同地主、恶霸勾结发动武装暴乱，丁佑君不幸被捕。面对敌人的威逼利诱、残酷审讯、严刑毒打，她坚决斗争、拒绝进食，始终没有泄露一点情报，还向土匪宣传党和政府"首恶必办、胁从不问、立功受奖"的政策。毫无所得的土匪恼羞成怒地剥去她的衣服，逼她游行，她大义凛然，痛骂土匪卑鄙无耻。尽管遭受到土匪非人的折磨，疲惫不堪的丁佑君面不改色，大声鼓励同志们坚持战斗，争取胜利。土匪的阴谋没有得逞，罪恶的子弹穿透了丁佑君的前胸，丁佑君倒在了血泊之中。凶残的匪徒们见其未死，惨无人道地抓住丁佑君的双脚，在地上拖行了一里多地，然后将其扔在保城河堤边的猪市坝，年仅19岁的丁佑君壮烈牺牲。

丁佑君牺牲后，中共西昌县委追认丁佑君为中共正式党员，后经毛泽东主席批准颁发中央人民政府革命牺牲人员家属光荣纪念证，并给丁佑君烈士记一大功。1952年，西昌修建了丁佑君烈士陵园，朱德为其题词：丁佑君同志是党和人民的好儿女……1958年建立人民公社时，为纪念丁佑君烈士，经西昌县人民政府批准，将陵园面向的街道，命名为"佑君路"，将镇上的老街村改为"佑君大队"。1985年，在丁佑君烈士牺牲35周年之际，西昌盐中区和五通桥各修建了一座丁佑君烈士纪念馆，并且在两地都竖起了一座汉白玉烈士雕像。中共中央总书记胡耀邦为陵园题写了园名。1987年10月1日，经西昌市人民政府批准，为纪念丁佑君烈士，将河西镇改名为"佑君镇"。

烈士的鲜血没有白流，丁佑君的牺牲让战友和乡亲们纷纷投身剿匪的斗争中去，匪首王国贤、王国佐、谌洪祥、匡绍先、朱暄等先后伏法。她的牺牲激励着一代又一代爱国青年和革命战士。每年的清明节，古镇的儿女在丁佑君的雕像前接受爱国主义教育，纪念她、缅怀她，她的精神将随着祖国的发展和富强而不朽，并永远守护着古镇的繁荣和昌盛。

另一个可歌可泣的英雄是程雪门，他是四川省乐山市五通桥区人。1929年，程雪门从成都储才中学毕业返乡，到五显庙戴祠小学任教。他以教师身份作掩护，从事革命活动，经戴禅修介绍加入了中国共产党。1933年5月，党支部决定在牛华后山至河呷坎一带举行秋收斗争，程雪门抱病奔走于盐工、农友中，积极鼓励并筹划和组织。后因团省委李乙凡视察乐山返回成都后被捕叛变，程雪门将共产党员疏散、转移，自己却不幸被捕。在乐山监狱中，敌人施展了各种伎俩，动用了酷刑，百般折磨，妄图动摇其心，但都未能见效，敌人以"拒不招供之共党"的罪名，将程雪门打入死牢，被活活折磨而死，牺牲时年仅24岁。

五通桥古镇正是巾帼英雄烈烈，人杰地灵；真是才子佳人济济，风调雨顺；恰是莺歌燕舞处处，钟灵毓秀。它从古至今名人辈出。

在这里，有1995年当选为中国工程院院士的黄尚廉，有被喻为"中国核电之父"的欧阳予，他们都是从古镇走出来的一代俊杰，他们为新中国的科技发展立下了不朽的功勋。

美丽的五通桥啊！愿你与时光皆芬芳、共璀璨；诗意的五通桥啊！愿你和岁月同灿烂、齐辉煌！是啊，五通桥古镇无论是从礼教、教育、国防、科技等领域都是时代的标榜，是不朽的存在。

这样一个有韵味、有风情、有故事、有着红色革命传统的地方，在新的历史时期，欢迎社会各界仁人志士前去参观考察、投资开发，让我们共同努力，让沧桑的古镇重拾往日的繁华，为乡村振兴挥洒浓墨重彩的一笔。

光雾和谷话秋池

"光雾和谷"单凭这个诗意的名字,便使我心旷神怡。更何况还有一泓池水润泽着万物……

一直在想,"光雾"是人生涌现的骄傲和低处的迷茫吗?置身在山谷间我感谢自己卑微而鲜活的存在。

山风轻拂过黛山,橘黄的日落点缀其间,使得和谷的夜在静美融合中悄然而至。此时,秋池畔每一株草都显得格外幽静。倚着木屋重楼,抬头仰望夜空,繁星点点,它们眨着可爱的眼睛,仿佛是在欢迎我们这些远道而来的客人们。

然而伴随着第二届"光雾和谷音乐节"的到来,和谷的夜又是激情的夜、魅力的夜。不远处,丝竹之音、呐喊之声交相辉映。游客们激情四射,用力挥舞着手中的闪光棒,使得夜空的光束光彩夺目。悠扬的音乐一个接着一个,疯狂的尖叫一波接着一波,视觉与听觉的碰撞带给心灵深深地震颤,满满的都是感动。

入夜,整个谷完全地改变了,浓雾笼罩下的秋池慢慢地转为暗绿色,木屋重楼蒸熏在花草散发出的芬芳气息里,月亮的银辉也为光雾和谷晕染出神秘的色彩。

其神秘除却和谷本身的美感之外,还在于秋池内在的韵味。秋池之韵缘于一首唐诗,那便是晚唐诗人李商隐的《夜雨寄北》:

> 君问归期未有期,巴山夜雨涨秋池。
> 何当共剪西窗烛,却话巴山夜雨时。

《夜雨寄北》是诗人李商隐身居异乡巴蜀时以诗的形式写给远在

长安妻子的复信。此诗开头两句以问答的形式和对眼前环境的抒写，阐发了孤寂的情怀和对爱人的深深思念。后两句设想来日重逢谈心的欢悦，更加反衬出今夜的孤寂。诗即兴写来，写出了内心刹那间情感的曲折变化。语言朴实，在遣词造句上看不出修饰的痕迹。

作为晚唐著名诗人，李商隐一生不得志，仕途坎坷，但他对爱情却非常执着，除却写了大量主要以爱情为主题的无题诗，对自己的妻子也用情至深。这首《巴山夜雨》就是生动的体现。身在异地，遥想家乡，梦幻重逢，设身处地。由于李商隐多年在外游历，夫妻在很长的一段时间里聚少离多，李商隐对于妻子是有一份歉疚的心意；而李商隐仕途上的坎坷，无疑增强了这份歉疚的感情。难怪这首诗千百年来脍炙人口，感动了无数人的心灵，堪称一段爱情佳话。

其实，这世间有太多的不属于我们的繁华，面对纷纭的世相，只需一幽谷、一池水，守着如水的年华抚慰人生的过往。

喧闹过后，秋池万籁俱寂，所有的碧波都在沉睡，仿佛等我入梦来。木屋附近的几盏路灯在清凉的空气中与天空时隐时现的星星交相辉映。这时，一池秋水被这些光亮点缀得生趣盎然。

世间万物万般有趣。静与动构成了永恒的互补与和谐。如果说光雾、音乐是典型的动，大幅度的动，迷人的动；夜色下的秋池就是真正的静，原生态的静，感人的静。有动有静，一张一弛，方为圆满。动，让我们生命充满生机和灵动。静，使我们生命处于秋叶般的静美境界，不再无止境地躁动不安。你看，这不是生活中的辩证法吗？感谢这个难忘的异地的夜晚，用它特有的安排，给我带来了意想不到的带有哲学意味的思考，让我深陷其中。

在这样的环境下，情不自禁想要用文字感念美好的存在……

彩云之南

当飞机在昆明长水机场平安降落时,当地接导游手捧鲜花,热情接机时,我知道我又迎来一段浪漫的旅程。

云南,简称云(滇),省会昆明,位于中国西南的边陲,是人类文明重要发祥地之一(生活在距今 170 万年前的云南元谋人,是截至 2013 年为止发现的中国和亚洲最早人类)。素以其美丽、丰饶、神奇著称于世。一向被外界称为"秘境",吸引着世界各地的游客。闻名于世的金沙江、怒江、澜沧江几乎并排经这里而流向远方。险峰峡谷纵横交错,江河溪流源远流长,湖泊温泉星罗棋布,造就了这块神奇的乐土。

在世界园艺博览会举办地的省城昆明,我们游览了有"高原明珠"之称的滇池,它是昆明的灵魂。云南,简称滇,也来源于此。

不仅如此,滇池,亦称昆明湖、昆明池、滇南泽、滇海,位于昆明市西南,有盘龙江等河流注入,湖面海拔 1886 米,面积 330 平方千米,为云南规模较大的淡水湖。滇池平均水深 5 米,最深 8 米,风光秀丽,为中国国家级旅游度假区。滇池是昆明有名的网红湿地、网红打卡拍照圣地,景区内的滇池海埂大坝、南滇池沙滩公园 1903 都是较受欢迎的网红打卡点。

作为阿诗玛故乡的石林风景区,被称为"云南石林",位于昆明石林彝族自治县境内,距离云南省会昆明 78 公里,范围达 350 平方公里,已被联合国教科文组织评为"世界地质公园""世界自然遗产风光"。1982 年,经国务院批准成为首批国家级重点风景名胜区之一,是国家 5A 级旅游景区、全国文明风景旅游区。源于当地流传的"阿诗玛"美丽传说,使得前来石林旅游观光的游人更是络绎不绝。

"苍山不墨千秋画，洱海无弦万古琴。"风花雪月是大理美景的概称，下关风，上关花，苍山雪，洱海月，大理之景一如其名，自是美不胜收。在大理天龙八部影视剧场，我精心装扮，拍剧照留念。

从大理苍山洱海到拉市海的茶马古道，我深刻体会到原始社会女性身份卑微，地位低下；从蓝月谷到玉龙雪山，我由衷感悟到爱情的力量，是集神力、魔力的组合；从摩梭族走婚到丽江酒吧一条街艳遇，我再次被深深地震撼……居住在这里的少数民族居民远离城市的喧嚣和车水马龙，过着随心所欲的生活，是这般惬意且满足。

而相对于她们，我在云南的一些经历堪称奇葩。一是朋友圈分享了一组身后背景为雪山的照片，同事秒回：这是去哪里了，穿越了吗？大夏天穿波士登羽绒服？二是中午在号称"过桥米线"故乡的玉龙雪山之巅吃了一碗米线，我竟然当场吐槽还不如我们老家的好吃呢！

其实，到每一个地方游玩，必会品尝购买当地一些特产。这也是随团出游必不可少的一个环节。午饭后，导游带我们前往当地最大的土特产超市。首先凭借旅游牌号依次按序入场，边走边品尝琳琅满目零食小吃。

听导游提及当地嫁女陪嫁是茶叶饼（随着女孩出生开始准备，每年一饼，一般至25周岁）和六对银碗筷。所以我们又去品尝了三味茶，所谓三味茶便是一苦二甜三回味。送茶叶代表两层含义，一是茶叶作为地方特产以及茶文化的载体，备受关注，送茶叶则代表将自我感知的美好东西分享他人，共同享受茶文化带来的愉悦之感；二是茶叶作为礼品具有传递情感的价值，送茶叶承载着人情世故，承载着尊敬、礼仪，并具有重要意义。

而陪嫁银碗筷，寓意女孩在男方家不会被歧视而受气，娘家有足够底气为她撑腰。而走进饰品店，专柜内陈设的各种物件使我们目不暇接。

银饰在云南最出名。它不仅是一种装饰品,更是一种身份的象征。银饰的佩戴者主要是女性,特别是年轻的女孩子。除她们之外就是未成年的儿童会挂一些银锁片、银项圈或者帽子上加一些银饰片之类的。这倒并不是说银饰就不受男人的垂青,只不过为了男人的尊严,他们最多只能在腰带、靴子或者随身携带的刀剑上点缀一些银制的穗子。

红色、黄色、蓝色、绿色……云南是人们脑海中五彩斑斓的想象。然而当置身这片西南边疆宝地时,却发现这里一切又归于纯净、质朴。这块多彩的土地上聚居着彝族、白族、哈尼族、傣族、傈僳族、佤族、纳西族、拉祜族、独龙族、彝族、苗族、壮族、回族、藏族、瑶族、蒙古族、布依族等25个少数民族。走进彩云之南,在不经意间就感受到了纳西族的东巴文化、大理的白族文化、傣族的贝页文化、彝族的贝玛文化……

彩云之南,这一切的一切仿佛幻化在杨丽萍的孔雀舞中,婀娜多姿、如梦如幻……

云横秦岭太白山

夏风微凉，吹向远方。

太平洋的暖湿气流北漂，西伯利亚的寒流南下，它们像久别重逢的恋人，在秦岭山巅缠绕。

清晨，柔柔袅袅的雾霭，夹杂着缥缥缈缈的炊烟，如梦似幻，似氤氲暧昧般笼罩着秦岭太白，时而如轻纱曼舞，时而如海浪奔腾，温婉怜惜地抚摸着葱茏欲滴的"群峰之绿"，梳理着千沟万壑，成就了秦岭太白靓丽的风景和万世美名。

被誉为"华夏文明龙脉"的秦岭，矗立在国土中央，它不仅是我国南、北气候分界线，也是长江、黄河两大水系的分水岭。它更是湿润与半湿润地区的分界线。它的地理意义十分重要，在中国版图上挥洒下浓墨重彩的一笔。

秦岭主峰太白山，犹如鹤立鸡群之势冠列群峰之首，雄霸一方。自古以来，太白山就以高、寒、险、奇、富饶、神秘的特点闻名于世、称雄华夏。具有低山、中山、高山等地貌类型，界线清楚、特点各异，特别是第四纪冰川运动所雕琢的各种地貌形态保存完整、清晰可辨。并且以其巨大的高山落差，形成了太白山独有的气候特点。由下向上分为：暖温带、温带、寒温带、寒带、高山寒带五个明显气候带。

秦岭太白山，我的梦中情人。熟悉着你的熟悉，陌生着我的陌生。多少次魂游大爷海，多少次梦里轻抚六月雪，多少次披一袭红披风，衣袂飘飘，驻足凝望……

诗人笔下的万物，皆有其美，令人心醉。再平常的事物，也会被赋予生命的灵性，成为一种美好。更何况是华夏文明的龙脉脊梁！

"云横秦岭家何在,雪拥蓝关马不前。""秦川如画渭如丝,去国还家一望时。""举目山水皆是景,诗到此时苦难吟,抛笔飞砚入云端,留下千古泼墨狠。"诗人们对秦岭的眷恋,尤以太白为最。文人骚客无不徜徉于太白的山水间,感受太白的钟灵毓秀,激发出无尽的情思,泼墨挥毫,写下不朽的篇章。

这里不光是文人的天堂,还是佛道百家的福地。据载洞天福地就是鬼谷子隐身、修道、带徒传艺之地;碓窝坪药王孙思邈活动遗迹尚存,并有秀女玉立、剑劈峰,升仙石、仙姬出浴、古栈道等,到处都有道教、佛教、诸子百家的足迹。

自峪口一路走来,沿途金碧辉煌的建筑是秦皇的寝宫,还是玉帝的金殿,还是各路神仙的家园?铜墙铁壁壁立千仞,气势恢宏;莲花峰瀑布直泻千尺,惊心动魄;药王栈道蜿蜒于悬崖峭壁;泼墨山墨汁淋漓,形象生动;世外桃源小桥流水,一派田园风光;每走一步,都走在神话的土地上,感受着神的语言。每观一景,都有精美的传说,都在与传说中的主人公成为玩伴。每一脚踩着的都是一段历史,每一眼看到的都是一副水墨丹青的画卷。它们集巍峨、雄伟、灵动、鲜活、历史、文化,风俗于一身,梦游千万次,次次景不同。

"水是眼波横,山是眉峰聚。"沿途瀑布众多,从云霄泼洒而下,千丈白练如飞,声如雷鸣,撞击岩石,水雾腾空而起,彩虹悬挂半山,就像是一顶桂冠戴在千山万壑之上,美妙绝伦,时隐时现。有时,彩虹套着彩虹,一层层一叠叠,站在不同的角度,就看到了不同的彩虹,太白的灵秀更是展现得淋漓尽致。

走进太白山就走进了一座水源地,"双脚踏南北,江河自分流。"在这里,泼下一碗水,一半入长江,一半入黄河。天就像一个大锅盖罩在头顶,地就像一个方阵铺在眼前,"天圆地方"由此而来。大爷海、二爷海、三爷海,海海贯通,涓涓细流从山尖,从石缝,从树叶,从树根,从叶尖,从草丛中流淌而出,一滴一线由小到大,汇集成溪,溪聚成河,缥缥缈缈从群峰万壑间唱着歌,跳着舞,蜂拥而来，汇聚成渭河流入黄河，滋润着中原大地，孕育着千古文明；汇聚成汉江、嘉陵江，演绎着历史变迁，讲述着汉楚文化。

"太白山上无闲草，满山遍地都是宝，认得做药用，不识任枯凋。"在太白山中行走，无论是高山、河谷、山坡、悬崖，还是树上、石下，到处都有意想不到的药材生长，到处都是中草药的海洋。可以毫不夸张地说太白山是我国野生中草药资源的宝库。"秦岭八宝"——药王茶、黑枸杞、太白米、金丝带、菊三七、羊角参、黑洋参、手掌参，已获得国家专利，随着进一步发掘，将会解除一个又一个患者的痛苦。

太白山被誉为"世界物种基因库"和"亚洲天然动物园"，这里汇集的苔藓和蕨类植物种类繁多，香树、独叶草、珙桐均为世界级珍稀树种。不仅植物群系复杂，种类繁多，生活在这里的动物种类也极为丰富，仅国宝级野生动物就有12种，最为著名的有朱鹮、大熊猫、金丝猴、羚牛、华南虎等，被称为"秦岭五宝"。

秦岭地理位置异常重要，地貌险峻，矿藏丰富。站在太白绝顶，看着烟雨朦胧中起伏逶迤的秦岭，就像一条巨龙，在华夏大地上腾飞。俯瞰关中大地，秦腔吼得震天，华阴老腔穿越在时光的隧道中，传承着秦文化的韵律；眺望陕北，信天游唱得瓜果飘香，腰鼓敲得延河透亮，黄龙飞舞的沙丘被绿纱帐埋葬，遮灰尘的羊肚手巾挂在床头上歇凉；再看陕南，汉调二黄绕梁三日回味绵长，镇安板栗个大甜脆，安康的采茶女在茶山上把歌唱，汉中的热面皮、菜豆腐中外美名扬。

喜欢这样的秦岭，此刻，烟雨中的龙脉显得更加伟岸。在乡村振兴的进程中，旬阳县的樱桃晶莹剔透；洛南县核桃香气扑鼻；略阳杜仲生机盎然，这就是大美秦岭的真实写照。

和着心灵的悸动，走在去往太白的路上，感受着太白山美好而绚烂的"春之声、夏之咏、秋之吟、冬之语"，极目远眺云雾缭绕的秦岭太白山，是那么的神圣而美好。

我的勉县，我的家

勉县，原名"沔县"，因沔水而得名。隶属陕西省汉中市辖县，位于陕西省南部，汉中盆地西端，北依秦岭，南垣巴山，居川、陕、甘要冲。秦设褒县，元初改兴元府为兴元路，设立"沔州"，明洪武七年"沔州"改设"沔县"，1964年9月经国务院批准改"沔县"为"勉县"，沿用至今。

勉县山一重，水一重，山含笑且水多情。

"何当共剪西窗烛，却话巴山夜雨时"。逶迤的巴山，蜿蜒盘旋，气势磅礴。仰望山巅，山之厚重延展而来。其胸怀涵纳了苍天古木，也收容了遍野小草，孕育了豺狼的凶吼，也滋护了弱小的悲啸，巴山谦卑地静立着，缄默地忍受着时间的风沙辗转的痛苦和人类的恣意给他的挫折；俯瞰足下，白云弥漫，环观群峰，让流水变成湖泊，或者裂开身躯，让瀑布倒挂前川，云雾缭绕，一个个山顶探出云雾似朵朵芙蓉出水。

"茫茫汉江上，日暮复何止。"水的流动，却更像是智慧的追求，个性并且张扬，流动便是它唯一的宿命。它并不会思索着怎样直面挡路的顽石，而是轻柔地绕开，只让几缕青苔去教会顽石流水的意义。它也从不化解，任由飘零的树叶、人类的污秽随着水流逝，却从不允许它们在水面上发芽，只叫无尽的孤独告诉他们水流的意义。在水的心中，无彼无此，遇曲遇直，一颗痛苦的小石子，就会换来水的澎湃。

山和水的融合，是静和动的搭配，单调与精彩的结合，也就组成了勉县最美的风景。"绿水青山美如画，油菜花海醉秦巴"是勉县的真实写照。每年春到，沟沟坡坡的油菜花竞相绽放，飘香醉人，成片的稻田、菜畦、树丛、池塘也摇曳生姿，使得勉县置身在金色花田间，与绿水青山交相辉映，勾勒出一幅绝美的山水画卷。

而作为长江最大支流的汉江一泻千里，横贯全境。山与水的滋养使得境内矿产资源丰富。其储量大、品位高，位于"勉略宁"金三角，被地质学家李四光誉为亚洲的"乌拉尔"。

不仅如此，勉县的旅游资源也极其丰富，驰名中外的定军山、武侯墓、武侯祠，还有古阳平关、刘备称汉中王设坛处、马超墓祠、诸葛亮制木牛流马处、张鲁城、天荡山等遗址久负盛名，被誉为"陕南第一汤"的温泉也坐落于此，至今已有1400余年的历史了。云雾山、红岩沟、盘龙洞、黑龙潭等山水景观风光秀丽，更是吸引了众多游客游览观光。

勉县峰峦叠嶂，碧水如镜。极目远眺，青山浮水，倒影翩翩，两岸景色犹如百里画廊。每一处都是欢声笑语，每一处都充满阳光希望，这是脱贫攻坚干群合力的缩影，这是乡村振兴美好前景的展现。

没有雾时，千山一碧，有雾时，则云雾迷蒙，山连山，水接水。蓝天碧水青山，组成一幅又一幅展示不尽动人心弦的长长画卷。悠久的年代和苗壮的力量相结合，激情中的自然，送来璀璨的时光，气势不凡，拉长镜头，浓墨重彩，深入人心，送首瑰丽颂歌，赞它默默慷慨给予。在崇高寓于平凡之中，透着一股雄浑的气势，豪言壮语天地之间。辉煌的生命，灼热扑面，光环炫目，让人浮想联翩。

我的勉县，我的家。夹杂着我无尽的爱，夹杂着生命的成长。

童年懵懂无知，胆小懦弱，是石门栈道给了我直面人生的勇气；少年年少轻狂，是葱滩园林平抚了我的躁动不安；中年面对世事沧桑，陷于彷徨迷惘中，是武侯祠让我有种拨开云雾，重见天日的豁然开朗的感觉……

众所周知，汉中作为面皮原产地，其种类繁多，汉台热面皮、铺镇麻辣香等。而勉县最著名的就是鸡汤面皮了，面皮整张不切，用鸡汤做底,看似寡淡却入口味浓,让人吃了还想吃。

正所谓:爱藏在美食里,美食藏在烟火里,烟火藏在乡愁里。家住勉县,对故乡的情结在诸如鸡汤面皮中,在绿色菜尖中,在诸葛烤鱼中……

我的勉县,我的家,伴随我一生成长,激励我不屈自强。未来的路还很长,我将用挚爱深情拥抱勉县的每一缕曙光。

诸葛古镇梦三国

　　昨夜梦断华阳，昨夜情醉汉邦，昨夜有雨敲窗。但历经世事沧桑的我已学会沉淀。沉淀经验，沉淀心情，沉淀自己。所以，晨起依然精心梳妆打扮，穿着黑白相间的衣裙，揣着愉悦的心情，风雨无阻开启我的心路历程，走向梦中的三国，走进向往已久的诸葛古镇。

　　古镇位于汉中勉县。南依汉江、北邻武侯祠、东连马超墓、西接阳平关，历史人文资源丰厚，是陕西省十大重点文化项目"两汉三国文化景区"的开篇之作。景区总占地面积300余亩，总投资3.5亿元，集历史文化、民俗民艺、实景演出、休闲娱乐、人文建筑等多维度空间为一体，行走其中，犹如穿越时空，漫步于三国的浩瀚烟雨中。

　　历史风云如指间流沙，如草木清风，飘荡在花开花落间，轻轻抬头，便可捕捉，随便落脚，就会踩着前人的足迹。尘世间的风雨犹如白驹过隙，青鸟啼林，辗转一段光阴，低眉抬手间，斯人便难寻。

　　阴霾聚集在古镇的天空，细雨从檐上翘角聚多而滴，它们跌落下来，打在地面的小坑洼里，溅起一小点水花，碎了、散了、又聚了。于是不多时，檐上的天和檐下的地都被笼罩了起来，一片迷茫的白，似乎笼络了整个世界。

　　"暗淡了刀光剑影，远去了鼓角争鸣……"伫立在八卦广场，目睹高高在上的"诸葛椅"，瞬间，我仿佛步入时光隧道，一扇破旧的门，似开非开，似闭非闭。

　　一路行走，一路观看，一路听着导游的解说，仿佛灵魂出窍，

119

跨越时空，身临孔明先生座前，聆听伐谋攻守演练。或许是因为自己努力而成为一个有质感的人，此情此景也让灵魂生香。素昧平生的游人递给我一把白羽扇让我拍照留念，才把我的思绪从三国的马蹄号角中拉回到"诸葛椅"面前。于是，我手握"诸葛扇"走上高台，派头十足地过了一把"诸葛"瘾。

穿过八卦广场，一路西行，热闹的美食街迎面而来，古色古香的店铺整洁典雅，各种各样的小吃琳琅满目。而孔明广场的孔明灯更是各具特色。大小不一，颜色各异，造型奇特的孔明灯排列有序，更为古镇的景致增添了别样的情趣。

日子，在轮回中厚重；光阴，在辗转中丰盈。"草船借箭"作为古镇的核心景点，是时光的点缀，是历史的缩影，是三国的灵魂，抑或是战事之外的另一种修行。只见江面上整齐地排列着一条条大船，船上站满了稻草人，稻草人身上插满了无数的箭支。这些都是诸葛亮神机妙算向曹操"借"来的战利品。

诸葛孔明运筹帷幄，决胜千里之外。喜欢如诸葛前辈那些淡雅的人及其情怀。淡然行走却不失优雅，淡泊处世却不失温暖，淡淡忧郁却不失高贵。烟火情味里，从锦冠剧场的《出师表》中，我更敬佩先生的智慧谋略。

"滚滚长江东逝水，浪花淘尽英雄。是非成败转头空……"只愿活色生香地真实存在。数不尽的流光碎影下，有知己途经的光阴，格外地赏心悦目，温暖而多情。

其实，好的光阴，便是眼中有清流，衣上有花香，心中有诗意；好的岁月是有风轻柔，花自若，心自安。在西城楼下，接听着美女馆长的电话，移步前往"武侯祠"。

勉县武侯祠，整个祠庙占地80余亩，历经1700多年，融古建、园林、文学、艺术、书画、雕刻、彩绘于一体，是一座代表陕南地方传统建筑风格的千年古祠。祠内文物丰富，匾联层层，碑石林立，古树名木甚多。

其中武侯祠内《唐碑》于1979年被国务院确定为"全国第一批书法艺术名碑",古柏经林学专家测定已有1700多年树龄;旱莲被证实为世界稀有花树,树龄400余年,被确定为汉中市"市花"。

不仅如此,武侯祠与武侯墓隔汉江遥遥相峙,还是全国重点文物保护单位,国家AAAA级旅游景区(相传,武侯祠多如繁星,不胜枚举,全国尚存规模较大的武侯祠有9座)。公元263年,即诸葛亮死后第29年,刘禅下诏立祠。当时因"建之京师,又逼宗庙",故选祠址于定军山下的武侯坪,祠靠近墓所。这是全国唯一由皇帝下诏并拨给银两修建的祠庙,比成都武侯祠早建约50年,因而有"天下第一武侯祠"之称。

默默于祠前,静静地听风,任夏风吹乱我的发丝;静静地看雨,凭细雨穿越云层迷雾,把大地冲洗明亮,把每一片树叶洗净,把每一段尘埃洗净。喜欢静静的,听雨落在屋檐,让时空碰撞出清脆的声响。

若心怀善意,便会收获芬芳;若心怀温暖,便能收获感动。此刻,我用初见,勾勒一场水墨相逢的倾心,明眸一程您运筹帷幄时势造英雄,善睐一场您轻摇羽扇英雄亦适时。还好,错过千年以后,琉璃如昔,您多了一双隐形的翅膀。

浮华一生,淡忘一季。我沉醉在三国的梦里,感受千古豪情忠义,体会才子佳人悲欢。

午餐在天汉丰华拍卖公司马董的安排下,一条"诸葛烤鱼"出现在酒店餐桌,这一刻,烤鱼的酱香又让我的思绪游弋在历史长河。

回目古镇古祠,品味三国风云。至此,让我恍然大悟:不管昨天、今天、明天,能够豁然开朗,微笑面对就是美好的一天。生活的最高境界是看淡自己的过去,沉淀自己的现在,直视自己的未来。生活本来就是一个过程,而并不是一种结果,学会享受过程,做到精彩每一天,自然会遇见更美丽的人生。

人世间最好的那个自己不是等来的,而是修来的。在跟拍摄影师的陪同下,"远风知我意,微凉又情深"……
　　雨中游诸葛古镇,做一场三国梦,淡忘浮躁,寻得一抹宁静。

第三辑

一树花开

人生如歌，岁月蹉跎，日子总是在不经意间度过，即便昙花一现，也要绽放出生命的焰火。

一树花开

　　放下执念,静候一树花开。

　　这一年,似乎都在等待中度过。等待春暖花开,等待夏夜星光。从最初空气中弥漫着消毒水的味道到后来的淡淡花香,从孕育一个生命的欣喜到月光凄美了惆怅,似乎一切都是命运的安排。

　　倚着黄昏,徘徊在滨河之畔,苦苦寻觅那棵开花的树。隔岸灯火阑珊处,仿佛有个影子站成一棵树,与我凝眸对望,网红桥上的行人来来往往,我的那棵树似乎也在桥上摇摇晃晃。

　　夜,起风了,冷冷的。吹起我凌乱的发,吹散曾经的念想,记忆中的美好任凭眼泪忧伤了心境、揉碎了时光。

　　其实,今年对于我来说,是特别迷茫颓废的一年。再比如对待文字,始终做不到笔下生花,不是没有时间,而是失去了方向和一个指引我走出困境的向导。开始自己还在拼命地挣扎,慌乱中摸索着前行,试图寻找一条出路,可几经努力,终究发现四处都是峭壁悬崖。所以,我只能站在原地,等待一棵树,一棵开花的树,可以依附攀爬的树,可以嗅到生命馨香的树。

　　余秋雨说:生命,是一树花开,或安静或热烈,或寂寞或璀璨。日子,在岁月的年轮中渐次厚重,那些天真的、跃动的、抑或沉思的灵魂,在繁华与喧嚣中,被刻上深深浅浅、或浓或淡的印痕。不是吗?

　　春天来了,花开了。人间四月芳菲尽时,花落了,谢了,一如生灵万物的生与死。

　　世事无常,生命卑微且脆弱,走着走着,身边的人都散了,或手足反目,或爱人成仇,或父母永别。等着等着,错过了缘分,错过了彼此，错过了今生。生活中，往往是我们已经得到了却忽略了拥有，且还在痴傻地怅然等待，等到最后是圆月变残缺，秋风扫落叶。

雨敲打在洒满月光的岸上，我站成一抹孤独的守望。映入眼帘的是那一丛丛绿意盎然，那一簇簇娇艳欲滴，在经年里浅醉，在流年里点滴生香，开在路旁的梧桐晕染成难忘的过往，一枚枚希冀重生，在心田静静氤氲，馨香成时光无垠的美，在生命长河中兀自芬芳旖旎。

时光清浅，蓦然回首，回忆终是有些铭心刻骨，即使曾经的美丽，最终消失在那场无人问津的烟火里，花开花落，漫漫红尘，早已了无痕迹。那些生命中记住的人，那些岁月中走散的客，在旅途中，注定是一场离别，像季节的更替，像生命的轮回一样，静静穿梭在岁月的旅途之中，留在落幕的光阴里。曾经离别的忧伤，恍若隔世。那些曾经的欢笑，都成了一段回忆。生命中，总有一部分人会走散，也总有一些人会在时光的流年里，留下一段又一段的故事，然后风雨一路前行，但最后都会消失在人海云烟深处而无声无息，定格成永恒。

就这样，静静地，静静地，不闻不问。每个人心中所属的葳蕤风景终有一天也会暗淡，情感的涟漪不过是匆匆流逝的时光。等待花开时的静谧无声与花落时的悄然无息，从容的邂逅每一场繁华，像这场雨，淋湿了黑夜里所有的所有，沉淀了没有结局的结局。

等待的旅途，总有一些风景令人迷恋忘返，总有一些记忆挥之不去，当岁月的尘烟卷走了浮华、沉淀了悲喜，那些曾经的美好、曾经的伤痛、曾经的刻骨铭心、曾经的难以割舍都化成了温暖的记忆。收起花开的美好，记下花期烂漫时飘逸的靓姿，放慢脚步，轻理纷扰的思绪，慢慢回味光阴中曾经绽放的绚丽，在心的家园，种植一棵树，或许明天会更美好！

生命是一树花开。花开的芬芳，草长的气息，都是人间芳菲色，轻轻一捻，便成字，成诗，成画。而我亦会微笑落笔，写诗意，写生活，也写远方。静静地在岁月里一路慢行，花开流年，也许是我们每个人至此不离不弃的所愿，历经大喜大悲，或许才能懂得花开花落，这都是时光的痕迹、岁月的见证，不管誓言如何天荒地老，都会在彼岸的时空里，留下深深的余温，穿梭回转。让淡淡的花香在心底里留下无尽的暖。让花开之美，在眸里无处不在，让花开之香，在心中无限蔓延……

　　时光不老，我们不散。你不来，我不老。等你来，看生命中的每一次花开！

千帆过尽，听花开的声音

千帆过尽，洗尽铅华，谁在岁月的路口陪我看花开花落、云卷云舒？

繁华落尽，看尽红尘，谁在季节深处伴我如痴如醉、相厮相守？

或许，自己已经沉睡太久，沉寂太久，久到销声匿迹，以至于作协的文友微信留言问起：你怎么了？一点没有关于你的消息。其实，对于习惯了舞文弄墨的我们来说，人生起起落落，或得或失，大喜大悲都会拾取文字，醉在其中。若连点滴的蛛丝马迹也捕捉不到，渐渐所有风景已淡忘，所有记忆已模糊，心房的花亦望断天涯，时光淡抹了年华。

固执地在一帘幽梦里，思绪蔓延出浓浓的思念，温柔划过心脉，写出似水年华中风花雪月的流年。轻柔地，小心触及心底的柔软，将一点点心事，缓缓流淌于文字里，穿越在时光中，静静回味。

我在此岸，你在彼岸。一年又一年是什么让我们彼此如此牵念？谁应了谁的劫，谁又变成了谁的执念？一缕心念，在朗月清风中，只为一人，绽放风景，或浓或淡，或深或浅，都在轻轻回眸间莞尔。潺潺心音，幽幽情愫在一盏杯影里，回溯过往。让生命之花，芳香四溢，演绎初遇的旋律。

你捧着高原的一袭月光，一泓深情，溢满眉间，轻拾花落后的疼惜，捡一片落红，装满思念和挚爱的日子。我在此岸暗香盈袖一季季，在每一季的诗行里孕育蝶恋花的美丽，在心灵的港湾留一程清欢，眷一抹柔情蜜意于你，让千帆过尽的风景，守候彼岸的记忆和忧伤。

喜欢把自己的小窝收拾得窗明几净，静静侍弄花花草草，而后沏一杯茶，手捧一本书，聆听一朵花开的声音。脉脉情思氤氲在花茶中，馨香着生命的全部。

晨起，着一袭长裙，携一泓深情，轻拾草叶上的露珠。岁月，因有爱而生动、曼妙。生命，因有归处而安稳、踏实。无论鲜衣怒马，还是烈焰繁花，你总是无怨无悔，在不远不近的地方，陪我细水长流，不怕颠沛流离……

"昨夜雨疏风骤，浓睡不消残酒。"情缘未了，梦延绵；只是时光交错，物是人非，缕缕余晖散落在梦境中，低吟浅唱着寂寞里的寂寞；是曾经碎落的青花瓷，缠绵在尘世风中，斑斓着梦境的月光，沉淀为流年的点点清喜，透过彷徨的罅隙，寻找一米阳光与之芬芳。

你是我心底的一抹空白，纵有万千种色彩，静待你来；我是漠北一丝柔情，于温情的季节里，为你按下心音，柔润一篇篇；你是江南的一片明亮晴朗，清清浅浅的风吹拂，低眉眼眸，为我执情，脉脉一池碧水情思；我是千帆过尽的花开，你是彼岸守望的安暖！

山一程，水一程，让那一抹思念款款倾诉，携一缕山水的情意、柔情溢满河畔，一叶小舟载着眷恋，轻轻划向思念的彼岸，让一朵花蕊的清香，捎去蝶儿的期盼，让千帆过尽的彼岸，合欢树开满，在柔柔的花瓣中，轻抚陈旧的心门，嗅着缕缕清香，释然所有的过往，捡拾这温存的一刻，脉脉含情，与岁月合欢！

怒放的生命

  平静的日子一天天走来,又一天天走远。暖冬的一场雪如蝶起舞,感受着世间人情冷暖。忽地,怒放的生命旋律在耳畔响起,荡涤着心中莫名的渴盼。

  我想要怒放的生命,每年每季便会给自己定下一个目标,在工作之余为之忙忙碌碌而感到充盈愉悦。其实,像我这样的年纪,就算梦想超越现实又有什么关系?

  天渐冷,把阳台的花花草草搁置在客厅花架,家人打趣道:开花的被你呵护得直接死去,绿植的被你搞得蔫不拉唧。总之是:年年买花年年养,年年不见花开期。突然,我停止了搬腾花盆的动作,眼神停留在手中这盆蟹爪兰上喜出望外:看来今年要"花儿朵朵开"了。妈妈听闻,也看向我面前的花盆,果然大大小小的花骨朵含苞待放,她兴奋地说:"终于等到花开了!"是啊,每个季节都有每个季节的花开,我尝试着学会守候,守候每一缕晨曦,守候每一抹黄昏,守候着家的温馨和幸福,守候着怒放的生命。

  如每个人的一生,从呱呱坠地到咿呀学语,从懵懂无知到淡定自若,沿途都在追逐着、奔跑着、努力着。一路走来拥有着清风、拥有着花香,在花开花落里,赞叹生命的无常,从花的蓓蕾,到慢慢绽放,开至荼靡,美到惊艳。阳光下不骄纵,风雨中不低头、不屈服,怒放着自己的生命。

  我想要怒放的生命,但怒放不一定是在蓬勃的春天,也有可能是萧瑟的冬季,让怒放成为心灵成长的一份印记,生命旅途中一份完美的见证。

  远离了喧嚣,远离了纷杂,远离了一切一切的繁华,独留这份安宁。静静地听花开的声音,听风听雨,听流年嘀嘀嗒嗒,数日子深深浅浅。心,很宁静,很温暖。似乎每一个触手可及的今朝,都是染了香味的静好。想来,这就是尘世的幸福吧。

  人生因为遇见而珍惜,一切都那么自然而然,自从发现了这些迷人的花骨朵,每天便会深情凝视无数遍,等花开似锦,嗅花开芬芳,刚刚好!

一年又一春

"春眠不觉晓,处处闻啼鸟。"去赶赴一场春天的盛会。

"一年之计在于春。"是的,当和煦的春风亲吻我的眉眼,当明媚的春光沐浴我的秀发。我知道,我又迎来了一个季节的馈赠。

春之盎然给予我们一种新生的力量,春之婉约轻叩落英缤纷的心窗。让冬藏的那抹嫣红,从暗枯到灼灼绽放,每一个季节,都无比清丽润朗。

一年又一春。

百花争艳引来一群彩蝶你追我赶,谱写人间烟火里最美的遇见。有欣喜、有感动、有期待,还有流年深处频频回眸的眷念。这一抹抹"蝶恋花"美丽清新的意韵,正如一个个跳动着的音符,谱写成一首悠扬美妙的旋律,弹奏出一曲生机盎然的"春之歌",点缀一帧春色。

"天街小雨润如酥,草色遥看近却无。"置身于春光笼罩下的沟壑,拥簇着遍地新绿,顷刻间,让我懂得:豁达的人生,是既向往远方的诗意,也要学会驻足,看脚下的风景。

"好雨知时节,当春乃发生。"春雨霏霏,细柔如烟,如酥般温润了干涸的心田;春风和煦,轻拂大地,如梦般抚慰着灵魂的荒芜。走过时光匆匆,春去春又回。忽心生期待,轻吟着那些醉人的诗句:"竹外桃花三两枝,春江水暖鸭先知。""草长莺飞二月天,拂堤杨柳醉春烟。""等闲识得东风面,万紫千红总是春。"

和风细雨滋润着岁月,日子便不会单薄清瘦。心随着风雨合拍,心事像万物一样生长,人生也就充满希冀。面对漫山遍野的春色,邂逅一阵春风,邂逅一场细雨,都是人生最美的风景。

彼岸花开

一年又一春,一切的美好,正在萌发。浅浅的绿意在枝头氤氲,淡淡的花香在屋檐轻漾。窗外是阳光正暖,春风和煦,云烟轻卷,草木微摇。

"随风潜入夜,润物细无声。"那一抹春意就这么恣意地随风悄悄潜入。在春日物语的美妙旋律里,春风又绿江南岸,波光粼粼,水天一色翠柳含烟,紫燕双双飞过带着清风柔,我叹春水流,千里鸳啼相思自东流。

一年又一春,拥有简简单单和风雨相伴的节奏。春天的风里有阳光的暖,春天的雨里有百花的香,这是一个将希望洒满人间的季节。让所有的故事经过瑟瑟萧条的严冬,在春天里开出最美的花,让心底生出最丰盈的希望。

在风轻云静的午后,有我温情的如水的目光,漫染春的妩媚、轻惜春的娇羞。总喜欢以你娉婷的枝叶牵我青青的衣裾,以我丝藕的长度缠绕你的归期。

一年又一春,和煦的风,越来越暖。待渐次返青的枝头,焕发出蓬勃的生机,花儿开满十分。我便踏着落满花香的小径,赴一场小桥流水的约定。

一年又一春,在享受与遐思中,春已住进我的心房,绽放着绚丽的生命之花,朝气蓬勃……

人间四月天

"我说你是人间的四月天,笑响点亮了四面风,轻灵在春的光艳中交舞着变。你是四月早天里的云烟,黄昏吹着风的软,星子在无意中闪,细雨点洒在花前……"在林徽因的诗词中穿梭,感知这个世间,是如此的美好,有光芒,有温暖,有生命的喜悦与快乐。

你说要在最美人间四月天,陪我看烟雨江南,陪我游园林、听评弹、品小吃、逛外滩,西湖之畔为我撑起一把油纸伞,演绎《新白娘子传奇的浪漫》;你说要在西塘古镇共摇一橹,圆百年修得同船渡的誓言;你说要在雁荡山之巅为我描眉画黛,再现"神雕侠侣"的浪漫……于是,你我相约在四月,打开心窗,让心中盛满温暖的阳光,把平凡细碎的日子,也洒满了和煦的暖阳。当你我微笑着行走在人生路上,不惧明天,不伤已往,任尘世里的沧桑跌宕起伏。

时光点点,亦匆匆。

生命中《仍然》是明媚的,《偶然》殇情,亦可以《笑》对《情死》,让这个世间更加的绚丽多彩。

四月不是我唯一的向往,更不是我独自的欢喜,她的典雅、清新、柔情而浪漫,无限遐思在心海蔓延,在四月的梦里轻舞飞扬。

人间四月天,清新而又婉约,是你我心灵绽放的春天,是爱,是暖,是希望。轻拂如诗的心语,缠绵倾诉着往昔的心情。不经意间回眸,回味雪花的飘然,人间,却已是蔚蓝轻暖的四月天。小草在地上有着点点滴滴的绿,阳光那样轻轻淡淡地照着,不炙热却有些疏离,微凉却夹带着暖意,不奢华却能够体会着舒爽。

守望四月天,守望属于我们的那份安暖,将希望播种人间,聆听花开的声音,感受生命的色彩,让心海溢满花的馨香,芬芳流年的沧桑。

四月,也是我出生的季节,她承载了我的梦。一个斑斓、多彩、深邃的梦,思一曲流年的风情,恋一幕缠绵的雨意,寻一片嫣然的芳菲,听一曲悱恻的幽韵,将心放逐,任其呢喃呓语。而自己,则用淡淡的哀怨,轻轻触摸那一抹阳光的暖。寻觅,那些散落于红尘的流年,那些摇曳在风中的思念。

流年似水,波澜不惊地流淌,微漾着淡淡的浅影,那些逝去的岁月,若有若无地印在眉间、心上。在这一季,我们一起沐浴着阳光,于人间最美的四月天里,互诉这别离的相思之苦。亲爱的,请允诺,不要放开彼此的手,好吗?

从北到南,走过红尘万千,阅过风景无限,最是难忘温婉娴静的四月天,最恋四月早天里的云烟。四月,有你的天空总是很蓝,可以看到棉花糖般的朵朵白云,在蔚蓝的天空恣意流转,百看不厌。这个最具梦幻和诗意的季节,草长莺飞,惬意的柔风,吹开了一帘唯美的幽梦。丝丝缕缕的阳光,温暖了整个四月,温暖了你我的青春。

陌上柳扶烟,飞花似梦,也醉双鸯。未醒,不尽花飞缱绻眠,最美人间四月天。

此刻,依偎在你身边,我喜欢看绿色的一切,因为里面藏着你我前世的影子。一抹鹅黄嫩绿流淌在心间;此刻,闻着淡雅的清香,我就在四月天里浅醉,久久不愿醒来。

"你是一树一树的花开,是燕子在梁间呢喃,你是爱,是暖,是希望,你是人间的四月天。"在芳菲如画的四月,在唯美的字里行间,你我可否为彼此写一首《你是人间四月天》?我知道,曾经的过往已从指缝间溜走,生命里那些若隐若现的疼痛与哀愁,我应该深藏,不应该有着风花的忧伤,雪月的凄凉。红尘微雨处,倚一栏小桥流水,一树花开,一帘幽梦,涂抹了四月最美的红尘画卷。请许我以一笔凝华的清远,撷几缕清风,浅抒这份爱恋。光阴的故事里,你是我最刻骨的那一篇，那场盛放在尘埃里的缘，在心中开成了一朵记忆的莲。一程山水一场眷恋，我用一朵花开的时间去怀念，那些幽居在心底的往事，在每一次回眸中温润了你我的彼岸。

都说有花开的地方就有心灵的守望，有春天的地方就有希望和梦想。所以，我将四月的云、四月的雨、四月的风，铺展成一条蜿蜒的心路。于是，我把美好的夙愿和对爱情的憧憬装入记忆的行囊。所以，在最美人间四月天你我漫步在深幽的意境里，任思绪飘离红尘，任花香弥漫心海，任心湖清波荡漾。

然后，把心灵的守望流淌成最清新的诗行。既然，逃不掉红尘三千琐碎。那么，就以三千温婉，欣然笑对。让我们迎着江南的十里烟雨，把爱和期待，演绎成一场诗意的人间四月天⋯⋯

滹沱河畔，赴一场春天的约会

满天繁星闪烁，我许下星语心愿；浪花拍上岩石，我送上真诚祝福。一场"滹沱河杯"散文诗歌大赛，一场文学盛宴，幸庆让我走向您，赴一场春天的约会。

"人间四月芳菲尽，山寺桃花始盛开。"人生的每一场际遇都是缘分的错综演绎，一切都刚刚好！在这如诗似画的时节，来自全国各地的文友相约滹沱河畔，与一场花事相逢，与一场绿意邂逅，观赏旖旎自然风光、领略祖国大好河山、感受岁月温柔以待。

滹沱河，是河北省省会的母亲河，风景秀美，历史悠久。据史料记载，约在1937年以前，她曾是一条繁荣当地经济的大运河。当晨曦夕照、彩霞生辉之际，泊船如龙、水光如注，映现着一片金黄的世界，素有"小天津卫"之称。如今，在蒹葭苍苍的滹沱河畔，纵有梦里寻你千百度，那人却在百里花海处的绝妙意境。

女人花，摇曳在红尘中。我想任何一个女人都和花儿有不解之缘，看到花儿都会情不自禁喜欢并深深爱上，爱上的是一种念想、期盼、美好和祝福。

天南海北的文友欢聚滹沱河畔，每个人怀揣文学梦想，笑谈人生几何。其实，在看似孤寂而漫长的文学创作中，谁又能经历几度花开，几度花谢；又能经历几番月圆，几番月缺；终其一生，能有几次遇见，可以刻骨铭心；能有几次相聚，留下无限思念。人生短短几个秋，不辜负一颗心，不辜负一份情。而我相信今天我们不远千里的相逢就是最美的花开，芬芳馥郁。

这场春天的约会，本身就是一份寻找属于内心美好和希望的约会。

一行文友享受着春季时光，在草木葳蕤的河畔追逐嬉戏。这让我不由想起我的家乡，想起家乡的胭脂河，光是听闻其名便不难想象她也是一条灵动、清秀的河流，她所养育的儿女自然而然也是勤劳、善良、智慧、美丽的。就拿我县西部与山西省接壤的骆驼湾村为例，虽地处深山，交通闭塞，村民居住环境恶劣，生活水平低下，属于我县深度贫困村。尽管如此，村民们对家乡热爱依旧，对生活热爱依旧。家家户户的院落里都栽种着花儿，那些花儿大部分是从山上移植回来的山丹丹、荆芥穗花，当然也不乏邻里之间相互掐枝水培而成的花花草草，她们利用旧衣服缝制"老虎枕""花开富贵"坐垫、"喜上眉梢、鸳鸯戏水"鞋垫等充满乡村气息的手工艺术品，一双巧手上下翻转蒸各式各样的花馍，有十二生肖、有佛手、有枣花，家乡人用独特的勤劳智慧俨然把日子过成了花儿一样美好。

机遇只钟情于热爱生活的民族和人民。自十八大以来，全党和全国人民明确了目标，制定了方向，鼓舞了干劲。继而，脱贫攻坚的号角从我的家乡阜平骆驼湾向全国吹响。

是啊，骆驼湾只是阜平县一个缩影，是河北省一个缩影，历经八年干群合力，攻坚克难，于2020年2月河北省政府宣布：阜平这个太行深山区的贫困县正式退出贫困县序列。

从此，家乡阜平遍地开花。从农副产品深加工到手工业制作，从香菇种植到高效林果产业，从民俗到文旅促销，从媒体报道到县长直播带货，所有的热情和激情都涌向国际庄，与滹沱河水交融，激荡出更绚烂的色彩。

滹沱河七大景观、三十二处景点勾勒出一幅江南水乡的画面，油纸伞、乌篷船跃然眼前……怅望着，有桃红飘落，河水流春滟滟随波，我叹春水流，天涯过客不停留。春风拂槛露华浓，折一支带雨桃花，等君在渡口，桃花映碧水，随风有暗香盈袖。

浅浅的暖意，拾起春日一缕斜阳，晚风轻摇将岁月绾成一朵桃花般优雅的花色，落笔。描绘着深深的眷恋，细细地品味，繁华尘世里那一抹娇艳与馨香。

　　笑看花开是一种心情，静看花落是一种境界。能经得起繁华，也能守得住寂寞。若风雨来袭，为自己撑一把伞；若风和日丽，就坐下来喝杯暖茶。滹沱河畔，用挚爱深情呵护内心的感激和感动，共赴一场春天的约会。

人生，恍然如梦

"人生恍如梦，岁月皆蹉跎，今朝近不惑，万事一场空。黄粱须臾熟，过往皆梦境，迈步从头越，征程始足下。"睡梦中轻吟此句，我的心开始苏醒，同时也陷入了对往事的回忆之中。

12岁，目睹了亲人的离去，当燃烧的纸钱飘起来又落下时，我泪如雨下。我敬爱的外婆音容笑貌清晰地出现在我的面前。每年严冬为我裁剪缝制的棉衣余温犹存；酷暑为我精心熬制的绿豆粥凉意依然。我的童年在外婆用茅草燃烧的炊烟中升腾，我的欢喜在外婆饲养的鸭群中跳跃。外婆给予我的疼爱在我心中涌动的是感激的热流……那年那月，那情那景，已随风而逝。如今目睹我的孩子与我的妈妈依偎的时光将长留心间，并时时令我陷入对往日的感慨和追忆之中。

外婆留给我的不仅仅是美好的回忆，更有她勤俭持家、乐于助人的精神和作风。当我们几个表兄妹聚在一起谈论起外婆时，总会对外婆的厨艺赞不绝口，在那个吃穿用度艰难的年月，我们这群孩子总能够在外婆的精打细算下，吃得香甜，穿着得体。外婆那温和的语言传递着亲情和期望，她那安详的神情流露着期许和信心，给年幼的我们以激励和振奋。每到入冬，外婆便在整个村庄开始了忙碌，为东家裁剪棉衣，为西家复制鞋样。她干活细致，特别对一些家境如自家贫寒的家庭，慷慨奉献如慈母般的爱心。她曾多次把热馍热菜端给走街串巷卖布头、头绳的陌生人，还关心地对人家说："吃完了还有，天黑走不了了就回家。"而自己却吃着粗茶淡饭。多年后，当年流落到我们村庄卖布头的商贩拿着绸缎被面一路打听外婆的住所下落而前来答谢，应该是对外婆在天英灵的最好告慰。

1993年外婆身患绝症，在首都天坛医院医治的日子，仍不忘把良善与爱心传递，外婆总是把亲友看望自己买来的营养品、糕点、水果分给病友，并开导病友面对疾病不要心灰意冷，积极配合治疗，争取早日康复回家。

　　"窗外更深露重，今夜落花成冢。春来春去俱无踪，徒留一帘幽梦……"

　　我在歌声中哽咽，我可亲的外婆最终没能熬得过病痛的折磨，永远地离开了我们。而我则认为真正的离去，是不再有人记起，而我的外婆，她永远活在我们心中。

　　彩云之南的冬天似乎因为一个北方女孩而变得白雪皑皑，尽管在北方生活了多年，却仍然惧怕冰雪严寒，我正直善良的缉毒英雄，忙碌的工作之余，精心煲汤，做精致的北方水饺，那细密匀称的花边，一定是他对我的深情。他一定是坐在餐桌前，认真地包捏，把对我的疼爱和怜惜作为馅料……后来，他还特意为我上网查阅那个季节宜吃哪种水果，为我特别定制刻有我名字的手镯和"1314"的杯子，可如今，我怎么去报答你的深情呢？每每拿起保温杯轻抚那"1314"，仿佛我们紧握传递的温存，可亲可爱的他的容颜，仿佛就在眼前……

　　他机智勇敢却不失幽默风趣，每次实战演习，他总是模范标兵。工作中，他不仅是一位有智慧、有胸怀、有担当的好队长，而且他的管理既有尺度又有温度，他的队友都非常感谢他对他们多年的指导与关爱，并且在生活中，他更是一位有爱心、有气度、有格调的好兄长。他总是想他人之所想、急他人之所急，一次次把自己省吃俭用的钱以队友的名义邮寄给队友的家人。他的队友在日记中写道："高水平人性化的管理，在您的领导下，工作轻松愉快，永远怀念跟您共事的时光……"字里行间是高度的评价，是钦佩，是感激，是祝愿。

　　一幕幕的场景，道不尽的温情，仿佛昨日重现。

2001年，可亲可敬的缉毒英雄在执行任务时遭遇不测，永远离开了我们，离开了他亲密的战友兄弟们，离开了他所热爱的缉毒事业，离开了他心心念念的南方和北方，离开了惦念他的母亲和姊妹兄长，离开了思恋他的爱人。他离开时，我并不在他的身旁，惊闻噩耗后哭肿的双眼，悲伤逆流成河，只能将日日夜夜的牵念幻化成"彼岸花"开在轮回的路上。

"谁能解我情衷，谁将柔情深种？若能相知又相逢，共此一帘幽梦……"

袁姐是我步入县直机关职场的良师益友，2018年，袁姐离开她热爱并为之奋斗的工作岗位。回顾数十余年来她辉煌的历程和卓越的贡献，回顾她在工作方面善意的指点和无私的帮助关怀，我们都满怀感激和不舍，别情依依。

春花秋月何时了，往事知多少？在我的印象中，最深刻的莫过于她的育儿宝典，工作闲暇之余，袁姐总是劝导我不要缺失对孩子的陪伴，孩子幼小心灵所渴盼的亲情是任何金钱都弥补不了的。袁姐谆谆教诲的话语回荡在办公室，令人深思，让人回味。

是的，人生无论是与一朵花相遇，还是与一片草别离，如能带着初心，都是生命中清澈的箴言，百转千回后，依然那么美。

生活一定不辜负每一个热爱它的人，在有限的生命里，做真诚的人、想开心的事、爱值得的人。在每一个季节的轮回，以风雅的姿态，让生命之花开出朵朵慈悲，即使身处天涯，也铭刻心间。与袁姐整理上传创城资料、迎接考核评估、验收少年宫项目等等往事，至今历历在目，令人感慨万千，更令人肃然起敬。

其实，人生就是不断与自己的邂逅。能久处交心的人，是和自己灵魂相似的人，总能久别重逢于红尘深处，即便隔着万里关山千水迢迢。袁姐由于工作调离，不得不和我们挥手作别，但离别之际，仍不忘对我的叮咛。

喜看雨后复斜阳，关山阵阵苍，醉了往事，醉了向往；珍惜春光,煮一壶月光装满行囊,浩渺水路波光荡漾。喜看风过千层浪,月落满天霜,美了歌唱,美了远航。她语重心长的话语常常直击心灵,令人感喟。

再见袁姐是在2021年3月8日,受台领导邀请,袁姐别开生面为我们上了一堂《女性,如何平衡家庭和工作中的矛盾冲突》,袁姐声情并茂的解说是给我们女性最好的心理疏导,是对我们疲惫的灵魂最大的安慰和鼓励。并且在现场带我们一起进入催眠状态。这样的行为,在兼职心理咨询师的袁姐看来,可能是极其平常,但对于我们的心里却是温暖的。她是我工作中的恩师,更是我生活中的益友。

往事随风,时常在梦中萦绕,变得虚无缥缈,想尽力将曾经美好的时光捕捉,将她紧紧握住,定格在这一秒,慢慢回味和追忆。边走边欣赏这世界的温婉与繁华。不必担心时光匆匆,不用害怕岁月无情,只愿在慢下来的光阴里,做自己想做的事,许一场地久天长,许一世岁月静好。

不同的年龄,不同的取舍;不同的岁月,不同的生活。过好每个阶段的自己。纵然,"我有一帘幽梦,不知与谁能共?多少秘密在其中,欲诉无人能懂……"生活亦让我明白,人与人相处的秘诀是"情",感恩生命中的遇见。相遇,心绪如白云飘飘;拥有,心花如雨露纷纷;错过,心灵如流沙肆虐;回首,幽情如蓝静夜清。

"樱桃花"在心枝绽放

赏花,聆听花语;看山,山水含笑;观云,云自飘逸,不是没有美,不是没有幸福,而是那些小欢喜藏在心里,随时可以撩拨起那份情怀。即使只是一花一草,一树一木,心若简单随意,自有清喜盈心。

"开花占的春光早,雪缀云装万萼轻。"在这乍暖还寒的初春时节,同文友、携千金一起走进云花溪谷,走进樱桃花丛,笑看花开之内心欣喜,静赏花落乃心灵回归。

女儿钟爱汉服,我曾在《我的理想》一文中阐述想成为一名服装设计师,设计出别出心裁的汉服……今天满怀欣喜地拥抱如梦似幻的世外桃源,故汉服是必不可少的,在去往樱桃园的路径上,女儿便迫不及待地从背包里取出汉服装束一番。顷刻间,一个汉王朝的小公主巧笑倩兮出现在我们每个人的视野中。

女儿欢呼着,在樱桃园转着圈儿。此刻,就像一只振翅欲飞的蝴蝶,或轻嗅花香,或手执花瓣,或倚俯花枝,都是那么的美不胜收。

"妈妈,妈妈,樱桃花太稀疏了,是我们错过花期了吗?"女儿满脸期待地问我。而我则语重心长地说道:"是的,我们是错过了花期,可我们又正逢花期,因为有你,你是妈妈心中最美的'樱桃花'。"汪国真曾说过:在这个年龄,什么都值得记忆,无论哪一个季节走来,都是难忘的花期;在这个年龄,生长很多幻想,也生长很多忧郁、渴望,像一株健硕的昙花,一朵朵醒来,又一朵朵睡去;在这个年龄,要哭你就尽情地哭,要笑你就尽情地笑。每个孩子都是种子,只不过每个人的花期不同。有的花,一开始就灿烂绽放;

有的花,需要漫长的等待。而女儿你就是妈妈最美的等待,妈妈在等待你茁壮成长,等待你灿烂绽放!

女儿听后似懂非懂地点了点头,说:"好吧!"随后便顺着水泥道路跑向远方,去寻找属于她内心的美好!

同行的朋友抓拍到我一张照片,说我走出了六亲不认的步伐。"有花堪折直须折,莫待无花空折枝。"文友们又开始忙乎起来,采摘路边叫上名的、叫不上名的小花分发到每个人手中,为了到达心中的桃花源拍摄大合影派上用场,我们时而停驻拍照,时而用杨树枝叶编织遮阳帽,好不惬意!

路经一棵树,文友们不约而同地选择以此做背景拍张"七仙女下凡人间四月天"美女图。爱好文字的我们,真是一群十足的疯子,疯得带劲,疯得洒脱!

"心中若有桃花源,何处不是水云间?"返回的途中,一座石桥连同桥下的流水又让舞文弄墨的我们想到了江南水乡的油纸伞,想到了乌镇的乌篷船,想到了"枯藤老树昏鸦,小桥流水人家,古道西风瘦马,夕阳西下,断肠人在天涯"。

曾记得,女儿五周岁时,有一天在我的怀里突然伤心地大哭起来,说:"妈妈,你说等我长大了,你就变老了。可是现在我还没有长大,你怎么就老了啊?就有这么多白头发了啊?"其实,以赏花的心情看人生,人生就是一次短暂的花开,生命的花期只有一次,花开前夕的静默与期待,花开时分的张扬与热烈,落花时节的苍凉与无声,这是每个花的宿命,宝贝女儿,恕妈妈也无能为力改变这一切。

花开静谧无声,但是她的芳菲会使我们驻足停留;花落悄然无息,或许她的那份飘逸会使我们凝眉深思。岁月如花,用挚爱深情呵护我的爱女"樱桃花",使其"婀娜枝香拂酒壶,向阳疑是不融酥"!

你能否听见

沿着春溪跌宕的年轻生命，思念的小河一年四季温柔自然地流淌，如我的记忆远远的荡开……

在那个情窦初开的年纪，在阴差阳错里，为人妻。继而，你出现在我的生命里，你的出现是上苍的恩赐，还是命运的惩罚？

时光荏苒，岁月蹉跎，平静地走过季节的风雨。想把日子经营得行云流水，想给你一片花海，想你拥有一个花季，却痛彻心扉地发现你是一朵开错季节的花，枯萎凋谢在冬日的冷风里。

多少个等你归来的黄昏，孤独的身影伫立风中，倚着篱笆墙远眺、张望。心情积满无奈惆怅。那咿咿呀呀的稚嫩童音，飘来荡去成诗经中的老歌，如泣如诉，云彩悠悠，和着对失去你的深深执念。

盼你出现的黄昏，心灵守候成一份风雨盈窗的缠绵，和那一抹浓得化不开的牵念，宋词般难掩泪水涟漪。

想你的一个又一个深夜，其实是想你入我梦来，轻轻地告诉我，很好很好，勿念勿念。慰藉我荒芜落寞的悲哀。

你留给我的笑靥，是一个无人能及的梦连同心酸的经历，是踏遍大江南北仍一无所获的绝望。如一串无人读阅的风铃，承受着寂寞的悠长与相思的夜晚。

走过人生的一个又一个驿站，有谁像我一样，在阳光过后的雨中狂奔。问路过的风，问路过的云，苦苦寻问你的足迹，蓦然发现，你的影子清晰地印在我心底。

如果相信前世有约，今生注定与你擦肩而过。如果今生是你，哪怕是三生三世来承诺，哪怕是千山万水来阻隔。因为已是你，谁还在乎那时空的距离和错落。一个遥远的故事不知该从何说起，或许不该重提，让故事远去，只留下回忆。每一段不同的日子总会有一只不同的风筝慢慢消失在生活的忙碌中。为自己留点空间，给别人留点心情，让彼此的天空变得与众不同。

多想能够在春意萌动中，静待大地日渐丰盈，静待花开陌上。摒弃俗世熙攘喧嚣，走过风烟俱静的小巷，愿闻花香细细，听莺声燕语，与你得以重逢，不负春光，不负自己。多么渴望再次紧握你的手，感受十指间传递的母女温存。月光在窗前唱着思念，孩子，你能否听见我对你深情的呼唤？

在灯火辉煌的大街上，有我默默关注你的目光。如果你能听见，就让晚风捎给我一句话：告诉我，你很好很好，勿念勿念，好吗？

人生好个秋

  一场秋雨一场寒,说得一点不假。秋雨绵绵,似一帘纱幔摇曳在落叶静美的秋色里依依不舍。
  走进秋天的栈道,曾经路过的风景不知不觉在一剪秋风的凉意里走远。岁月如歌,人生短暂,穿过一帧秋色,走过时光匆匆,童年的歌谣连同那个年代的心语、故事一起渐行渐远。忽心生感叹:

> 又是秋风难离别,初心落寞染风尘。
> 一弯小月清凉夜,半页幽诗将老身。
> 旧梦如云消日月,轻愁似水伴星辰。
> 空存俗念知相共,浅酒琴音快意人。

  任何一个景物不深入其内部就无法真正诠释她的内涵。秋也是一样,不走进秋的旷野,人生可能就不会真正地去理解生命,就不会理解除了汗水的流淌之外,还有一种如秋的成熟美书写着高于世俗的执念。不同于春的羞涩,夏的坦露,冬的沉寂。
  当我置身于林间,拥簇着遍地金黄,望眼云天,心意缥缈;想秋去冬来,看云卷云舒。我感到了一种无法比拟的厚重与辽阔,和瑰丽中无法释怀的情结。因为一种可以让生命为之震撼的美,就是来自收获的感怀,以及一份张扬生命不息的源泉。
  落雨的清晨,水雾温柔地倾泻一身,风没有了昔日的炙热,而是透着一缕凉意。是的,该是秋了,慨叹人生的足迹,走过青春的懵懂,走过炙热的冲动,走进中年之秋,缜密的心思成熟。一些对的、错的过去与曾经,在这个斑斓微醺的时刻,都沉淀成了生命中的永远。回首走过的路径，有春意盎然，有激情四射，远不及如歌如诗的生命之秋，澄澈了一份如水的心境。

　　放眼于秋，一片叶子如蝶飘舞，那一丝秋凉就这么恣意地随风悄悄潜入。在秋日思语的美妙旋律里，生命的琴弦在拨动着每一片生命的落叶，有时如狂风暴雨般倾泻大地，落下金黄一片，铺满来去的生命的旅途，有时如朦胧若纱的梦幻女郎，轻轻地低落，不愿去惊醒沉睡的大地，悄悄地走来，舞步轻盈地飘散在风的方向。沉淀，消融着那份寂寞，那份徘徊的影踪。至此，我不再为黛玉的《葬花吟》而落泪，叶落归根，让一切枯萎埋葬在烟雨微茫的清秋。

　　一场秋雨，在不经意间降临，曾经的蝉鸣声停止了，而每个人不经意间也在季节的变换中步入中年。人到中年，走在生命之秋的路上，昨日已变成了回忆，而那些有关于岁月的诗行一直停留在心底。

　　面对漫山遍野的秋色，满目绚丽。邂逅一阵秋风，邂逅一片落叶，都是人生最美的归途。也许有一天，即使我们都在时光里慢慢老去，细语不再委婉，不要问，心结如初，那些久违的坚守，那些搁浅的心事，那些铭心的记忆，终会落在笔墨间，丰盈所有的流年。

　　深秋留下的美是永恒的，中年如秋，只剩下简简单单和风雨相伴的节奏。季节走得太快，一个转身，就捕捉不到远行的足迹，只能书写一道风景。站在秋的渡口，轻叩心扉，默默领悟。秋天是一条前行的路，谁不是一路失去，又一路坚强呢？每个人都有自己生命里的秋天，每个终点，终会归于平淡和圆满。

　　秋水长天，总有很多心事怀揣，面对如水的时光，总是想收揽于怀，只是，每一个温婉的情怀，终不能将所有心绪全权释放。于是，当季节变换了模样，风吹秋草黄的时节，岁月如歌，守好心灵的深沉与温柔，走在这如诗安好的旅途，浓浓的秋意中珍重远行。

　　天凉好个秋，人生好个秋。

与秋深情凝望

"清溪流过碧山头,空水澄鲜一色秋。隔断红尘三十里,白云红叶雨悠悠。"或许是有过坎坷的人生经历,四季交替,我对秋情有独钟。我喜欢在秋晨沐浴着秋风,漫步林间,脚踩着落叶,感受秋的色、秋的味、秋的意境和姿态,与秋来一场深情凝望。

丝丝缕缕的风吹进来,把门窗打开。清清爽爽与我的期待撞个满怀。如果说春之盎然给予我们一种新生的力量;夏之生机便是生命的升华,那么秋之寂寥正好诠释了生命的意义在于活得充实、洒脱。

秋风瑟瑟地刮着,树叶翩翩起舞,抚慰着我的落寞。

望着秋叶犹如纷飞的蝶在风中摇曳,我情不自禁地张开双臂,拥金黄入怀,此刻,我闭上眼睛,屏住呼吸,认真地聆听自己心跳的声音。跳动的旋律如歌,点缀一帧秋色。任由秋叶一片片飘落在我的发上,我的肩上,轻轻地拾起,贴于胸前感受生命最后的无限依恋……

岁月的风尘夹杂着寒霜,会将希望凋零。心随着秋风飘摇,心事像落叶一样枯萎埋葬。看似秋是落寞凄凉的,然而我感觉她是一个颇具收获的季节,她无比真实。不是吗?人生入秋,意味着一个人经历了坎坷、苦难、风雨、磨砺之后走向成熟,而成熟就是经历一切之后的睿智、稳重、淡定、清欢。

与秋凝望,片片落叶万种风情。

秋叶带着一抹执念,轻轻地飘来,而后悄悄地散去。过境无痕,却又留下诸多足迹,陪伴着人们,抚慰着人心。

人生如秋,醉了流年,醉了我的眼眸,氤氲着我的灵魂。

彼岸花开

　　我愿，无论时光如何流淌，我都能在这静美的秋日时光里，邂逅一场秋色，静心临摹素然如秋的人生；在一场柔柔的秋风里，盈一帘幽梦，浅吟低唱恬淡惬意的生活。

　　走进秋天，拥抱秋天，与秋深情凝望，收获满心。

湖畔遐想

风,轻轻地吹着,打破湖面的平静,也打破了我心底的沉寂。平静的湖面掀起了一丝丝涟漪,荡漾起的波纹一圈一圈地向着远方扩散,沉寂的内心跟随着这同心圆泛起了一幕幕往日的回忆。

我伫立岸边,眺望千帆过尽的广阔湖面,多想让波光粼粼的湖水,洗涤我岁月铅华。我静静遐思:当初我在人生十字路口,为何沉迷于风花雪月、时光虚度?

无限的繁华落尽,浮夸的红尘,如今,可有人在春寒料峭之时,伴我如痴如醉、相厮相守,不再沉浮?

掬一捧花的心事,守望心湖深处的眷念。寂寂流年里,等一个恰好的时间,不诉前尘离殇,只撷重逢之期的芬芳。看!眼前这轻风吹浪的湖水多好啊,让心灵捕捉醉人的风景,写下来不及淡忘、有点模糊记忆的诗韵,激活久违心花怒放的心房。

兼葭丛中浪声惊醒了我,不再望断天涯。重启年华,春草开始葳蕤!

浪声,你掀醒了我一帘沉默的幽梦;浪花,你激荡起我新的人生启迪,透过湖波蔓延我浓浓的思念和深深的向往。期待身边响起曾经熟悉而温柔的话语,再次解读我似水年华、风花雪月的流年,给我身心的感念,抚慰心底的轻柔。把我深藏的心声,像缓缓远去的流水,流淌在字里行间,写下穿越时空的诗句,回味难忘的青春岁月。

远方禁渔湖舟笛声,唤起我一缕纠缠不清的心念,随着晨曦清风在呼唤,只想为一人牵念,像曾经的初恋意境,融入绽放心声,浓淡深浅,轻轻荡漾在回眸意中人的莞尔间。潺潺心音、悠悠情愫,回旋在湖中倒影里，似回溯过去，演绎我曾经初遇的印象。

　　湖面渐渐平静了，似乎知解我的遐思。把自己的闺室连同心境一起收拾，侍弄阳台花花草草，慢慢品茗捧书，把久违的内心世界脉脉情思氤氲，馨香漫溢于个人天地时空。

　　面对如此的湖光晨景，我只想静下来思考人生，重新认识自己。渗透在湖畔青草露珠上的情思，柔软心底，播撒一程清欢。所有的过往，已然成为我心中一份默默地守候。

　　若，我落下的是忧伤的诗，其实，我正以深情款款的姿势站立，待千帆过尽，仍与岁月温柔以待。其实懂与不懂，已经不那么重要了，如若你知，就是最好的成全。

　　晨风又起，我又想你。发丝随着风儿凌乱，怅然地，守望你的归期。任我心香悉悉，聆听帘外那几番风雨，也留不住青春虚掷。风飘来缕缕清香，释放纠缠不清的相思，湖畔垂柳上的黄鹂婉转鸣叫，唤醒我的心声、我的思念、我的遐想……

美丽汉中遇见暖

爱上一座城，是从恋上一个人开始的。至少我是这样的。

自从遇到你的那一刻起，将所有的日子解读。"汉中"这个名字便暖热我的双眼，随之亦铭刻在我的心灵深处。

你曾告诉我文化学者余秋雨对汉中的评价："我是汉族、我讲汉语、我写汉字，这是因为我们曾有过一个伟大的王朝——汉朝，而汉朝一个非常重要的重镇，那就是汉中。世界上曾经有非常辉煌历史的王朝，罗马帝国、孔雀王朝，还有我们的秦汉王朝，这是整个人类的骄傲，我们不能忘却那个伟大的时代。我到汉中来，就是要追回这个伟大的记忆，来汉中后，我最大的感受是这儿的山水全都成了历史，全都经过了历史，这些历史已经成为我们全民族的故事。因此我有一个建议，让全体中国人把汉中当作自己的老家，每次来汉中当作回一次家。"

于是，回汉中老家便成了我热切的期盼。

于是，在火红的七月，我不惧天气炎热和舟车劳顿，从河北太行山一路辗转，回家看看。

我心心念念的汉中，横联黄河、长江两大流域，是著名的"熊猫故里""朱鹮之乡"，这里生活着世界唯一的棕色大熊猫和最大的野生朱鹮种群。作为成都前往西安的必经之地，汉中还是汉朝乃至汉民族的发源地，也是三国文化的重要发祥地，因此被誉为"汉家发祥地""中华聚宝盆"。它北依秦岭，南临汉水，既有黄土高原的粗放，又有鱼米之乡的秀丽，继而又被赋予"西北小江南"的美誉。

大汉王朝的开国皇帝刘邦曾在汉中称王，史称"汉中王"。以古汉台为其皇宫，建都汉中，是中国汉唐盛世以来首个非省级城市，从古至今也是空前绝后的。刘邦在汉中富国强兵，明修栈道，暗度陈仓，走出汉中，夺取天下，继秦始皇统一六国之后，建立了第二个强大的帝国。及至三国时代，刘备又在汉中称"汉中王"，夺取成都，形成魏、蜀、吴三国鼎立，因此汉中是为两汉古都。秦惠王曾说汉中乃天府之国，又曰天汉之说。历史学者易中天评说最早历史上说的天府之国是汉中，而不是四川成都。由此可知汉中是中国最早的天府之国，先秦时汉中为巴郡，秦始皇统一六国后，将巴郡与蜀郡合并成为巴蜀汉中。郭沫若著《中国通史》称汉中为"巴蜀汉中"。所以，我们给汉中以历史上最确切的定位应当是：两汉古都、天府之国、巴蜀汉中。

汉中，我的老家，我的念想。我翻山越岭，涉水过江，着一袭汉服垂地，手执香扇，鬓插簪缨，翩跹而至出现在你面前的时候，俨然你就是我最大的王。执我之手，一路宠爱有加，走向"天汉朗月"酒店，走向我梦中的"阿房宫"。

伫立天汉朗月窗前，遥望汉中的灯火阑珊，在闪烁的霓虹中我仿佛回到了2300年前的汉中——看到月光下萧何赤脚追韩信、刘邦筑九丈高台拜韩信为将，大汉文明从此一路凯歌走向辉煌。数百年后，诸葛亮8年征战，六出祁山，最后长眠于定军山下。李白、杜甫、苏轼、陆游，也曾在这里留下不朽诗篇。

据说汉人的称呼就源于汉中，先有汉中，再有汉中王、汉朝。最后才有汉人、汉族、汉文化。汉中自古是帝王建基兴业之地，更是三国相争的军事要冲。尤其在两汉三国时期，张骞、刘邦、刘备、诸葛亮等历史名人在这里演绎了许多永载史册的成语典故。

故而，爱好文学的我对汉中又叠加了一种特殊的情感，异地漂泊，对汉中的眷恋愈爱愈深。那里的一山一水是我人生的表达，那里的一草一木是我生命的跨越，导致无数个日日夜夜魂牵梦萦……

当车厢内传来"各位旅客，列车前方到站是本次列车的终点站汉中车站，请大家将行李物品准备好，不要把东西遗忘在列车上。

一路上大家对我们的工作给予了大力支持,我向大家表示感谢……"的声音响起,我会心地笑了。

满心欢喜飞奔到汉中站广场,望着熙熙攘攘人群中你熟悉的身影,我的心不再孤单,情不再落寞,爱不再错过。

生命的征程,有你相伴,且行且珍惜。我在,你在,在汉中遇见,在时光中安暖!

天汉朗月慰风尘

我久居太行山城，对于号称西北"江南"的汉中向往已久。这样的念想仿佛是与生俱来的一种本能和欲望。当一个人的灵魂长时间与某种自然环境相互浸染时，她的血液里也就有了与这种环境相适应的某些特征。

我想：前世，我一定是在汉室皇宫，在后宫佳丽三千中穿梭而过，或许还是众嫔妃诸如昭仪、婕妤、经娥、容华等其中身份之一。不经意间任青春年华在深宫月夜中游离逝去……

或许是机缘巧合，或许是灵念感召，此次打卡汉中，有幸入住"天汉朗月"酒店，真实领略隔窗望月的心境。

天汉朗月酒店是汉中市首家汉文化园林假日酒店，位于滨江新区天汉长街核心景观区D区9A栋，拥有客房36套。酒店各项设施配套齐全，设有书屋茶舍、琴棋书画、下午茶甜点、各式酒饮、私厨餐厅等附属配套一应俱全。漫步其中，恍如隔世，让人流连忘返，是商务、度假、文化旅游的首选下榻之处。

酒店坐拥一线江景，与天汉长街融为一体的特殊地理位置，让我有种心旷神怡之感——闭眼花香浮动，睁眼景致怡人，尽显汉文化园林的古朴和文化的奢华亦随之扑面而来。

生活需要仪式感，源于对汉中的热爱，我有备而来，一袭汉服自然是这个夜晚不可缺少的存在。

沐浴、更衣，着藕色汉服，在"天汉朗月"倚窗而望。天汉长街车水马龙、人流如织，汉中的夜霓虹闪烁，绚丽多彩。空气中携带着的汉风的气息，蕴含着汉赋古韵的墨香，把建安风骨的汉文化传承给我。其实汉中最美的风景就是一池汉江水映着一轮汉中月，天地之间和谐交融的景色令我迷恋沉醉，如痴如狂。

除此之外，映入眼帘的天汉楼古朴中透着雄伟，其周围园林湖泊环抱。一座座石桥形态不一，玲珑可爱。夜色为幕，变换的灯光为天汉楼编织出一幅幅秀丽神奇的画卷。山水与花草搭配在一起是无比的舒展和自然，站在窗前，心旷神怡。刹那间，我的眼前明亮了起来，恰似眼前即是黄鹤楼一去不复返……

静寂的夜空，星星窃窃私语，正是此刻的意境，我与我的王相视对饮。汉中大地油菜花海，武侯祠过往云烟以及青木川山水一色，点点斑斑，都在酒香中，把夜熏得五彩斑斓。

月光映照，眼前的窗棂也披上一缕轻纱，随着阵阵晚风袭来，掀起了前世记忆——幽禁在长门宫的陈阿娇和未央宫的卫子夫，在广阔的大汉王朝盛开着的属于自己花期的花蕾，曾怒放过、馨香过的花瓣，终究在历史的长河中暗淡、遗忘……放眼望去，变幻莫测的霓虹，闪烁在汉中夜空，而高悬的明月如同一滴清泪。

人生不也如此吗？每个人经历过风经历过雨，无论事业还是感情中都有过高潮也有过低谷，但生活中的琐事，五味杂陈正是对人生的馈赠点缀。一些人或一些事，看似如夜空中的月触手可及，可最后的结局却是不尽人意。站在欣赏的角度，学会放下，越努力越幸运，我想在自己也正当夕阳时，能如"天汉朗月"一般恬静闲适，活出自己想要的幸福，便是对风尘最大的慰藉。

彼岸花开

向左，向右

　　同事小杨和生活了十几年的丈夫离婚了，当她在办公室宣布这一消息时，我们都不约而同地抢夺她手中的本本证实真伪。

　　小杨夫妇关系在每个人看来，都特别融洽，从不吵不闹，两人每天各忙各的，可就是这种潜意识的分歧导致了她们最后的结局。三观不合，想法各异，最终选择了婚姻向左，生活向右。

　　邻居大东和芳子青梅竹马，全村人都觉得他俩郎才女貌，是天造地设的一对，两人一起上学，一起嬉戏玩耍，一起长大，结婚生子在所有人眼里是水到渠成的事情。然而，农村重男轻女的传统观念，高中毕业后大东去省城上了大学，有了一份体面的工作。而芳子却辍学在家下地干活，操持家务。几年后，大东在省城娶妻，芳子在农村成家，理想信念偏差，导致了两个人人生向左，命运向右。

　　前几天入户走访，所包户刘大娘久病卧床，病痛呻吟声和屋内杂乱无章的场景灼伤了我的眼睛。经打听了解得知，大娘原本在村里称得上有福的人，儿子强子能折腾，在县城住洋楼、开小车，大娘吃穿在村里数一数二，无奈，强子越折腾胆越大，竟涉及黄、赌、毒非法交易，最终落得银铛入狱，妻离子散，众叛亲离。经不住都市灯红酒绿的诱惑，人性向左，贪婪向右。

　　其实，人生就是一个选择和放弃的过程，每一种选择，都有得失；每一种方向，都有各自的色彩。赶路的人那么多，那么急，但在匆忙之中，不要忘记，回过头去看看纯真的那个自己。或是黑与白，或是静与动，或是阴霾风雨与晴空艳阳，不同的方向，有着各异的风景，向左还是向右，熙熙攘攘的十字路，扭转人生坐标，种种困扰，徘徊在无尽的迷雾里。

人生无数次的抉择，向左向右，思虑中，看似简单的问题，却是注定命运的选择，不同的方向，塑造不同的人生。一念之差是春暖花开，一念之差是落叶纷飞，暗夜与雨雪。

人生在世，面临无数次的考验。错位的习题，如果适时醒悟，亡羊补牢，自是为时不晚，"浪子回头金不换"。及时觉醒错误的存在，"放下屠刀，立地成佛"，回头是岸。若是执迷不悟，一错再错，错上加错，那人生的结局，可就是南辕北辙。

人生是一场无止境的旅行，生命是一树繁花盛开又落下的过程，我们都是路途上不重复的一片叶子，孤独的行者，修行在个人，向左向右，关键在自己。生命中的各种选题，有些是单选题，是独一无二的选项，也正如生活中的一些事错过了便是错过，没有退路，没有从头再来的机会。左左右右，前前后后，"乱花渐欲迷人眼"，纷纷扰扰的烟花，缭绕着人生，擦亮眼睛，靠近阳光，前方就是明媚的地方。

选择对的事，对的人，在对的时间遇到，无论左右，认真以待，或许不是最好的，却是真实的章节。对的方向，持之以恒，努力做到尽善尽美；暗黑处，及时更新，反省人生走向，或许可以补救缺口的流失，可以调转画风，还一份清奇人生，给余生。

女儿周末陪我上班，在回家的路上，看着夜晚的霓虹闪烁，不由地想起刘大娘的儿子，想起邻居大东……忽地，觉得平时忙于工作欠缺对孩子们的照顾陪伴，对女儿带有歉意地说："咱去超市买食材，妈妈给你做麻辣香锅吧！"女儿听后欣喜若狂。

一路上我们母女的手紧紧相牵，到电影院路口，我俩异口同声地看向对方问：向左，还是向右？

生命的路上，涌动的人流，左右路上，行者各半。当你遇到十字路口,当你面对抉择的时候,是向左,还是向右,是遗憾,还是微笑,就在你的一念之间,就在你的思索之下。切忌:无论向左向右,生活需要向善、向美!

一路走来一路歌

　　生命是一场修行,人生是一段旅程。阡陌红尘,一路走来一路歌。

　　在有风的日子,我学会了迎风起舞。着一袭红裙,衣袂飘飘,把自信悬挂眉梢,从容系在发间,装束一身淡定,于蒹葭苍苍的一方水岸,携着夏花的绚烂,静候这相约时的期盼。

　　都说春风最多情,但远不及与你邂逅的美丽。仅是你那回眸一笑的温柔,就无声地俘虏了我的心。自此,我漫长的旅程,你的名字总百转千回地萦绕我的心头。

　　想着你在距我遥远的那座城,顶着夜色的阑珊,伴着唐诗里的柔柔月光,穿过宋词里的婉约薄凉,耳边回响着元曲的哀怨惆怅,一路风尘,落花成殇,羽化为蝶,翩翩成双。

　　生活中的每一次相遇都是缘分的错综演绎。不会忘记与你惊鸿一瞥的痴痴相望。或许,不经意的一个转身就是一生的承诺;不经意的一个回眸便是一世的情缘。孤独的旅程,陌生的人海里擦肩瞬息,轻轻的,柔柔的,四目凝望,是熟恋,是似曾相识?时空蓦然,岁月变迁,是一种心与心的等待、心与心的交流。

　　一个浅笑嫣然,一个盈盈水间,不可思议的我们相遇了,似乎等待了一个漫长的世纪。

　　君与我红尘做伴,碧草茵茵中,追随梁祝的蝶梦;西湖堤畔,细雨霏霏,君为我撑把油纸伞;君执我之手,华山之巅,重新演绎神雕侠侣的浪漫……

　　曾经啜饮孤独,一人醉红颜。如今,我与君并肩聆听大雁塔的音乐喷泉,似乎是心弦奏响的一曲美妙的爱之旋律;我与君携手漫步于回民街,仿佛是久居绣阁的千金初出闺阁的情之乐章。此情此景,能不使得红颜醉?

"一骑红尘妃子笑,无人知是荔枝来。"华清池边瞻仰贵妃的铜像,心弦上妙曲流转成贵妃唐皇的千古绝恋。

后宫佳丽三千人,三千宠爱在一身。踏进空旷的长恨广场,犹如置身于大唐盛世,凄美断肠的长恨歌声,响彻耳边,久远而绵长。

人在徘徊,心在流浪,一路走来一路歌,为爱找一个栖息的港湾,我从钟鼓楼前狂奔,穿大街过小巷,细细地寻觅那一千零一夜的传说……

"怎么会迷上你,我在问自己,我什么都能放弃,居然今天难离去。"一首《灰姑娘》单曲循环伴我沉沉睡去。梦里是三山五岳,洱海苍山……那首哀怨的歌声依然萦绕耳畔。是你,是你,还是你,让我无法走出你的关注、你的深情。

我固执地在一纸墨香里,泼洒一方的丹青水墨。也许在唐朝华丽鼎盛的夜宴里,倾城倾国舞动一夜惊鸿;也许在烽火硝烟的战国,一腔忠胆义肝,热血洒;侠骨柔情,三千情丝绕指白发。

一曲离殇,惊醒笔墨,往事已走远,梦依旧。每个人都有一个角落是留给某个人的,每个人心中都有一朵属于自己眷恋的彼岸花,它纯真,清美,开在彼岸,深深烙印心底一辈子;开心也好,伤心也罢,总在不远不近的地方,演绎着生命的春色,芳香轻吐,润泽常在。

一路走来一路歌,一次次,一曲曲跳动和你我有关的旋律……

人生诗酒茶

走近南塘仙谷,就走进了富有诗意的田园生活,具有情调的优雅人生!"茶香缭绕,琴音悠扬",真可谓南塘仙谷"诗酒茶"盛会。

南塘仙谷位于美丽的河北涞源境内,它依山傍水,翠色环绕,来到这里完全可以放松身心,忘掉烦恼和忧愁,让一切返璞归真。

深秋携一缕清风,漫步于一条美丽的甬道。和蓝天白云,和秋风落叶,和木屋重楼,和新朋,和故友,来场醉美相遇。经历了悲欢离合的人生场景,也就特别在意阴晴圆缺的生活意境。一条优雅的长廊,以片石为主题,拼接在一起,以半月弧度为格调,显示了浪漫和温馨。

南塘民宿综合体的房间建造主要是木、石为主要元素,所到之处均保留着原生态,独特的自然之感让人流连忘返。然而遍布仙谷迎风招展的国旗更让人肃然起敬。不由诗兴大发,打油一首:

南塘仙谷

琴音茶香缭绕,
美女老板睿智。
国旗仙谷遍插,
南塘美景如画。
夕阳西下,
旅行人忘归家。

美丽的南塘仙谷，以"红酒、白茶"著名。说到红酒，就有红酒的情调、红酒的浪漫、红酒的故事。

在当今应酬繁多的场合，或与同事朋友聚餐，或与客户商家洽谈，酒水是必不可少的。那么，红酒当是首选！

不单凭从浪漫角度出发，而是从健康方面考虑，红酒不仅可以软化血管，有助睡眠，美容养颜等等功效，还承载着一种温儒典雅的文化。

我们来听一个关于"葡萄酒的爱情故事"。

从前有一个古波斯的国王，他嗜爱吃葡萄，而当时的产力不足，葡萄并不是想吃就能有的。于是，自私的国王将吃不完的葡萄藏在密封的罐子中，并写上"毒药"二字，以防他人偷吃。但由于国王日理万机、政事繁忙，很快便忘记了此事。

国王身边有一位失宠的妃子，看到爱情日渐枯萎，感觉生不如死，便欲寻短见，凑巧看到带有"毒药"二字的罐子。打开后，里面颜色古怪的液体也很像毒药，她便将这发酵的葡萄汁当毒药喝下。

结果她没有死，反而有种陶醉的飘飘欲仙之感。多次"服毒"后，她反而容光焕发、面若桃花。此事派人呈报国王后，国王大为惊奇，一试之后，果然如此，妃子再度受宠，找回了失去光泽的爱情。

葡萄酒从此也广泛流传，被人们视为神圣之物，是爱情和幸福的象征。葡萄酒有诸多神奇浪漫的故事，那白茶也不逊色，也有其非凡独特的奇妙之处。茶香弥漫中开启茶的故事：白茶香味清淳，入口生津，滋补暖身，尤其是秋冬季的特选，在当今大鱼大肉，饮酒随性的饮食场合，煮上一壶茶，可以消食健脾解酒，每喝一杯都是浓浓的时光的味道，都是暖暖的撩人的气息。

走过的路长了，遇见的人多了，经历的事杂了……慢慢觉得，茶便是最好的知己。可以减缓你生活的节奏；圆润你内心的急躁，累了倦了，心情不悦了，"三五知己坐，品茗话家常"……

一茶一酒一人生，一诗一花一心境。人生当如诗酒茶，清心韵雅静白，茶素盏润莲开，如花薰香风雅，键盘一敲韵来。人活到最高境界，莫过如此。有诗，有酒，有茶相伴的日子，何愁灵魂无趣、日子不生香呢？

人生如茶，品过才知浓淡；岁月如酒，醉过才知梦醒，酒有故事，茶有诗词。茶是一种生活，酒也是一种生活。人生不过"诗酒茶"！

匆匆这一年

　　如果没有遇见你，我将会是在哪里？
　　日子过得怎么样，人生是否要珍惜？
　　也许认识某一人，过着平凡的日子，不知道会不会也有爱情甜如蜜。
　　任时光匆匆离去，我只在乎你。心甘情愿感染你的气息……

　　伴随车载音乐邓丽君的一首《我只在乎你》缓缓响起，我的心湖也泛起片片涟漪。

　　匆匆这一年，时光在不经意间悄然而过，烟雨红尘转眼间又到了岁末的渡口，这一年，谢谢亲爱的自己，学会了珍惜，懂得了放下，留一份空白，静下心来给那些比金钱利益虚无繁华更重要的人和事。看谁始终相伴，是谁一直惦念？

　　翻阅一年四季的微信朋友圈，看照片，读文字，每一季都有每一季的心情，每一种心情演绎一段故事，每一段故事勾勒不同的风景，或悲、或喜，纵横交错。

　　这一年也曾接受春风的沐浴，邂逅夏雨的洗礼，空气中淡淡的花香、清新的气息也曾让我痴醉。这一年，忧郁的眼神也曾焕发光彩。然而，当秋色渲染了寂寞，当素雪封存了记忆，我的泪还是情不自禁地在漆黑的夜里无声滑落，不堪的过往，悲伤逆流成河。

　　这一年，记载了太多的忙忙碌碌。从十指不沾阳春水的"闲妻"蜕变成照顾老小、料理家务、积极工作的女汉子，虽然中间有一些波折、心酸和眼泪。但终究还是扛过来了。将锋芒折射成一束光，把满目沧桑的人生照亮；将激情燃烧成一团火，把孤寂的心和灵魂点燃；将善良澎湃成一首诗，投影到你在的远方。

这一年，经历了太多的是是非非。风雨中穿梭，坎坷中前行，泥泞中跌倒让自己少了几分犹豫，秋天里失落让尘世淡了些许繁华。

时光真的匆匆太匆匆，还来不及拥抱晨曦，就已经手握黄昏，一天匆匆而过；还来不及细品春天的柳绿桃红，就已经是满眼肃穆的银装素裹，一年匆匆而过；还来不及享受美丽的锦瑟华年，就已经到了白发迟暮，一生匆匆而过。父母面前还未曾尽孝，夫妻之间还未曾尽力，儿女世界还未曾尽责。怎不叫我感怀呢？

无论父母、爱人、子女或朋友，都注定是一世的情缘，不管下辈子爱或不爱都不会再见了。所以，唯愿往后余生不辜负岁月。好好珍惜身边的每一位亲友，善待缘分。

这一年，多少次午夜梦回？多少次痛彻心扉？所有的惶恐不安之后反思醒悟，走出小我，豁然开朗。用一颗感恩宽大的心为人处事，不矫揉，不做作。

窗外霓虹闪烁，过了今天，就是明年。我端起酒杯，一口接着一口，喝下这世间无言的寂寞，和无须再多想的人生。

人情世故荒芜淡薄，谁是谁的归期，谁会为谁守候在原地？渐渐的，学会把自己内心深处清零，繁杂的思绪，不再为谁承担任何负荷，所有的一切都回归于现实的平静。

那些葱茏滴翠的日子真的渐行渐远了，枯叶堆满了季节的街头，墨染的山水褪色。我尝试着用一颗真诚的心，去拥抱、去感知、去理解这一场岁月的追逐。它返璞归真的用意勾勒出了人间烟火里，深藏的骨架和通透的内涵，让我越来越能够体谅到他人生活的不易，也越来越能够理解一些人不同的选择。不再为求而不得的东西歇斯底里，也不再为那些与自己并无太多关系的人事纠结。

2021渐行渐远，虽有些人或事淡出我的生活成为过往，但有些命定的安排亦如约而至。我倾力付出，终究深情不被辜负，生活给予了我另一份馈赠（晋级四个会员、征文参赛分别荣获金奖1次、一等奖 2 次、二等奖 4 次、三等奖 3 次、优秀奖 5 次，纸媒省级刊物发表文章 5 篇，市级刊物发表文章 20 余篇，县级刊物 20 余篇、微刊发表 100 余篇等），面对一本本荣誉证书，一枚枚奖牌，一个个奖杯。此刻，我不禁落泪了。旁人所看到的只是光鲜亮丽的一面，在这背后所付出的艰辛，"如人饮水冷暖自知"。时光真的匆匆太匆匆啊！

人生太短暂。以后的日子我不会再为难自己，凡事看开一些，人心向暖，温柔可待。愿我以后的生活不辜负岁月。时光，浓淡相宜，人心，远近相安。来了便好！

2022 如约而至，明知年华终将老去，伫立心窗静静眺望，仍盼着春风的微笑，盼着花开的声音，盼着这颗心温暖到老。看那消逝的岁月在指尖滑过，恍然大悟，我与青春不止遇见。

"天时人事日相催，冬至阳生春又来。"一路走来，遇人，经事，渐渐知晓人情世故的或冷或暖。尽管人心复杂，依然保持简单，就算受伤再多，还是真诚待人。

匆匆这一年，给自己一个拥抱，再次感谢亲爱的自己！错过风华绝代，我依然还有勇气，对着迎面而来的每一天，微笑着，快乐着，感恩着，慈悲而温柔地度过。

生活需要仪式感

二月二龙抬头巧逢三八"女神节",双节临门,无疑再普通平淡的日子因为被赋予了爱、感恩、纪念,也显得出奇地弥足珍贵。

清晨,拉开帘,让黎明进来;打开窗,让阳光进来,迎着晨曦,给自己一个微笑,拥幸福入怀。

张爱玲曾说过,"生活需要仪式感,仪式感能唤起我们对内心自我的尊重,也让我们更好地、更认真地去过属于我们生命里的每一天"。也许在某些男人眼中所谓的仪式感是女人们的矫情,是一些不切实际的东西。是的,生活最终都会归于平淡,但是,即使生活再平淡,也需要我们认真去对待。

一如往昔,给女儿准备好爱心早餐,给儿子配备了营养果盒,自己化了一个精致的妆容,伫立窗前,满怀欣喜,欣赏我暖暖的阳台,欣赏专属我的那抹暖暖的绿。

生活本来的样子如杯白开水,是无色无味,是很单调的。可是,因为心中有了向往,有了希望,有了诗和远方,那么,随之而来的日子也就变得五彩缤纷、芳香四溢了!

生活需要一些仪式感,和矫情无关,记录一些温馨温情的时刻,浮躁的时代,仪式感其实就是一种把生活过得精致的奢侈,一种悠闲的心情,一种不凑合的生活态度。

生活中,仪式感无处不在,只要拥有一颗积极、乐观、向上的心,就会发现很多很多美的东西。没有惊喜可以制造惊喜,不是吗?尽管生活中的琐事、工作中的繁忙,早已在我们女神的脸庞无情地刻下岁月的痕迹,但是,正如冰雪挡不住春天的憧憬,我们的视野里依然有赏心悦目的风景,我们的心田里依然有风雨吹不散的美丽彩虹，连同属于我们的梦。

春风又绿江南岸。是啊，绿的不只是我的阳台，还有烟雨蒙蒙的江南，还有孤烟直上的大漠。十里桃花一生情。是的，灿烂的桃花是我们俏丽的面容，荡漾的春水是我们清澈的眼睛，摇曳的绿柳是我们婀娜的倩影，欢淌的小河是我们开心的笑声。用挚爱浇灌葱茏的杨柳青，用真情演绎流霞的桃花红，情真意浓……

当幸福来敲门的时候，真可谓"椰风挡不住"。还未到单位，办公室姐姐就打电话通知领取"魅力女王节·营养套餐爱心卡"；与市领导沟通请教工作，领导发来女神节红包，心里甚是欢喜。在此，感谢各级领导对我们女神的关心。台北、苏北的朋友也送来了美丽的祝福，彼岸花感谢最美的相遇，感谢山水的相逢，感谢于千万人之中的红尘邂逅。爱人也在距我遥远的那座城快递寄来节日礼物，"红豆生南国，春来发几枝"，春风十里，远不及你的款款深情啊！

在友情、亲情、爱情笼罩下，我是一个幸福的女人，我是一个快乐的女神，今后余生，风雨兼程我的梦愿意与我的友人一起朦胧；喜怒哀乐，我的心永远与我的亲人一起跳动；山高水长，我的情陪伴我的爱人踏歌而行。

生活需要仪式感，所以，在今天这个特殊日子里，我亲手制作了38束草莓花，但愿它会让我在平凡而又琐碎的日子里，找到诗意的生活，找到继续前进的微光，找到不愿将就的勇气。

女人，要学会华丽转身

俗话说：男人四十一枝花，女人四十豆腐渣。这看似简单戏谑般的话语，却孕育着深刻的内涵。

众所周知，在中国古代封建社会，女子的地位都是极其低下的，自身的命运完全不能自己做主，这也导致了许多女子悲惨的一生，悲剧的一生。

随着新中国的成立，社会在发展，时代在变迁。女人的地位明显提高，但在一些偏远地区女人仍然活得卑躬屈膝，每天洗衣、做饭、下地干活、伺候一家老小，过着相夫教子的日子。在她们的思想认知里，认为女人做这些都是天经地义。甚至，有些地方把女人视为延续香火、传宗接代的工具，如果不能生育或生下女娃，就会备受歧视，遭受婆家打骂是常有的事情。

曾看到过一篇文章，讲述了一个家庭，女主人婚后为了更好地照顾身为公司总裁的老公，放弃了自己原有的一份收入可观的工作。当小孩出生后，又忙于照顾孩子，更是无暇顾及自己的形象。日复一日，老公回家面对的是一个蓬头垢面、唠唠叨叨，这个超市搞促销花生油买一送一、那个商场集赞可以领米面的市井女人。慢慢地，男人回家越来越少，最后提出了离婚。而更可悲的是男人要孩子、房子、车子，声称都是自己辛苦挣来的。只付给女人少得可怜的一点分手费，还大言不惭地说，这么多年，你在家没挣一分钱。我供你吃、供你穿，现在分开还给你钱已经很对得起你了。

可怜又可悲的女人啊！经济不独立，就失去了你所有的人格魅力。即使你为家付出再多，也没有任何价值可言。试想：如果你当初没有放弃自己的工作，是不是他有他的应酬，你也有你的圈子可以潇洒。你也可以长发及腰,长裙摇曳,在某一个开心或不开心的瞬间找个朋友喝杯咖啡,或大笑或大哭一场。然后红唇上扬,很自信地对自己说:亲爱的,干杯!加油,相信你是最棒的!可当你选择了做家庭主妇的那一刻,就注定你的可悲,你就失去了继续奋斗追梦的机会。

其实,曾经我也是这样的一个女子,每天锅碗瓢盆,洗洗涮涮,没有属于自己的时间和空间,每每看到朋友圈同学朋友在瑜伽健身、公园跳舞、山上游玩、拍照聚餐等等,自己更多的是感叹,并没有太多的感情冲击。直到有一天,突然回过神来,觉得自己应该拥有更好的生活和人生,才暗下决心,峰回路转,重新走到工作中。

尽管面对激烈的竞争,人情世故或冷或暖,但至少工作又一次历练了自己,提升了自己,成就了自己。

如今在繁忙的工作和琐碎的家庭生活中,我已学会了平稳过渡,平衡对待。生命太短,没有时间留给遗憾,既然还未到达终点,就微笑着一路向前。

人的一生或悲或喜都要经历很多,如果总是不断地牵挂往事,活在过去的记忆里,为之前的遗憾感到悲伤,就永远也发现不了现在的美,也不会拥有容纳美的空间。这是人性的弱点。

往事不回头,余生不将就。人要向前看,善待自己,珍惜当下。

曾国藩曾说过:"过往不恋,当下不杂,未来不迎。"如果我们总是回顾过往的人或事,会发现,自己根本无法过好现在的生活。

罗曼·罗兰也曾说过:要珍重新生的一天。不要想一年后、十年以后的事情。不要勉强生活,今天就该好好活下去。要珍重每一天,尊重每一天,要爱每一天。我们可以把时间浪费在自己喜欢的事情上,但不可以把自己困在自己讨厌的生活方式里。

是啊!阳光正好,风儿不燥。从此,深情回眸,华丽转身,优雅活着。

第四辑

人间烟火

岁月是位伟大的魔法师,日复一日改变着我们的容颜,唯独改变不了的是心心念念的挂牵。

土豆情缘

下班回家,一进门就飘来一股诱人的香味。妈妈看见我,笑着说:"做了你最喜欢吃的土豆肉片酸菜汤,快趁热尝尝。"我夹起肉片放入嘴里,又爽又滑,带着土豆的清香与酸菜的醇厚香味。土豆绵软糯口,面面的感觉顿时充斥在唇齿间。喝一口带着西红柿味道的土豆肉片酸菜汤,顿时,肉的鲜香、土豆与酸菜的蔬菜香,再搭上西红柿的酸爽混合在一起,丰富香甜的味道让我忍不住喝了一碗又一碗。

"妈,你做的土豆肉片酸菜汤真好喝。"我边喝边赞道。

"唉!那是现在日子好了,以前的话,土豆哪能做出什么好吃的味道来。"

听了妈妈的话,看着眼前汤碗中一片片浅黄的土豆片,仿佛回到了岁月深处的那些日子……

我的家乡地处太行深山区,素有"九山半水半分田"之称,土地贫瘠,多沙土,干旱少雨,不适宜种小麦。然而,一方水土养一方人,苍天总能找到养育父老乡亲的庄稼。就这样,土豆成了家乡土地上的"宠儿"。它虽然对生长条件要求极少,但每年夏秋两季总会把又香又面的累累果实回报给庄稼人。

土豆学名马铃薯,有的地方称之为"洋芋""山药蛋"。我们老家则习惯称之为"白山药",就和红薯顺理成章地被称为"红山药"一样。

在姥姥年轻的时代,土豆是救命口粮;而在妈妈的记忆里,极其普通的土豆是人间美味。

20世纪三年自然灾害,民不聊生,苦不堪言。房前屋后的野菜挖完了，能吃的树叶摘尽了，树皮剥光了，家家断粮，人人挨饿。万般无奈中，为了年幼的孩子能够活下去，要强的姥姥一咬牙，步行二十里山路，回娘家讨要回来一小布袋土豆。

妈妈兄弟姐妹四人，妈妈是长女，下边有一个妹妹、两个弟弟。大舅比妈妈小五岁，在那个贫穷落后、缺吃少喝的年代，大舅每天只能靠着灶膛里的炭火烧烤一个土豆充饥度日。

灶膛上的大锅里蒸的是少许红山药面和着野菜的干粮，这是为家里挣工分的男劳力准备的，姥姥和姨则多是喝野菜煮的汤水。姥姥给一家子老老少少缝缝补补，洗洗涮涮，忙得连直起腰身歇歇的时间都没有。这样，每次添火烧土豆与喂大舅吃土豆的差事就落在妈妈身上。烧熟的土豆黑乎乎的，外焦里嫩，只需用一根筷子轻轻把最外层黑色的皮蹭掉，然后妈妈把土豆皮吃了，里面的瓤一口一口喂给大舅。

姨每每看到妈妈吃土豆皮，都会委屈地哭闹："娘，娘，我饿，我也要吃土豆，为什么不给我吃土豆啊？"姥姥则回过身去，悄悄抹把眼泪，哽咽着说："好孩子，你大姐吃了，一会儿还得背孩子、烧火呢！你又干不了活儿，一会儿我们喝野菜汤，野菜汤好喝着呢！"姥姥边说边用手指抠一点土豆皮，抿进姨的嘴巴里。姨咂咂嘴，微微皱皱眉，用力咽下去，一道黑色的印痕挂在嘴角，她满足地笑了。那时候，吃上一个土豆，成了老人孩子的美好企盼和奢望，也在妈妈和姨的心里，留下了一段辛酸的回忆。

后来，包产到户，姥姥一家用心栽种侍弄土豆，年年喜获丰收。除了食用与变卖一些零用钱外，还会留些剩余，窖藏成为来年的秧种。但过年时，善良的姥姥想到邻居孤寡老人刘奶奶生活拮据，还是会把留作秧种的土豆送给刘奶奶一些，她总是千恩万谢。那小小的土豆，传递着乡村邻里之间朴素的温情与关爱。

栽种土豆一般是在清明节前，小时候，我每年都会参与种土豆。为了使土壤松软，种植前先要平整田地，并把农家肥均匀扬撒在地面上，再用犁铧进行初翻。翻地时，妈妈往往要我坐在犁铧上，说是为了压铧。现在想来，那分明是对我的溺爱。那时，我的两只小手紧紧抱着扶手，生怕一不小心会掉到地沟里去。屁股被硌得生疼发麻，却还是"得——驾，得——驾"开心地吆喝着。虽然时隔多年，往事却历历在目。

等田地翻耕一遍，便开始"点山药"（种土豆），这是需要分工合作完成的。只见爸爸摁着犁铧，叔叔埋头用力拉铧；妈妈随后把切好的土豆秧切块投放到泥土中，边走边投放，而且间距还很均匀，恰到好处。我紧随其后，抓一小把复合肥，撒在每一块土豆秧切块旁边，尽量避免直接撒在切块上面，以免被肥料烧伤而影响破土萌芽、茁壮成长。

一分耕耘，一分收获。到了夏日连阴雨的季节，土豆（夏山药）成熟了，家家户户开始忙着刨土豆。刨土豆也讲究一定工序，马虎不得。首先，我和妈妈把还泛绿的藤蔓掐下来，晒干加工成猪饲料备用；把枯萎的藤蔓带回家烧火做饭，或垫猪圈增肥。爸爸和叔叔则分垄一株株地挖刨，那新鲜而又湿润的土豆像一个个调皮的皮球，在土地上蹦来跳去。我和妈妈把出土的土豆挑拣、分类、装袋。最后，爸爸和叔叔背的背，扛的扛；我和妈妈拿着镢头，挎着藤蔓，浩浩荡荡与其他村民到村里的戏楼上胜利会师，互相攀比谁家的土豆长得大，产得多。

在炫耀吹捧中，父辈们一边打着扑克，一边等河北定州、赵县拉着白面的卡车过来换白面。这时，女主人们会挑拣小的或不小心刨成两半的土豆，洗净放在大锅里加水煮。说是煮猪食，但每次熟了，我和妈妈总会择优拾拣几个，就上白萝卜腌制而成的咸菜条吃得津津有味。

小时候的农村，是极其贫穷落后的。烧火做饭用的都是枯枝烂叶，好在生在山里，满山灌木、植被、茅草到处皆是。只要家里有勤快的男劳力，暮秋初冬之际，备上几十捆柴火，来年一年烧火做饭便不成问题。当然，我们小伙伴最喜欢在刮白露风后，去捡拾摇落一地的干核桃树枝、杨树枝，就连散落一地的树叶，我们也会搂耙成堆带回家中，这些都是做饭的好燃料。

记得有一次，爸爸去较远的山坡上割荆条柴火，由于路远坡陡，很少有人前去，因此那边的荆条成片成林，而且粗壮结实耐烧。燃烧过后的炭火可以盛在火盆里用来取暖，取暖的同时，用火红的炭火烧烤的土豆，再好吃不过了。爸爸天不亮就拿着镰刀，背着绑绳出发了，到下午还不见回来。那时，我很担心爸爸一天吃不到饭而挨饿，可妈妈告诉我没事的，爸爸断然不会饿着，因为坡地里还留有后秋的土豆（秋山药），可以点火烤土豆，也就是妈妈小时候喂食大舅的"烧山药"。现在，这已成为我们这边农家院招待游客的一道独具风味的名小吃——"火爆山药"。

那次，爸爸回到家就呕吐不止，后来才知道爸爸吃的烧土豆，风吹日晒已变成绿色，土豆中的龙葵素含量大幅增高，致使爸爸轻微食物中毒。

这时候，我才依稀明白我们北方为什么家家都要有一口地窖，用来窖藏土豆、萝卜、白菜。地窖冬暖夏凉，能够对存放的蔬菜起到很好的保鲜作用。尽管如此，来年春天地窖里的土豆也会长出很长的白芽，现在健康讲座说长了芽的土豆有毒不能食用，但我们小时候会把芽掰掉，照吃不误，填饱肚子都很困难，哪里还管它有毒没毒呢？自从爸爸食物中毒后，我对土豆又有了一种惧怕和戒备的心理。

但每年看到地窖里丝丝缕缕的白芽，又仿佛看到窖藏着无数的希望和力量。土豆融入土地，萌芽扎根破土而出，努力向上。经历日晒雨淋，不屈不挠，最终结出丰硕的果实。从某种意义上说，土豆的生长过程让我对生命充满了敬畏。

再后来，生活条件好一点，妈妈会把土豆擦丝，从自家地的水渠边割一把韭菜，和点腌猪肉，给我们蒸烫面大饺子；或用土豆丝掺着玉米面、土豆粉面、莜面，蒸"挠挠"；或炒土豆条；或玉米糁粥里煮土豆块。总之，一顿饭下来，就是一桌十足的"土豆宴"。以至于多年后，我带外省同学回家，妈妈就用家乡的土豆上锅蒸熟，剥皮，捣碎，加些许白面，在大铁锅里烙上一摞土豆饼；烙完后，就着油锅炒腌肉土豆片，愣是把同学吃得乐不思蜀。临走，还拜托妈妈为她做一些带回家，分享给家人吃。

　　土豆饼在我的童年时代，算得上是最好的美食了。不过那时候多是掺加玉米面制作而成，烙好的饼用篮子吊在屋檐下存放起来，或作为男劳力上山干活儿的午饭，或作为孩童们在几里地外的学校上学的午饭。最小的土豆也不会浪费，妈妈会自制成山药粉面，过年过节时压制粉条，自家食用或招待亲朋好友。山药粉面还有另一种食用方法，在炎热的夏天用来蒸碗坨、搅凉粉、漏鱼鱼，这都是清爽消暑的美味佳肴。这时候，土豆又成了我心中的骄傲。

　　土豆不择地势，有土的地方就能扎下根来，沟也行，坡也行，干旱的年份不浇水也行。到了开花的时节，便盛开出淡紫色或白色如烟如雾的花朵，呈现出一片深得庄稼人喜爱的风景。土豆对生长环境不挑剔，且多产高产，是世界上主要的粮食作物之一，种植面积仅次于水稻、小麦和玉米。土豆作用广泛，价格便宜，营养丰富，素有"地下苹果"的美称，不仅可以当主食，还可以做成酱香土豆片、土豆炖肉、酸辣土豆丝等家常菜，并且还是薯片、薯条等零食的主要原材料。

　　记得我上中学住宿学校，食堂主打菜是炒土豆条，说是"炒"，其实就是用开水煮。土豆条在大铁锅里沸腾，大铁铲在大铁锅里翻腾，熟了放点生猪油、酱油、食盐，有时会加点葱花。反正在那个年代，我们把土豆条汤都会喝个精光，觉得那也是至臻美味，以至于那种味道烙印在记忆深处，若在街上行走，或路过一处建筑工地，熟悉的菜香远远飘来，我会兴奋地叫喊："这是水煮土豆条的香味啊！"

现居住在城市,生活条件比过去不知强了多少倍。不管什么季节,想吃什么蔬菜,都能买到,但妈妈餐桌上的主打菜依然是土豆块烩菜,炒土豆丝、条、片等。我也尝试着用土豆做出各种美食,以满足家人的味蕾。地三鲜、土豆丸子很受爱人欢迎;去饭店吃饭,土豆泥是我的必点菜;儿子每次去汉堡店,都不忘点炸薯条……尽管时代变迁,生活发生了翻天覆地的变化,但土豆依然是我们最爱的美味,寄托着我们对过往生活的怀念和浓浓的乡愁。

姥姥和父母那辈人,像土豆一样,要求别人的极少,却全身心为家人朋友付出,我不知不觉也成了这样的人。

我家和土豆的情结,仿佛是长在骨子里的,我多次问自己:之前是因为生活贫困,除了吃土豆没有更好的选择,那么现在吃土豆到底是因为喜欢还是为了重温过去的岁月?我真的说不清楚,想来应该是返璞归真的心情,是挥之不去的乡愁吧!或许土豆有着和我一家人相近的品性,朴实无华,诚恳良善。土豆在烟火生活中提醒我们不忘本真,学会节俭,唤醒我们一如既往地热爱生活,更教导我们珍惜来之不易的平平淡淡的每一天。

阜平钢丝面的"刚"性

"对于故乡,每个人的胃部,都有着长年储存的记忆。"这是作家赵瑜写在《私人面食志》中的一段话,所要表达的,正是除却故乡风景与人事后,保留的那份有关故乡饮食的记忆。

一方水土养一方人,一方水土有一方面。每个对故乡有情结的人都会说出自己故乡"面"的特色,好面好滋味。不同地域有不同的面,有不同的性格风情。

山西刀削面全凭刀削,面叶如柳,中厚边薄,棱锋分明,越嚼越香,如同两侧低中间高的吕梁山脉。

油泼辣子面以面条煮熟后泼上油辣子而得名,乃是老陕们的最爱,吃过以后,就像干热的黄土地突然来了一场透雨,爽透了。

片儿川面是杭州传统风味小吃,面的浇头主要由雪菜、笋片、瘦肉片组成,冬笋脆爽,肉片嫩滑,配上鲜咸的倒笃菜,这就是一碗地地道道"片儿川"的浇头。形象和气质如同江南女子阳春白雪一样的多姿多彩。

得中原得天下,中原文化兼济天下。河南烩面就是一种荤、素、汤、菜、饭兼而有之的河南传统美食,烩面以优质高筋面粉为原料,辅以高汤及多种配菜,类似宽面条,以味道鲜美,汤好面筋道,经济实惠,营养丰富,享誉中原,遍及全国。

炸酱面是最初起源于北京,属山东鲁菜,酱,是老北京炸酱面的灵魂,如同紫禁城绛紫色的皇城根文化。最常见的是猪肉丁炸酱,以半肥的瘦猪肉丁加葱、姜、蒜等在油锅炸炒,加入黄豆酱,盖上锅盖小火咕嘟 10 分钟,肉皮红亮,香味四溢,油而不腻。

兰州人的每一个早晨,都是从一碗牛肉面开始的。牛肉面具有一清、二白、三绿、四红、五黄的特征，且色香味美，誉满全国。

其他还有数不胜数的四川担担面，新疆干拌面，武汉热干面，江苏鱼汤面，一碗面就是热情扑面的温馨，上车饺子下车面，在所有地方都适用。

走进八百里太行山深处，在革命老区保定阜平有一道独特的美食——阜平钢丝面。每个来过阜平革命老区的人，都会让阜平的"钢丝面"触动味蕾。

"钢丝面"顾名思义就是一种坚韧性较强的面条，因面质硬如钢丝而得名。在阜平，钢丝面的种类繁多，常见的有用白面、玉米面、榆皮面、山药面、荞麦面、莜麦面等制作而成的面条、饸饹。

入冬时节，地里的农活都收拾清了，萝卜白菜也窖藏好了，乡亲们便开始张罗制作钢丝面（那个年代山区土地较少，家家户户的粮食都很短缺紧张，白面大米逢年过节才能吃上一顿两顿，平时大多时候吃粗粮。粗粮难以下咽，每个农村家庭的母亲们总是绞尽脑汁为孩子们准备一日三餐补充营养，无可非议，"钢丝面"便是其中的一种）。或送亲朋或送好友，主要的排场在于杀年猪的时候招待乡邻。

制作钢丝面真可谓粗粮细作。母亲常常先选择颗粒饱满的玉米，或高粱、或优等的山药蛋干和山药（红薯）干，上磨脱皮、粉碎，为了使其柔韧度高，有嚼头，还可以加上适量的土豆粉面、榆皮面、白面等根据个人的喜好搭配几样面用温水搅拌成小块状，然后倒入钢丝面加工机漏斗，启动机器运转，随着机器轰隆隆的声响金灿灿的钢丝面就从机器出面口挤压成型展现在世人面前了，母亲会适时把握，在面长约1.5尺处掐断，熟练地盘成一窝一窝的。母亲告诉我们，加工出来的钢丝面一定要晾晒干，否则会发霉。

钢丝面的烹饪也是有一定讲究的：钢丝面虽然看起来很干净，但难保上面没有灰尘，首先要用温水泡一会儿，一来可以去除灰尘，二来泡上约半小时，方便在蒸的时候松软或熟透。

配菜中，肉是必不可少的，杀猪菜、排骨汤最好，钢丝面喜油。

第四辑 人间烟火

181

胡萝卜、豆角切丝，豆腐皮切细丝，豆干切一厘米见方小丁，葱切小段，蒜切薄片，洋葱切丁，辣椒切丝，白菜切丝，西红柿切小丁。等配菜切好，钢丝面也几乎泡好了，就可以开始上锅凉水蒸，大火烧开，转小火，水开后蒸七八分钟就行。

钢丝面蒸好之后过凉水，起锅炒菜，热锅凉油，先放葱蒜，再放肉丝豆干生抽老抽翻炒，放黄豆酱翻炒，再放豆腐皮、白菜翻炒，最后放胡萝卜丝和适量盐，翻炒两分钟后，再放入钢丝面翻炒两分钟即可。

当然，黄豆酱、辣椒酱可根据自己的喜好添放于碗中，或细嚼慢咽，或大快朵颐，吃得是津津有味，乐不思蜀。

尤其是长途跋涉之后，一碗钢丝面下肚，配上辣椒和两瓣大蒜，热汗一出，饱腹和坠胀感让人浑身充满力量，淳朴的乡风气息扑面而来。

钢丝面越吃越劲道，日子越过越有滋味儿。岁月就是人间烟火，总是要经过时间的烟熏火燎，香甜才会慢慢酝酿而成。收获总需要用辛勤的汗水去浸润，去蒸腾，去熬煮，才会在心中留下智慧的营养……而阜平的钢丝面，口感突出一个"韧"，不仅是一种果腹的美食，更是一种生活态度。做人就像做钢丝面，必须真材实料，还要去杂选优，刚柔并济。只有怀着爱与虔诚，才能做出特色美食，才能做出好的钢丝面。

中国面，中国味儿，是一种实诚，是一种文化。现在洋为中用的"西餐意面"华而不实，是那种甜和油腻组成，一吃便成为细沫，没有嚼头。吃过一次也是只图新鲜，过后便没有回味。

"淳风在间阎，对此一忻然。"钢丝面也是阜平人性格，不畏艰难困苦的阜平人以刚性著称，成就了那个年代的红色历史，一碗碗钢丝面变成了杀敌的英雄豪气。阜平钢丝面虽没有城市面馆的色彩多种多样，也没有那些软面的浮华，却成为很多来过阜平的人永远的怀念和记忆。

阜平枣酒

老家阜平,盛产枣酒,杯盏之间,蕴含着一种别样酒香与独特情怀。

太行山深处的阜平,俗有"九山半水半分田"的说法。特殊的环境,给适应力极强的枣树以生命供养,使其在生根、发芽、开花、结果的过程中形成了特有的品质,成为上等酿酒原材料,酿出了大有名气的"枣木杠"。

常言道,酒香不怕巷子深。阜平枣酒以纯山泉水、优质大枣酿制而成,集纯、甘于一身,只需稍稍一品,随即甜绽舌尖,酒香醉人。

初到阜平,客人们都会爱上肥美醇香的大枣,都会为之而震撼,更会被这里的枣酒所陶醉,也会激发"三碗不过冈"的豪情。

太行枣酒,究竟源于何时,说法各异。据史料记载:春秋晋国大夫郤谷,因父亲被害,遭受株连,只能隐居故里,躬耕为生。他偶然发现,一个漂满枣子的水坑里,散发出股股醇香、手捧品尝,味道很美,畅饮一通,竟昏昏欲睡起来。此后,他又被重新起用,征战古中山国,意外掌控了枣酒酿造工艺。晋成公大喜,赐名"中山金浆"。当然,这只是传说而已。

太行深处的阜平俗称"大枣之乡"。抗战时期,聂荣臻元帅率领抗日队伍在这里创建了晋察冀抗日根据地,大枣成了百姓支援抗日将士的口粮。吃一颗大枣,解渴又充饥,还能鼓舞战士们的斗志。聂帅当年住在一位大娘家,院子里有一棵枣树,大娘对聂帅说枣子收了就给你了,后来枣子收了,聂帅一粒不少地送给大娘,大娘非常感动,接过枣子后又回送给聂帅。聂帅给老乡送枣的故事流传至今,更加密切了军民鱼水情。

阜平的沟沟壑壑,山山峁峁到处都是枣树,枣树俨然是守卫阜平热土的卫士。更是阜平特产名品走出大山的一张名片。

王安石恋家,曾专门写过《醉枣》:

种桃昔所传,种枣予所欲。
在实为美果,论材又良木。
余甘入邻家,尚得馋妇逐。
况余秋盘中,快啖取餍足
……

"苔花如米小,也学牡丹开。"这恰是阜平枣花的淳朴情调。红枣成熟,成串缀满枝头,如红色的玛瑙,在阳光下闪烁光芒,照亮了阜平人民过上好日子。

枣子做成枣酒之后,它的滋味与众不同,独具醇香,甜而不腻,回味无穷。一杯枣酒入口,它的滋味能穿透味蕾,让你绵久回味;它的功效清心明目、益精补气、提振精神……

最令人惊叹的是,酒后,满口留香,才情勃发、思绪飞扬。倘若有缘,就该品一品阜平的太行枣酒,杯中情怀只有有缘人才能感悟到。

苏轼享用桂酒时写道:

收拾小山藏社瓮,招呼明月到芳樽。
酒材已遣门生致,菜把仍叨地主恩。
……

其实,酒与深壶浅盏,不过是助兴遣怀的道具,更细腻的还是人心，桂酒与枣酒，都能再现诗情画意，都能重塑自我精神。

　　枣酒满杯，客朋满座，人生几何，对酒当歌。老家阜平枣酒让我魂牵梦绕，终生难忘。

二爷爷的"水云间"

  人上了年纪,便会产生叶落归根的想法。我的二爷爷90多岁高龄了,在北京城生活居住了大半辈子,退休后虽在京城过着养尊处优的日子,但随着年龄的增长(加之我爷爷的离世),思乡的情结也越来越浓,以至于2009年从北京回到老家,择一河畔林间盖起一所别致的院落。我便习惯称之为"水云间"。

  二爷爷建"水云间"的初衷源于2008年冬我爷爷去世后,二爷爷和北京的叔叔回乡奔丧,加之十里八乡的亲友们前来帮忙,此时破旧的老屋显得住所紧张,二爷爷看在眼里,默默在心里酝酿着修建房屋的计划。

  第二年开春,二爷爷便风风火火从京城赶回老家张罗修建新房的事情。其间,北京的叔叔姑姑们是出钱的出钱,出力的出力,在匠人、爸爸和老家叔叔们几个月的努力下,"水云间"终于在暑期完美竣工。

  老家群山环绕,绿树成荫,空气清新,溪水涓流,鸟唱蛙鸣,堪比"世外桃源",利用暑假二爷爷举家从京城回到"水云间",享受归隐的惬意乡村生活。

  二爷爷一行回乡不仅从京城带回来冰箱彩电,铺的盖的,吃的用的,还在老家乡镇集市置办了锅碗瓢盆,油盐酱醋等,可谓应有尽有,样样俱全。

  二爷爷回乡,高兴的不止我们,还有乡镇商铺的商贩们,从此,肉铺开张了,果蔬店也红火了,百货门市也热闹了。二爷爷居然把门市的太空被、被面、褥面抢购一空(被面褥面是送给我两个老姑的,太空被是买给我老家叔婶的)。因此,二爷爷在老家便有了一个

"财神爷"的雅称。

二爷爷兄弟姊妹五人（我爷爷为长兄，老爷爷病故后，老奶奶带着年幼的两个老姑改嫁他乡），在那个缺吃少穿的年代，为了生计，二爷爷只身去了北京修铁路。

这一去，便是一辈子。

二爷爷吃苦耐劳，那一年许多从四面八方赶赴京城铁道上讨生活的人，由于扛不住超负荷的劳作便陆陆续续返回各自的家乡，最后留下来的包括二爷爷在内也不过十几人，多年以后，二爷爷回乡对我们讲起那段艰难困苦的日子，满怀心酸。说好几次也有过逃回家的念头，但想想家中的姊妹还是咬牙坚持了下去，事实证明，二爷爷的坚持是正确的，是很有价值的。

由于二爷爷的坚持，我有了慈祥贤惠的二奶奶，二爷爷也在铁路上转成了正式工人，在北京城有了自己的家。

在我童年的记忆里，二爷爷、二奶奶每次回老家大包小包都会塞得满满的，有给老家的亲戚带的穿的用的，有给我买的四方纸盒的高级点心（里边的糕点形状不同，颜色各异，香甜可口）、新衣服、玩具……二爷爷每次回乡，我无疑是最开心、最受益的那一个，我会在同村孩子们面前炫耀许久。"我二爷爷从北京回来了，我二爷爷是坐长长的绿皮火车回来的，我二爷爷给我买了好多好吃的北京点心等等。"当然，二爷爷回家也不闲着，他会带上我的爸爸和叔叔们去砍树，我便和二奶奶相互牵着手跟随其后，砍好的树木被爸爸叔叔合力抬扛着放在老家的院子里，先用卷尺丈量而后用铅笔比比画画，最后用大锯锯段、破开，锛子、推刨这些木匠的工具都会用上，我好奇地问二奶奶二爷爷在制作什么？二奶奶笑着对我说：在瞎捣乱。二爷爷听后会反驳道："捣什么乱，你不懂，我在做沙发，这你不懂，别瞎说。哼！"二奶奶也不气也不恼，听后会说："你做吧做吧，我不懂，我就带我们小宝贝玩去。"在二爷爷的指挥下，叔叔把奶奶的几床棉被从大红箱子里抱出来，拆出棉花垫入已经成型的沙发底座、后背，再用被面把裸露的部分遮掩缝合，这样，在我们村第一张沙发就诞生了，二爷爷那次回乡和爸爸叔叔们一共做了两张沙发（说在农村有了沙发，叔叔好说媳妇），让村人们羡慕不已。

记得我上小学二年级那年，在放学回家的路上得知二爷爷回来了，我便像脱缰的野马般一溜烟飞奔回家。当在饭桌上，二爷爷宣布他这次回来一时半会儿不走了，要买山羊放养。我顿时欢呼雀跃，很快二爷爷买了一群羊，有20多只大羊，10来只小羊，打那以后，每天我一放学便像只羊尾巴在二爷爷身后跟进跟出，听着"咩咩"的羊叫声和二爷爷手中挥舞的鞭响，我觉得我是村里最幸福最快乐的孩子。尤其，当听了二爷爷说到了八月十五我们便杀一只羊吃时，我每天睡觉也是流着口水，做梦在大铁锅旁津津有味地吃着爆炒羊杂。

快乐的时光总是短暂的，我的童年在二爷爷二奶奶返乡离乡间悄然走过，有二爷爷二奶奶回来时的欢喜，也有离开时的伤悲。几次，二爷爷二奶奶都是在我熟睡中离开，但醒来的我，还是会歇斯底里哭个昏天黑地。

转眼间我上了初中，在初二那年的暑期，二爷爷由叔叔陪着回乡，回来先从我们家落脚，再辗转去三爷爷、大老姑、二老姑家走动一圈，最后，再回到我家，歇息一晚，次日返京。吃晚饭时我得知二爷爷的行程安排很是不舍，一边为二爷爷夹菜斟酒一边劝二爷爷多住些时日。二爷爷却说家里住的宿舍排房要拆迁了，不能耽搁，下次回来再住。叔叔察觉到我们的不舍，进而征求我爸妈的意见，要把我带去北京住段日子，这样，等送我回家时，又可以和家人欢聚。爸妈怕我给爷爷奶奶添麻烦，也考虑我晕车没出过远门，但叔叔坚持说我也不小了，该让我出去见见世面了，转头问我愿不愿意去北京，我羞涩地低下头回答道愿意去。就这样，14岁的我跟随二爷爷和叔叔第一次去了北京，这在同村孩童面前又是值得骄傲炫耀的一件事情。要知道在我们村庄，孩童们最远到过乡里，县城都没去过。

其实，任何感情都是相互的，在老家的孩子们中，我是到北京二爷爷家去的次数最多、居住时间最长的，包括现在二爷爷老想让老家的亲友去京城游玩，老家人总是忙了春种忙秋收，忙完地里忙家里，主要是觉得如果去会扰烦二爷爷，我却截然不同。毕业后，便义无反顾选择了去北京实习，工作后，又多次争取去北京培训学习的机会。每一次，都不会放过去二爷爷家一聚，每次在二爷爷家总会过把嘴瘾，吃顿地道的老北京炸酱面。

二爷爷二奶奶年岁渐长，已经不能像当年说回乡就回乡，每次回来，必须叔叔姑姑们全员到齐，召开家庭会议，看谁调班合适，谁请假方便，然后必须由至少一个人陪同一起回乡。然而，北京城快节奏的都市生活，三番五次调班请假又谈何容易，以至于二爷爷二奶奶回家次数越来越少，老两口在茶余饭后总会拿出在老家的小河边、树林间、石头上、房前屋后拍的照片，看了一遍又一遍。好在，现在通讯方便，我们时常会电话问候二爷爷二奶奶，会微信视频、拍照让二爷爷二奶奶看到家乡的山山水水而欢喜，也正因为有一次给二爷爷发去老家的碾盘、炊烟、大黄狗的照片，二爷爷按捺不住迫切回乡的心情，在叔叔姑姑们都不得空的情况下，居然瞒着家人只身一人从京城坐火车转汽车回到"水云间"。

家有一老如有一宝。在二爷爷回乡的时日我们总是陪伴左右，游山玩水，觥筹交错，幸福而温馨。然而，人世间很多美好总是伴随着遗憾，夜间，天降大雪，二爷爷晨起去院落外的厕所方便，不慎摔倒导致脑出血，所幸，及时送往京城医院手术治疗，二爷爷康复如初。

如今，我们也在县城买了楼房，三室两厅两卫，多想让二爷爷二奶奶回来住个一年半载，定不会再出现上厕所不便而导致的悲剧。无奈，二爷爷二奶奶年岁大了，不能长时间坐车，叔叔姑姑们也在为儿孙们操劳，尽管如此，亲情的牵连，在16年夏天二叔开车，大叔和二姑陪同，带着二爷爷二奶奶回县城我的家中住了一晚，此时，我已是两个孩子的母亲了，二奶奶疼爱地抱着我六个月大的儿子耍逗如同当年怀抱我的模样。人在，爱在，情在，感动让我泪流满面。

2020年马上过去了，距离上次二爷爷二奶奶回乡已足足四个年头。在岁末年关交替之际，烟霞掠过夕阳时，我总会想老家的陌上小径，想老屋的篱笆小院，想"水云间"的风铃，想远在京城的二爷爷二奶奶……

夜空蒙，着一袭烟色，缥缈天边的残阳，抖落一袍暮色垂坠。

一只孤鸟滑过屋脊，俯瞰着我在黑夜里嘤嘤地啜泣，对家乡，对二爷爷二奶奶的浓浓情愫里，模糊的泪眼中是余光中那枚小小的邮票，是席慕蓉那支幽远的笛，是二爷爷"水云间"的黄泥石墙青瓦房。

如今，国家发展美丽乡村，村庄整合搬迁，我家、爷爷叔叔家的老屋都将拆除，土地流转兴建企业大棚，幸有二爷爷的"水云间"完好留存，成为我们记忆中的念想。

走进"水云间"，泪水再次打湿我的眼，我依稀看到落幕黄昏，鸟儿归巢，二爷爷赶着羊群急匆匆地向村口行进，我撒欢似的迎向前，扯着嗓子喊着"二爷爷，二爷爷"……

时光未老，穿越藩篱沟壑，熨平笔下的乡愁。落叶归根，人到暮年，思乡的情结更深更浓，由于工作和生活的关系，我先后辗转了几处住所，然而故乡才是我真正的根，是我永远的牵念，是我梦中的"桃花源"，心中的"水云间"。

奶奶的针线筐

奶奶的针线筐在我家堪称"百宝箱""传家宝",从乡下老家到镇上,再从镇上到县城辗转搬了几次家,一些陈旧的家具、衣服或赠送给邻居或丢弃,唯有奶奶的针线筐我们走到哪里把它带到哪里。

记得,从镇上往县城单元楼搬家那次,丢弃掉的东西很多,尽管如此,大包小包也塞了满满三大车,车子准备出发的刹那,爹赶忙又问了娘一句:"咱娘的针线筐带上了吗?"娘回了句:"带上了,带上了,那可是咱家的宝贝,知道你视它如命,早放车上了……"

满心欢喜到了新家,大家开始动手安顿归置各种物件,妈妈首先把奶奶的针线筐放在主卧的壁柜内柜里,我开始不明所以然,觉得现在的社会,商场有专门负责扦裤边换拉链钉纽扣的摊位,哪还用得着针线筐,后来,娘给我讲了奶奶和针线筐的故事,我心里才有所改观,并且也将它视如珍宝,现在娘年岁大了,保管奶奶针线筐的重任也就理所当然地落在我的肩上,而且我还时不时地给我的孩子们讲述"针线筐"的故事……

原来,奶奶在幼时,因为家里穷且兄妹多,在那个年代,多数人家缺米少面,多口人多张嘴,生活更是困难,奶奶12岁便做了爷爷家的童养媳,爷爷家的条件也不是很好。而且爷爷的娘对奶奶很是苛刻,不仅让12岁的奶奶推碾拉磨,还让奶奶白天上山放羊、下地干活,晚上伴着煤油灯浆洗缝补一大家子老少的衣衫,稍有困顿,就会遭受老奶奶的毒打或针扎,以至于奶奶在那个年龄,在老奶奶的逼迫下就过早学会了裁剪缝补做鞋子、衣服。后来,奶奶和爷爷完婚有了我爹后,不仅娘家婆家父母以及所有弟兄姊妹的四季衣服鞋子一手操办,而且还承揽了大户人家一些针线活贴补家用。以至于再后来，村里的婶婶大娘们都会拿着三尺、五尺的花布找奶奶给自家孩子裁剪棉衣、棉鞋、夹裤。

记忆中奶奶针线筐里有把剪刀、有把折尺、有一些长短不一的粉笔头、一包大小不等号的针、顶针、针锥和两个线团（一个白线团和一个黑线团），还有袜托，当然还有一本发黄的书本，里边夹着大小不一的鞋样。打我记事起，每逢连阴雨天，奶奶总是坐在炕头上，用袜托撑起破旧的袜子缝补，缝会儿便会用针在头皮上蹭几下，以头油的油性增加针的润滑度而继续做活，有这么个擅长针线活的奶奶，无疑我便是村里穿着最花哨最幸福的孩子，奶奶闲暇时会用裁剪衣服所剩的碎花布给我缝制沙包玩耍，会用色泽好看的布头给我做虎头帽、虎头枕，每逢过年给我做的红棉袄绿棉裤，袖口脖领会用山兔皮毛延上边，既美观又暖和，还有做的红条绒气眼棉鞋，穿上那叫一个暖和舒服。我上下一身新的行头，在那个贫穷的年代，比起村里别的孩子穿哥哥姐姐穿小的衣服，已经是很幸福了。或许是奶奶遭受老奶奶一辈子委屈的缘故，致使奶奶和我娘之间的关系一直处得特别和睦，像亲娘俩似的，好生羡煞旁人。

奶奶用针线拼接在娘家婆家的童年故事，又用针线缝补爹、叔叔和姑姑的童年记忆，同样，又用针线串联起我无忧无虑的童年。如今，虽然，奶奶已驾鹤西去，但奶奶为三代人缝做的勤俭习惯、刚毅性格、善良品行将伴随我们一生，连同奶奶的针线筐也会代代相传。

三老舅的茅草屋

"八月秋高风怒号,卷我屋上三重茅。"秋日渐行渐远,枯叶飘零,三老舅将此生未了的心愿藏在茅草屋中,为爱做最后的祭奠。

三老舅是爸爸的舅舅、奶奶的亲兄弟。之所以提及三老舅和奶奶是同父同母的血缘关系,是因为奶奶上边有两个同母异父的孙姓哥哥,下边还有一个同母异父的黄姓弟弟。

奶奶的娘嫁到沙窝乡龙王沟孙家,生下了我的大老舅和二老舅,不久后大老舅、二老舅的爹便得病离世,封建思想的愚昧,认为奶奶的娘是不祥之人,命硬克夫。强势的孙老夫人硬是把老奶奶赶出家门。其实,现在想想孙老夫人是知道家中做活的苦劳力没了,怕饿死大老舅他们娘仨,才狠心将他们赶走,好让他们能找个依靠,有口饭吃。老奶奶带着年幼的两个孩子,翻山越岭一路跌跌撞撞,饥饿困乏使老奶奶昏倒在百亩台乡王安村的村口,大老舅、二老舅撕心裂肺哭喊着娘,后来哭声惊到了不远处茅草屋的主人安老实(便是后来奶奶和三老舅的爹)。天寒地冻安老实听着大老舅二老舅的哭声,看着孤儿寡母的可怜,就收留了老奶奶他们娘仨。在茅草屋里用米汤救了昏迷的老奶奶一命。

从此,老奶奶就带着两个孩子生活在这里,安老实也就成了我的老爷爷,每天起早贪黑开垦荒地,老奶奶洗衣做饭,缝缝补补,开始老爷爷的娘身体还算硬朗,帮衬着老奶奶,后来摔坏了腿卧床不起,老奶奶端屎端尿伺候着,日子紧紧巴巴过活着,再后来生了奶奶和三老舅,日子更是清贫如水。没过几年,老爷爷的娘和老爷爷相继离世。老奶奶带着四个孩子又开始了流浪逃荒的日子。最后辗转到寿长寺乡老爷庙村,与同是讨吃要饭的黄姓男人生活在一起,生下了五老舅。五老舅的爹把讨要回来的吃食都分给老奶奶和五个孩子，久而久之，自己最后饿死在讨饭的路上……

大老舅和二老舅相对年长，觉得在老爷庙无依无靠，最后还会面对被饿死的命运。商量后决定带着老奶奶和三个弟妹重回龙王沟家，有族人和乡里乡亲帮衬，不至于举目无亲，客死他乡。就这样，老奶奶带着五个孩子又回到龙王沟，好在大老舅、二老舅都能下地干活挣工分了，这样一家人才算稳定下来。

如今，三老舅已是耄耋之年，曾经相互扶持走过的兄弟姊妹五人，现只有三老舅健在。虽五人三个姓氏，但都是吃老奶奶的奶水长大的，血浓于水，感情都非常好，可能只有奶奶一个女孩子的缘故，大老舅、二老舅、三老舅、五老舅对奶奶都特别亲，这种亲一直延续到对待我们身上。

临近中秋，爸爸带我们回老家看望三老舅，由于老家所在的村庄建设美丽乡村，统一规划，人们都搬迁到镇上的易地搬迁安置小区。然而走进小区，三三两两的老者或下棋或谈古论今或在秋日的阳光下打盹，却看不到三老舅的身影。三老舅是个闲不住的人，我幻想着在某一个单元楼的侧面，三老舅正在用荆条编筐编篮编篓，边想边在小区的每一个角落找寻。爸爸打听到三老舅已在三天前回我们老家村了，一直没回来。

我们立即开车直奔遗落在记忆深处的村庄。村口，佝偻着腰身的三老舅背着一背茅草，秋风中茅草在动，秋风中三老舅也在动。

"俺孩回来了。"三老舅看到我们高兴地老泪纵横。

"三舅，您不好好在楼上待着，一个人跑回村里干什么？"爸爸心疼地问。

"孩，三舅在楼上住不惯。三舅就是想回来看看，看看你大舅二舅，看看你娘，看看五儿"说着用结满老茧的手抹了抹眼角。

"快上车，茅草我背上。"爸爸接过三老舅背上的茅草。"你狗儿（方言，长辈对晚辈的昵称）小时候，我们背茅草、背柴火、背山药，总是把你架到我们脖子上。"三老舅说着又回到过去的回忆中，满脸的慈祥、幸福。

爸爸知道直接带三老舅回镇上的楼房肯定行不通，我们就齐上阵，全下手，在三老舅的指挥下，盖起了茅草屋。

三老舅说起：在过去旧社会大部分人家穷，没有能力去建造更好的房屋。就去坡上割茅草搭盖草棚居住。只是那时候穷人多，烧火做饭用茅草、喂养牲口用茅草、往镇上大车店里变卖用茅草，盖屋子的茅草稀薄，一到冬天，在屋里听着吼吼的风声，一家人挤在一起相互取暖，那时候最担心的是零星的火烧着了茅屋。三老舅还说，现在茅草想铺盖多少有多少，我多住些天，屋顶多加些茅草，记得那年五儿（五老舅）出水痘发烧，你老奶奶照管着，让你奶奶烧火做饭，我们还没割回茅草，你奶奶就从房角拽了一把茅草引火，可挨了你老奶奶一顿好骂，说你奶奶是三天不打，上房揭瓦。这瓦没有，你倒是能耐，还学会拽茅草了。还是你大老舅上工分回来制止住这场"战争"的。

"三舅，走，我们拉您回镇上吧！"爸爸怕三老舅在过去的回忆里伤心打断道。

"孩，你们早点回吧，回城里还远，三舅知道你们给我拿吃的喝的了，给我丢这里吧！我今年就给这茅草屋过十五看月亮，陪着你娘、你舅他们过。过了今年还不知道有没有明年了……"三老舅伤感地说着。

我依依不舍地沿着茅草屋四周游荡，明媚的阳光从远处奶奶沉睡的山岗洒下来，屋内的桌子上也洒满了阳光。桌上摆着我们带过来的月饼、水果、熟食，旁边放着三老舅的旱烟袋。

相对于现在一些景点用来观赏的茅草屋，三老舅的茅草屋坐落在乡间院落，有一种古朴的宁静美，它悠然、超脱、物我相忘，人我相安，挟带着荡气回肠的儿女情长。

龙王沟飘来一抹乡愁

烟霞掠过夕阳,陌上小径,草青了又黄,黄了又青,将思念织补成网,网住那一抹乡愁。

网住的是爷爷起早贪黑从山上刨回来的黑柴、远志、穿地龙,是奶奶黄土灶台上锅勺叮当的音乐和灶膛里噼里啪啦的声响,是二叔的《水浒传》《三国演义》。

网不住阳光的诱惑,林木密透云朵,心田之上,滋长出一片家乡的玉米、山药蛋儿……

持续几天的高温,下班匆忙回家,洗衣做饭收拾家务,进门我习惯地会说:"热死了。"而每每这时,爸爸总会接着我的话儿说:"过几天回龙王沟啊,那儿凉快。"我却不以为然。直到今天中午爸爸再次对我说起,90多岁高龄的二爷爷二奶奶明天要从北京回龙王沟避伏,瞬息,一股熟悉的味道沁入心脾,淡雅的勾画出家乡的山山水水。

我的家乡龙王沟,群山环绕,绿树成荫,一条清澈的小河从门前缓缓流过。村里居住着二十来户人家,邻里和睦,一片祥和。

我美丽的家乡,在温煦的暖风中,捎来了春天的笑容,漫山遍野的山桃花醉了春光,河岸上的杨树吐芽、柳树泛绿,犹如垂挂的一帘幽梦,在风中摇曳。岸边泥土里的小草也不甘示弱冒出了嫩绿的新芽。河面上的冰也开始融化,唤醒冬的沉寂。河水里三五成群的鱼儿也在追逐嬉戏,诉说着久别重逢的话语。田间地头是叔叔大伯们背着粪篓、扛着犁铧开始了"一年之计在于春"的忙活。

一簇簇的二月兰也在地头的水渠边羞涩地探出了脑袋,核桃树下的一片片小蒜娇羞地舞动着腰肢,似乎在邂逅前来采撷的情郎。

一捧乡土悠远着醉人的幽香,油菜花迷醉了蝴蝶的翅膀,桃花引来了鸟儿的歌唱,我行走在时光的桃花源里,看着蓝天白云,心境豁然开朗,听着小河流水,心湖潋滟溢淌。

知了的晨鸣打破了黎明前的静寂,结网休憩的蜘蛛也慵懒地眨了眨眼睛,雷公电母的家庭斗争愈演愈烈,最后导致几天情感宣泄——连阴雨的天气,村里的婶婶大娘们总会挤在破几个洞的大伞下,或是披着一个塑料布一路小跑着赶聚在奶奶家中,上炕围坐一圈,陪奶奶当着二、五、八万的小纸牌,就着奶奶腌制的咸菜块吃着奶奶家屋里大锅里煮得大大小小的山药蛋儿(奶奶总是说为了烧炕去潮气捎带着给猪煮了一锅山药,事实也是如此,我们就挑拣大的吃,小的喂猪。我的叔叔们多,在农村劳力多,冬天,闲暇时间上坡割好成捆的柴火足够烧对头一年,逢连阴雨天奶奶可以有柴做饭),奶奶在当牌前总会从大红箱子里拿出过年时她的侄女们看她时买给她却舍不得吃的蛋糕给我吃,说:"俺孩儿听话,吃了好好玩,别混奶奶当牌(尽管有时已经硬得咬不动,有时已经发霉成绿色,我也吃得津津有味)。"随着"噶噶哒,噶噶哒"老母鸡的出窝,奶奶会去拿一个热乎乎的鸡蛋,从灶膛里拨拉点火炭在铜勺头里滴上几滴油给我炒炒吃,邻居家的孙子总是靠着门框看着我吃,馋得直流口水……

秋天到,秋天到,田里庄稼长得好,高粱涨红了脸,稻子笑弯了腰,在我们叽叽喳喳的顺口溜中,三叔用荆条编的芭子上晾满了核桃、花生,房上高粱秸秆做的圈里堆满了金黄色的玉米,窗台上摞满了老的、嫩的、长的、圆的、大的、小的北瓜,窗檐下也挂上了几串红红的辣椒,就像那百响的大地红。奶奶烧着不太干的黄豆秸秆,时不时还有爆豆的声音,锅里飘溢出来的是馏豆角、花生、北瓜和红薯的清香。爸爸、叔叔和爷爷在篱笆小院摆一小桌,觥筹交错,好生惬意,羡煞旁人。

斗转星移,四季交替,我们不得不走进白雪皑皑的冬季。人生

第四辑 人间烟火

在世，总有些季节，一季花凉，满地忧伤。行走在红尘烟雨，得失如影随形，再也看不到爷爷结满双手的老茧裂开的口子，再也吃不上奶奶做的豆皮干粮、瓜丝菜饼、腊八粥……但那份思念却在我心里扎了根，蔓延出枝叶，开出满庭星光，伴我潮汐叮铃。还想剪一捆黑柴，剥一堆远志，一定能看见爷爷会心的笑容。

在清风夜，摆上小桌，烫一壶枣酒，携深深的思念供养满天星辰里属于爷爷的那颗星……奶奶怀抱着孩儿把玩着手里的纸牌，胡牌收钱时的姿态清晰映在眼底。

对家乡、对亲人的浓浓的情愫里，模糊的泪眼中，又见二叔在春节前不分昼夜地给村里的人写着祝福的春联，我是那个站在旁边磨墨的假小子，三叔在生着煤火的土地上编篮、编筐、编篓，我是那个蹲在旁边递荆条的假小子，四叔在地里挖窖，窖藏整个冬天和来年的菜系，我是那个跪在旁边抱白菜的假小子……

如今，国家发展美丽乡村，我的家乡龙王沟整合搬迁，土地流转兴建企业大棚，篱笆小院、黄土灶台……都将成为我记忆中的梦境。

思念，如涓涓流淌的溪水，奔流在隔山隔水的岁月里，用心感觉，温暖依然。用感恩的心去收获更多的感悟，更多的美好，用炙热的情去拥抱更多的幸福，更多的快乐，连同那抹飘来的乡愁。

童年纪事

1 也曾有过的天真烂漫

我出生在一个偏僻的村庄，村庄不大，四周环山，村民们都很淳朴、善良。爸爸军人出身，勤劳、勇敢，从小对我要求严格，把我当男孩子去养，就连我的名字也是很男性化的，在十六岁之前，爸爸没让我留过长发，导致到现在我都不会梳理头发，着装也是要我穿妈妈改小的军装（主要也是因为家里贫穷）。妈妈在婚前是一名代课老师，温柔、贤惠。婚后，为了很好地照顾我、照顾家，妈妈辞掉工作，全身心地投入家庭生活中，对邻居总是热心帮助。

这样，在爸爸妈妈的影响下，我一直都很乖，帮做家务、割猪草、也会很主动地帮助街坊邻居做一些力所能及的事情。也曾在做家务当中割破过手指，烫伤过胳膊，但我都咬咬牙，继续做活。

我家屋后的山岗是我儿时的乐园，总会在闲暇之余，手捧一本《故事会》，坐在山岗的林间读得津津有味。不时地透过枝叶的空隙看妈妈在院子里忙碌的身影。每当爸爸背着满满的箩筐走进篱笆院中，我知道妈妈快要喊我回家吃饭啦。随着妈妈深情熟悉的一声："小，吃饭了——"我一边答应着："奥——"一边飞奔跑向家的方向。林间栖息的小鸟，惊慌失措，成群结队，边鸣边飞。似乎是对我的不舍，追逐着我，跟我做着道别。

诱人的饭菜，顺着篱笆门十里飘香。推门而入，小木桌上，有我最喜欢吃的西红柿炒鸡蛋、有特意做给爸爸的下酒菜腌鸡蛋、花生米，还有妈妈的特色菜小白菜炖土豆。一看这样的菜肴，不用问也知道妈妈一定捞了米饭（在那个年代，村里的人们大多吃玉米面为主,馒头、米饭过年过节或家中有客才吃一顿。妈妈吃不了玉米面,爸爸就辛苦劳作用多量的玉米换得少量的大米,尽管如此妈妈总是会分一些给邻居)。我看到小木桌上,似乎少了一样东西,抢着去拿给爸爸,一瓶白酒、一个酒杯。爸爸总会满意地说:"小,坐这里。"还时不时地用筷子蘸酒给我尝。妈妈总会说爸爸,一个女孩子,干啥老惯她喝酒。爸爸很自豪地说:"女孩子怎么了,我的孩子必须要会喝酒。"(其实,村庄的父辈们都喝酒的,一是田间劳作可以解乏,二是可以御寒。只是爸爸曾经是名军人,喝得比较豪迈一点而已)。在爸爸的培养和鼓舞下,我九岁时就能喝一瓶啤酒。名师出高徒嘛,这也是我现在能喝酒的原因。茶余饭后,妈妈在绣枕套、鞋垫,我则安静地坐在旁边观看(我潜移默化中学到了不少妈妈的刺绣本领,在1999年北京鲁迅文学院《中国少年作家》杂志上发表过我的刺绣作品"牡丹争春·花开富贵",还有我做的鞋垫远销福建、湖北、山东、山西乃至首都北京),爸爸则是绘声绘色地给我讲《闪闪的红星》里潘冬子的故事、《董存瑞》《黄继光》,等等。从小让我树立了正确的人生观、价值观;让我懂得了今天幸福生活的来之不易;让我学会了爱憎分明;让我有了责任和担当。

爸爸妈妈对我的学前教育非常到位,这让我在同村同龄孩子面前很有成就感。那时村庄的学校很简陋,而且是复式班级,一个老师会教三四个年级。而我从上小学一年级那天开始,便担任起了年级"小老师"的角色。每天放学回家妈妈总是在检查完我当天的作业后,给我预习、辅导第二天要讲的内容。这样,第二天到学校老师给其他年级讲课,我就把妈妈教给我的例题讲给同学们听,然后布置同学们做习题。最后收起来交给老师批阅。

这样,一晃到了我三年级,要到邻村的学校走读上学。带点午饭在学校吃。有时也会有同学中午回家吃饭,妈妈就准备好可口的饭菜用保温桶捎给我。村庄里其他同学都不吃早饭,因为大人们早早起来趁着凉快去深山种地,妈妈不用去地里做活,这样比起别人我是幸福的，每天可以吃到妈妈做给我的早饭。而每天晚上回家吃过饭、写完作业后，爸爸不管白天做活多么劳累，总会坚持讲故事给我听。当然大多都是"百团大战""淮海战役"等等爱国主义教育的内容。妈妈身体不是太好，这也是爸爸不让妈妈下地做活和给她高干待遇——吃喜欢吃的米饭的原因。可是，妈妈的精神世界也是蛮丰富的。在爸爸给我讲故事时，她总是看四大名著、《薛刚反唐》等书籍。这就成了后来爸爸外出不在家时，妈妈给我讲故事的内容。

我感觉，我是村庄最幸福的孩子，我是爸妈最宠的宝贝，在爸爸妈妈用心地关爱、呵护、教育下，我是一个快乐的小精灵。

2　不经意间，我长大了

在我上小学四年级的时候，到了距村庄八里地的学校，也就是在这一年，我们家结束了三口之家，妈妈给我生了可爱的弟弟。我们一家甚是欢喜。只是爸爸为了挣到钱贴补家用，给我们最好的生活，外出打工挣钱，不再重复父辈们面朝黄土背朝天的日子。妈妈身体不好，没有奶水，弟弟又不好好吃奶粉，白天晚上都在哭。这样，妈妈一个人带着弟弟还要照顾我的饮食起居，我看在眼里、疼在心中。

女人生完孩子，是要好好坐月子调养身体的，可妈妈生弟弟在飘雪的九月，北方的天气已渐冷，村庄更是一夜结霜。爸爸不在，妈妈在生完弟弟的第三天——正好是星期天，妈妈要我在家帮带弟弟，她要抢收掩埋在冰天雪地的萝卜。这是一年的收成，是整个冬天乃至来年春天的菜系。我无意间听到老人们讲过，月子里不能着凉，否则，落下病根一辈子都医不好。我哭着求妈妈不要去，没有菜我们可以不吃，但妈妈的身体如果有什么闪失，我会很自责的。乖了这么多年，这是第一次不按妈妈的意愿去做。妈妈哭了，弟弟哭了，我们三个抱在一起，哭成一团。我顿感自己的渺小、生活的无助。

我忙为妈妈拭去泪水，并安慰妈妈不哭，会吓到弟弟，而我却控制不住自己，泪流满面。扶妈妈上床休息，我给妈妈煮了挂面、荷包蛋。这是平生我第一次做饭，我知道可能盐会放多，油会放少，可能会很难吃，可妈妈却会心地笑了而且吃得津津有味（之后我每天早起，给妈妈做熟饭后去上学，其实姥姥有过来要照顾妈妈，只是姥姥癌症晚期，病痛难忍，妈妈要强，觉得在姥姥生命的最后不能尽孝，反而要姥姥照顾于心不忍，不甘啦）。弟弟或许哭累了，睡着了，我给弟弟洗了尿布，让妈妈睡会。谎称去找同学玩，而自己却走向那片被白雪覆盖的萝卜地……

因为自己平时的乖，妈妈没有任何的怀疑和拒绝。要我玩去吧，一会儿早点回来。长大后，才明白这就是所谓善意的谎言。

一个十来岁的小女孩，在脚下覆盖着冰雪的地里，用冻得通红的小手，用尽全身力气拔着一个又一个萝卜。由于地面冰冻，由于自己力气不足，有时拔到手的是萝卜缨，而萝卜还结实地长在地下，有时随着萝卜的拔起我也会随即屁股倒地……当我把拔到的萝卜拖回家倒在地上的一瞬间，妈妈看到我满鞋的泥巴，裤管、屁股打湿的痕迹，变得红肿的小手，妈妈拿起笤帚心疼地抽打我，一边打一边骂：谁让你去的，谁让你去的！我笑着哭了，我知道这是妈妈对我的爱。妈妈要我把手浸泡在冷水里，因为热水会使手痛痒，给我拿了干净的衣服要我换上，让我快上炕，盖被取暖，并为我熬了姜汤御寒。

尽管如此，睡了一觉，第二天，我还是感冒了。浑身疼痛，有蹲伤的屁股疼、有冻到的手疼，由于晚上屋内暖和的缘故，双手肿得像发面的馒头（冻伤是祛除不了根的，致使现在一到冬天，我的双手还会很疼，严重的时候握笔都很困难），还有感冒的喉咙疼。

妈妈执意要为我请假，让我在家休息一天。我不能在家，在家会落下功课，在家会让妈妈更加担心，在家会传染到弟弟。我吃了感冒药背起书包行进在刺骨的风中……妈妈看着我打湿还没有烘干的棉布鞋，毅然决然地在弟弟熟睡之际，裁布缝做，仅用一天一夜给我做了一双暖和的新鞋。这个时候，费力的一针一线，都是对妈妈身体的严重伤害。我能想象得出：妈妈在我们夜晚入睡后，一针一线缝做的情景。妈妈在缝做的不单单是一双鞋子，更多的是一种毅力、一种疼爱、一种情怀（还有后来在夜里为我用毛线织的手套，至今我都保存着）。

看到无数个夜晚，妈妈怀抱着弟弟，靠在冰凉的窗台，我感到了母爱的神圣伟大，我明白了爸妈为我们的成长所付出的艰辛，同时，也坚定了我的信仰、信念、信心。爸爸妈妈，给了我们生命，护佑我们成长，我一定尽我所能，好好孝敬爸妈，唯一出路，好好读书，走出大山，将来做到：把最好最好的吃的、用的、穿的、戴的都买给爸妈，略表孝心。也就是从那个时候开始，我更加勤奋，努力学习。

追忆儿时的年味

不知从何时起,"年"就成为中国人的永恒追求和图腾,在春、夏、秋、冬之后,选择冬春之交的时日,开始为期一月的狂欢,这是我国最隆重的传统节日。

人们暂时忘却春种,夏长,秋收,冬藏的烦琐与劳累,走亲访友,相互交流一年来的收成,期望来年五谷丰登,人丁兴旺,日子红火。

进入腊月,村头的爆米花声响,仿佛敲响过年的钟声,大人们开始筹划一家老小的穿戴,孩童们则围着爆米花机子,既怕震耳欲聋的声响,又怕错过争抢散落一地爆米花的机会,捂着耳朵,虎视眈眈地注视着⋯⋯

之后,年的味道愈来愈浓,二十三,糖瓜粘;二十四,扫房子;二十五,磨豆腐;二十六,去割肉;二十七,杀公鸡;二十八,把面发;二十九,蒸馒头;三十晚上熬一宿;初一初二扭一扭,除夕饺子年年有!

农历正月初一是春节,又叫阴历年,俗称"过年"。这才是年的正式开始。

"贴对联、点灯花、放鞭炮、迎财神、扭秧歌⋯⋯"是我儿时记忆中过年的章程和味道。

俗话说,腊月二十三就是年,然而我们把腊月三十那天才定义为真正意义上的小年,这天一到,我们一群孩童便会迫不及待地穿上一年仅有的一身新衣,嬉笑着、炫耀着、打闹着从村东头跑到西头,看叔叔婶婶们端着用玉米面和着白面熬制成的浆糊贴对联,我的五老舅有文化,理所当然地担负起给全村乡邻们写对联写祝福的重任。而我们这群孩童顺理成章地也就成了传递幸福、祝福的使者。往往是我们拿着各家各户的一张张大红纸跑向老舅家,只见老舅家炕上摆着一张小木桌,老舅戴着一副老花镜,正襟危坐在那里,时而落笔,时而翻书。我们就围在老舅旁边七嘴八舌地抢着说着:我记着呢!二奶奶家正房一副、配房一副,猪圈、鸡舍、茅房是小条。还有还有,这是三大娘家的,三大娘家除了三副大的,水缸上要有、院子里要有、房梁上"抬头见喜"也要有……老舅会给我们分工,谁负责用手帮忙摁着裁剪好的长条红纸一端、谁负责把写好的摆放在炕头晾好、谁负责把晾好的送给相对应的人家让他们赶紧贴上,要过年喽!

　　在等待对联写好送过来的空档乡邻们也不闲着。或贴年画(毛主席画像、灶火爷、天地爷是必不可少的),或贴窗花,(都是腊月晚上婶婶姐姐们用自己喜欢的花样熏、剪、染一手做出来的)特别的漂亮喜庆。等对联贴上,家家户户会把院子先泼水再清扫一遍(屋子一般在腊月二十四就打扫过了),话说清扫干净院子寓意"除旧岁,迎新年",还有就是为了看谁家的炮皮多而厚,从中就可以看出谁家的日子盈实。最初村里没有电视也就看不到春晚,多是女主人把饺子馅调好、面和好,等大年初一早上天不亮就包好,也有在小年晚饭后就包好了的。而男主人则是把自家的木柴搬到村里的戏楼院里准备点旺火迎新年。随后全村男女老少都会集中到奶奶家里,在那个年代,奶奶家俨然成了村民们聚集的"礼堂"。平日里农闲时茶余饭后,尤其是冬天的晚上,奶奶家总是你来我往,好不热闹。更别提"除夕夜——熬年",这重头戏自然而然也就落在奶奶的家里。清楚地记得炕上坐着的是村里的婶婶大娘们,围坐一圈陪奶奶当二、五、八万的小纸牌,嗑着奶奶从大铁锅里炒得北瓜子、葵花籽、花生,又说又笑;地下坐着、蹲着的,是叔叔大伯们,也毫不示弱地打着扑克牌,争先恐后地抽着旱烟,满屋烟雾缭绕,如同仙境。而我则围坐在火盆旁翻烤红薯、北瓜、花馍,吃得那叫一个痛快……

　　在喜庆的日子里,等待变得不再漫长,不知不觉中,新年的脚步已走进了我们的小村庄，走进了我们每一个人心里。这时，不管炕上炕下的两拨人都会赶紧收场，女主人们会回家把手洗净，点灯花（就是驱邪祈福的一种民间传统），房间四个角落、屋子当地心，还有院子里的猪圈、鸡舍、茅房每一处都不放过，嘴里还振振有词地祷念着（大致意思祈愿：一家平平安安、健健康康、风调雨顺能够有个好收成）；男主人们则是很谨慎地抽吸着用纸卷的烟卷，掐着时间，争着放头炮，寓意新的一年好运当头。其实，也不知道几点，反正只要有一声炮响，接二连三的"二起炮、大地红鞭炮、闪光雷"就会铺天盖地地响彻整个村庄。这时，女主人们会开始忙乎做各种菜肴，而更忙乎的是我们，跑着争抢着拾捡落在地上的小炮，偶尔捡到一个带捻的如获至宝，大多是响过的，我们依然不会放过，从中间折开，用供奉灶火爷的香去对准小炮中间，会"刺啦"冒火花响一下，觉得幸福极了。

随后吃过早饭，各家各户会拿一些炮，还有香纸到戏楼院迎喜神、接财神，村委会的锣鼓早已摆放在院子中央，全村男女老少都会前来，敲锣打鼓的、点炮放炮的、烧香磕头的，"扭扭秧歌百病无、跑跑旱船灾难消"，而我们就跟在后面你追我赶，整整会热闹上多半个上午，而后，大人们打扑克牌的、当小纸牌的、掷骰子的三五成群，七八一伙，围得水泄不通。而我们小孩多是丢沙包、打元宝、荡秋千，在喜乐融融里度过美满幸福快乐的一天，也是喜气洋洋崭新的一年。

如今，远离村庄在城市生活，儿时追求吃喝玩乐的年味只能在记忆深处回味。过年我们又长大了一岁，对于人生应该又多了一份思考：如今物质生活富足，人们对新年的期盼又有多少呢？时代在变，人们的心态在变，但我们对文化的传承没有变。我们儿时那种最朴素最纯朴的快乐，才是现代人更需要的。面对新的一年，如何调整自己，以新的自我面对新的工作和生活？

我想：这就是过年的意义和韵味所在吧！

雪落无声，情有声

每个季节都有每个季节的馈赠。春有百花秋有月，夏有凉风冬有雪，人生亦是如此，如果能够没有闲事烦心，没有忧思悲恐纠缠，那么每年每季每天都将是最美的时节。

白驹过隙，时光荏苒。庚子年在抗疫、脱贫攻坚完美收官中仅剩最后一个月了。回想这一年，工作、生活中所经历一些事如昨夜的雪花纷纷扬扬，肆意飘落。

夜班，来不及等女儿放学回家，也没有过多时间与刚刚从幼儿园接回来的儿子温存，甚至不敢让儿子看到我打开房门，就这样悄无声息地于暮色中走在去往单位的路上。夜风寒凉，吹散了太多的儿女情长。

办公室中刷微信朋友圈得知下雪了。不由透过窗望向夜晚的灯火阑珊。夜光中片片雪花飘落，飘落的不仅仅是洁白，还带着丝丝的牵念，我开始为明早女儿怎样去学校读书而担忧，我开始想象着老父亲背着我的儿子送往幼儿园的举步维艰。此刻，我好想把片片雪花捧在手心，让其慢慢融化、蒸发、消失，也带走了我心底那抹怅然。

雪落无声，夜静极了，听不到风的私语，也听不到星的呢喃。只有那雪，夹杂着心跳的旋律无声地飘落。

绿蚁新焙酒，红泥小火炉。晚来天欲雪，能饮一杯无？在白居易的《问刘十九》中，酒的醇香温暖着诗人，也温暖着我的心。在这一刻，世俗在外、忧伤在外、风云在外，所有的一切犹如窗外的雪花，在亲情的感化下了无痕迹……

雪，一片一片地飘落，换作儿时，我一定会迫不及待地冲到屋外，嬉戏玩耍堆雪人，幻想着白雪公主的童话故事。如今，只是在心里踏雪寻梅，在江采萍的《一斛珠》里感怀。雪下得那么深，下得那么认真。恍惚中，我看到了童年的影子，爸爸一手牵着我的小手，一手挥舞着扫帚，一步步扫向五里地的邻村学校……

忽地，手机铃声响起，妈妈告诉我不要担心孩子明早上学的事情，让爸爸送女儿到公交车上……

接听着妈妈的电话，思绪又回到几十年前的那个下雪天，爸爸背着我一步步地走着，雪花落在头发上，白白的，我能想象得出爸爸明早顶着凛冽的寒风先后送我的孩子们上学的情景。头发、眉毛会再度被打湿、染白，只是这份恩情我无法丈量，也报答不尽。

下了整夜的雪，把天地变成了银色的世界；下了整夜的雪，把感动涂抹出纯洁的挚爱。雪掩盖了世界的荒凉，却掩盖不住亲情的炙热。

雪落无声，情有声。

让离别成为重逢

秋风萧瑟。

窗台上的几片落叶百折千回，仿佛一只只金色的蝴蝶翩翩起舞又纷纷飘落，醉美了秋天的气息。

此刻，我静静地坐在办公桌前，看着对面空出的桌椅，看着办公桌上那一摞批阅处理过的文件，心里一阵酸楚。眼睛里仿佛有一只只精灵在跃跃欲试……之后，我便起身，习惯地把杯子里的水倒掉重新接上一杯新的，每间隔两个小时我都会重复这个动作，这样，无论姐姐什么时候回来都可以喝到温度适宜的水。

还记得去年春天的那一天，原单位很突然地通知我去宣传部帮忙一个月，让我马上就过去。我始料不及，急匆匆跑到县委县政府办公大楼518报到，姐姐正隔窗远望，看春暖花开的侧影是那样的亲切熟悉（后来才知道，是在等我的到来）。

或许是我匆忙的脚步惊扰了姐姐远眺的幽梦，回眸注视的瞬间，我忘乎所以，不假思索，脱口一声：姐。从此，灵动如微风拂过纱幔，贴心溢荡心间。

我参加工作以来，先后在旅行社、保险公司、单位基层驻足停留，在这十几年的工作历程中，也有过诸多的同事或辞职，或调离，每一次无非是简单聚个餐，算是欢送，道声祝福，邀约有时间"常回家看看"……说真的其余没有太多感触（人的感情是极其微妙的，也是相互的，真假心中有数，伪装只是徒劳）。而这次姐姐离开回归到原单位，我心里是极度空落落的感觉（可想而知姐姐给予我的是怎样的一种感情)，仿佛是身在父母羽翼下的小鸟，让自己一个人面对蔚蓝的天空，勇敢地去飞，总是那么惊慌失措。

时光如流水,弹指而过,和姐姐这位优秀的特殊的"同事"(说是"同事",更是至亲、良师、益友)一年多的朝夕相处,她不仅教会了我很多很多工作业务上的知识(在工作业务上对我解疑释惑),帮我分析个人情感问题,耐心地给我疏导心理障碍,更让我领悟掌握了许多日常家庭生活琐事的处事之道。真的,无形之中,姐姐帮助影响了我很多,我对姐姐那份发自内心的感激是无法用语言来表达的。

　　窗外又起风了,似乎要吹散我孤独又倔强的灵魂。还记得去年的初冬,我们七日七夜在办公室并肩作战的坚持;还记得迎检时在逸美时光对我百般的照顾;还记得"阜盛大桥"上给我当机立断的决心;还记得录完少年宫系统在雪地的路灯下留下的身影足迹;还记得每一次值班对我孜孜不倦的教诲;还记得在要离开的前一天仍对我放心不下的叮咛,帮我规划以后的人生。姐姐给了我太多的鼓舞和感动,我真是一个幸运儿,能够与姐姐拥有这一程。

　　我情不自禁地站成初来那天姐姐隔窗远眺的姿势,天上有朵白云从云团中分离出来,把云团撕裂成两朵不同形状的尤物。在秋风的簇拥下飘飘忽忽,游移不定。似乎在寻找着什么?注视着远方,我恍然大悟,这不正是我遇见美好的地方,梦之初始的地方吗?随着云的飘移,云彩的下方不正是姐姐现在工作的单位吗?姐姐,您在新的工作环境一切都还好吧!是金子在哪里都会发光,无论在哪里,您都是对工作兢兢业业、认真负责的那一个;对同事照顾有加、关爱备至的那一个,此时此刻,您是否依然忙碌,就像您在我对面时一样的没有闲暇时光?姐姐,还有,您是不是也在想那个外表坚强内心脆弱的我呢?

　　天下没有不散的宴席,人世间有许多无奈的离别,有的是伤离别,有的是恨离别,而我们的"离别",是别样的一种重逢。离别能使浅薄的感情削弱,却也可以使真挚的感情更加深厚,正如风能吹灭烛光,却也会把火扇得更旺一样,无疑,我们当属后者。我知道,有一天您会抽出时间回来看我们，看您曾经坚守了十多年的阵地和与您一起战斗过兄弟姐妹，我坚信，您一定会回来，而且是不止一次地回来。姐姐，其实，您也一直都在，并未离开，您那种对工作认真负责的态度、对生活豁达乐观的品格时刻在鼓舞着我，鞭策着我，给我动力，给我勇气，我会谨遵您的教诲沿着您奋斗过的足迹一步一个脚印走下去！

又有几片落叶在空中翻转着飘落在窗台，姐姐，我明了每一片叶子上都写有密密麻麻的文字，那是您托风捎给我的信笺。一起工作时，从不在意，却已习惯；当您走后，习惯还在，我也还在，您却不在。一个抬头，您的位置已没有您，只有那几片落叶醒目地炫耀在那里……

窗外风又起，落叶又纷飞。姐姐，愿您不负归期，我在秋去冬来又一春里等待与您离别后的重逢。

暖，流泻在深秋

1

深秋的气息已悄然而至，树叶带着无奈与不舍纷纷飘落。相对于山城，省城的暮秋来得会较晚一些，黄红夹杂的树叶像一只只彩蝶，依然栖息在枝头。

省城的晨也是暖的，伴随着女儿的一声惊叹：妈妈你看朝霞多漂亮啊！顺着女儿手指的方向，苍茫天际泛起一片鱼白映入眼帘，天亮了——渐渐地，鱼白变成了淡红色，好像不胜酒力的人们喝了一点葡萄酒，脸上呈现出红晕一样。接着，它又由浅红变成深红，再由深红变成金黄。女儿特意看了一下时间，刚好六点整。接着说道："妈妈每天这个点我从家到学校路上除了冷还是冷，四周黑乎乎的，偶有细碎的星光也远不及黎明前的曙光更让人欢喜。"

这一刻我握紧了女儿的小手，这一握，有安慰、有鼓舞、有只可意会不可言传的母女连心的默契，而后我和女儿不约而同地会心一笑。

从网上预订的酒店到参考的考点，女儿一路陪伴，我们边走边聊，聊山里人的日子，回忆我的童年，引导女儿好好学习，女儿再次坚定自己的理想信念时，秋天的晨曦显得格外清新。

车辆匆忙行驶，十字路口的行人走走停停。人生的十字路口又何尝不是这样？向左、向右、等待、前行……

我牵着的小手，再次紧紧地把我攥紧，就这样一路握着，就这样一路走着，就这样用尽一生精力温暖女儿的四季。蓦地，手机铃声响起，居住在庄里的主播姐姐要赶到酒店看我，陪我度过考前惶恐的一天。这一刻,我后悔告诉姐姐我的行程,心疼姐姐为我来回奔波,姐姐带来了女儿爱吃的水果和糕点,并为我细心缝制衣衫,泪无声无息溢出了我的眼眶,一针一线串起了最暖的感动。

一套套清洗干净、叠放整齐的裙衫,再次湿润了我的眼,温暖了我的身,让整个心也跟着柔软了起来。

2

外国语学院,参考的我们分两个长队平行排开。一边是编辑记者,一边是播音主持。健康码、体温测试、核酸检测证明逐次核查。我们跟随秋风挤进场地,对号入座,挥舞着手中的笔,伏案疾书。

女儿就这样在酒店等着我,从上午等到中午,又从中午等到下午,一秒又一秒,一帧又一帧,身心都是阳光。

路过西美花街,夜的霓虹璀璨出金灿灿的光,嗅入体内的连同秋天的色彩和秋天的味道。

海底捞盛满情,盛满暖,盛满秋。感受母女彼此陪伴的幸福和喜悦。

女儿在笑,我在笑,丝丝缕缕的秋风在笑。

3

2020年9月,秋天的第一杯奶茶在网络流行。

办公室忙碌工作的我突然接到外卖小哥的电话,当一杯原味珍珠奶茶递向我时,纷飞的秋叶,一片片飘落在地上,仿佛带着秋天独有的魅力,渲染着大地的金黄。秋天是收获的季节,我也收获着深秋的一抹暖。秋天,写着相思。秋雨绵绵,总是在不经意间来临,轻轻地敲打着窗棂,滋润着大地。茶香悠远,多情而婉约。如秋雨温情而有韵味。秋雨中空气的味道,空气中茶香的味道,淹没了喧嚣浮华。

约三五文友踏着滨河公园青石板闲庭信步,赏秋拍照。

抓拍、摆拍,此起彼伏的嬉闹声响彻耳畔。

一碗红薯北瓜杂粮粥,几份精致的小菜,就着薄如蝉翼的刚出锅的煎饼吃出了童年的味道,还有文友间纯真的味道。

美照,捕捉到深秋的韵味;美食,还原了童年的乐趣。

4

鸟儿扑棱棱落在树梢。

树叶战栗地抖落一地。秋天带着落叶的声音来了。叶子一片片落下,投向大地母亲的怀抱,跳跃着,旋转着,轻舞飞扬着,在秋日思语的美妙旋律里,生命的琴弦在拨动着每一个生命的落叶。而后相互取暖,彼此眷恋着,疼惜着,陪伴着。

女儿在秋夜数天空的星星。

星光闪烁。

夜,温暖着有情人、有缘人。

我徘徊在夜的尽头,编织着秋天的故事。

"粽"情端午,"苇"你感怀

又到一年端午节,似乎已经嗅到了粽叶飘香的味道,华夏大地处处弥漫着温馨。炎黄子孙陶醉在粽叶淡雅的清香中,似乎亦听到了汨罗江畔锣鼓喧天、楚歌四起的声响。在我国诸如春节、元宵节、中秋节等传统节日中,亲朋好友、邻里之间互道祝福节日快乐。然而很多人可能不知道,即将到来的端午节是不允许祝愿"端午节快乐"的,只能说"端午安康",因为端午节是一个祭祀节日。

汨罗江边,残阳如血。一个高大的背影临风而立,旷野无边,耳畔仿佛传来"路漫漫其修远兮,吾将上下而求索"的执着呐喊。当纵身跳起的那一瞬间——雷轰响、电狂闪、江咆哮……

僻静山村,晚霞满天。一个瘦小的身影颤巍巍地怀抱着柴火,谱写灶台上锅碗瓢盆叮当作响与灶台里噼里啪啦的交响乐章。

不经意间,儿时端午的记忆历历在目:五月初四大早,小山村里家家户户都会到河边洗苇叶。苇叶是在头天晚上大锅里烧火蒸煮,焖一晚上初四大早捞出锅,到河里进行清洗。往往这一天会下起小雨,每每这时,我便成了奶奶的跟班,俊姑娘巧媳妇们也不畏惧细雨拍打在发丝、额头、面颊,依旧乐呵呵地笑着,说着话清洗苇叶,只见一片片苇叶在她们手里左右打转,上下翻飞,再从流动的河水里漂洗一番,李家大娘洗完了,会帮张家婶子……然后一起端着筐,挎着篮说笑着回到自家庭院,开始淘米、泡米、捡豆,家里的男劳动力则会帮忙劈柴(就是头过年煮肉、卤凉肉、烧腊肉、做豆腐烧得大木头疙瘩)。米、豆浸泡的间档,奶奶、大娘、婶婶们会合理利用时间把锅灶洗干净,随后便开始了包粽子的工程。妈妈不会包,但我们的前序工作都在做,洗苇叶、淘米、泡米……只是每年都是在等别人家粽子包好,坐锅里开始烧火煮上(灶膛里架几根大木头棒子也不耽误事),才能腾开工夫给我家包,随着锅里水开飘溢出来的粽香香满整个村庄,香到我的心里,看到我家筐里才包好的十来八个粽子,心里万分焦急,心想什么时候我家的粽子才能飘来粽香,才能煮熟,才能吃上呢?尽管大娘总会对我说等她家粽子煮熟了,会先喂我这个小馋猫的,但那种想吃自家粽子的心情是无法言喻的。

　　初五早上朦朦胧胧中醒来。胳膊、腿上都已绑好了花红线,奶奶说是避邪,年幼的我们也不懂,只是知道所有人都会佩戴,听大人们说不能沾水,否则会变成小蛇。多年后才知道花红五彩线是源于人们为了纪念爱国诗人屈原,把粽子用五彩线绑上投入江中,这样蛟龙就没办法吃到,而人们美好的愿望也就可以得以实现,觉得屈原能吃到粽子不至于挨饿。

　　其实,把农历五月初五端午节作为祭祀节日,还有其他典故,一个是伍子胥投钱塘江,曹娥救父投曹娥江,还有屈原投汨罗江。一直说辞最多的版本便是为了纪念屈原投江。所以,这时,我也明白了一点,为什么在我小的时候,人们不肯提前或推后包粽子,总要赶在初四那天,不管刮风下雨,可以说是风雨无阻,而且还有就是要等到初五大早晨才可以揭锅,并不是像小时候大人们嘴里说的不到那天没粽子味,而是在大人们心里、骨子里早把那天归结为神圣的节日,马虎不得。

　　随着年龄的增长,随着大娘、婶婶们帮我们包粽子时的观察、摸索、实践,更重要的是在奶奶的鼓舞下不知不觉中我也学会了包粽子这门绝活。清楚地记得妈妈兴奋地拿着我包的第一个粽子让邻居们相互传看的情景。在以后的很多年我便义无反顾地承揽起每年端午节包粽子的活儿。

时隔多年,节日依旧,粽香依旧,当年帮我们包粽子的奶奶、大娘都已相继去世,在这端午节包粽子的时刻未尝不是对她们的一种思念。

今年我利用休息日又包好了粽子,看爸妈吃着香甜,也是一种幸福和满足,不管已故还是健在的亲人,"粽"情端午,只"苇"有你。愿天上人间都粽香浓浓,幸福安康!

彼岸花开

致逝去的青春

沿着春溪跌宕的年轻生命,一路风尘,踏歌而行。总有些记忆芬芳着我们的心灵,震撼着我们的灵魂。然而,最令我深情难忘的却是逝去的青春。

青春时光,在历史的长河中,只是短暂的一瞬。而青春的印记足以改变人的一生。看尽繁华三千,终是花飞叶落随泥土,看樱花满天,却掩不住斑驳的流年。

我的爸爸是位军人,由于工作关系,需要驻守单位;妈妈是位人民教师,在那个物质极其匮乏的年代,是妈妈教会我自信自强,鞭策我成长。我的童年时光乃至青春岁月大多时间是在妈妈的陪伴照顾下安然度过,幸福而充盈。

记得在我六岁那年,一个星期天的午后,妈妈在用荆条编制的篮子里放了一些为我自制的芝麻干饼,装了一壶开水还有一本故事书,并且还有一大一小两把锄头。牵着我的小手,走向屋后的山岗……

那个时候,我总是和妈妈并排坐在树丛中,我一边把玩着花草的茎叶,一边津津有味地吃着芝麻饼,而妈妈则是绘声绘色的给我朗读《龟兔赛跑》《拔苗助长》等寓言故事。

往往是几则故事讲完,我也填饱肚子,妈妈再喂我一些热水,然后把小锄头分发给我,自己握着一把稍微大点的锄头,在树丛中找一种开着紫色碎花的药材——远志。牵着我一边寻觅一边还不忘检查我刚刚熟识的寓言故事。

当挖到一簇远志,我便好奇地问妈妈,为什么它的名字叫"远志"而不是其他。每每这时,妈妈总是望着远方,语重心长地对我说:每个人或事物都有存在的价值,这看似微不足道的药草却可以消肿、祛痰、镇静催眠、调节情绪,它的名字或许是药理学家对其功效的一种褒奖,一种对美好的向往,正如你的名字妈妈希望你能够拥有无悔的青春,拥有"韬略智慧",当然也希望你的将来能够拥有远大的志向……

后来的后来,长大后为人妻为人母的我在岁月的迹象中,感受人生的缥缈无常,前路茫茫,道阻且长。才真正体会到一如妈妈当年无数次承受工作的劳累和生活的苦楚,尤其是独自抚育我的心酸,登高远望只是妈妈"青春"的信念和期盼。

还有一次,有位卖红绿颜色的盲人爷爷走街串巷,走到我们村庄正逢雷雨天气,盲爷爷只好在我们村戏台避雨。这时恰逢妈妈打伞接我放学回家。妈妈毫不犹豫走上前请盲爷爷去我家吃饭并把雨伞全部倾向盲爷爷和我。自己却冒雨行走仍不忘细心搀扶盲爷爷,并及时提醒小心前面的台阶。回到家中,顾不上换掉湿透的衣衫,赶紧把仅剩的一小截蜡烛点燃,为盲爷爷盛饭夹菜。晚饭后又把盲爷爷送到爷爷家里住下。回到家我问妈妈,刚刚吃饭时,天还不完全黑,为什么要把蜡烛点上?而且,即便是点上对于盲爷爷来说也是于事无补。妈妈则耐心地对我说:在人生至暗时刻,哪怕是微弱的一束光也可以给予人心莫大的温暖、希望和力量。

青春本是生命的一部分,就这样在每一天的烟火寻常,五味杂陈中平淡重复。虽波澜不惊但也感觉很幸福满足。

不知不觉中,在妈妈的护佑下我长大了。从曾经的稚嫩走向成熟,从以往的艰辛走向辉煌。在困境逆境中追寻突破,在璀璨光辉中激发斗志,当我渐渐变得成熟,变得圆融,变得更会保护自己时,同时自然也就失去了曾经的懵懂和纯真,失去了青春年少。与此同时,我在布满荆棘的人生路上走出属于自我的执着。因为,青春岁月教会了我对生活认真负责的态度,对工作积极向上的品行,以我所经历的苦难，让我在日常工作生活中把坚持和永不言弃演绎得淋漓尽致……

每一个心灵都有一份属于自己的梦想，每一个梦想都有一片属于自己的天空。之所以今天能够面对世俗繁杂的问题迎刃而解，这和我逝去的青春以及妈妈的青春岁月有着密不可分的关系。

在童年，是妈妈孜孜不倦地为我朗读课外读本，灌输知识的琼浆玉液，滋润我干涸的心灵。从妈妈身上折射出新时代女性的良善和睿智，她如同一盏不灭的烛灯，在我梦想的天空用爱用暖，沐浴阳光，播种希望。四十年，时光匆匆如白驹过隙，妈妈用自己的青春和智慧影响着我的人生轨迹，用博爱和文明积淀了生活的底蕴。我庆幸这一生和妈妈的母女缘分，是妈妈用丰富的科学知识，语重心长的话语让我学以致用，让我可以在风雨飘摇的境地直面人生。如今，回望"青春之路"，心中很是欣慰，欣慰之余，我特别感恩我的妈妈，感恩妈妈每一季的谆谆教诲和留有我青春印迹的辛勤付出。

流金岁月，繁花似锦，青春逝去，身不由己。逝去的青春是为了丰富我们的人生体验，让生命更完整，也许，青春本不需要我们用隆重的形式去祭奠。我们轻轻挥挥手，感谢她的逝去，就是向生命致敬的最好方式。

青春在流逝，年华却依旧。我会在自己的岗位上脚踏实地，锲而不舍，勇往直前孕育放飞青春梦想，谱写更加壮美的青春之歌！

致逝去的青春……

吾家有女初长成

"吾家有女初长成，娇俏可人及倾城，借问芬芳春与秋，碧玉年华无忧愁。"时光荏苒，岁月如梭，不知不觉中，我的"小火山"已经慢慢长大。珍藏与爱女相处的美好童年时光，未来可期，愿我的宝贝灿灿目之所及皆是星辰大海，心中所向皆是春风十里。

我的灿公主，不会忘记16年前的那个腊月，你轻轻悄悄走向我。本应该是适合安静的季节，却也蓄满了感动。从此，成就了你我母女的缘分。这些年，暑往寒来，我们一起走过的光阴，都是不可复制的。

我的宝贝，似水流年，生活中发生了很大的变故。很多东西变得虚无缥缈，但有你陪伴的每一缕时光都完好封存，在记忆深处历久弥香。

其实，人生就是一个选择和放弃的过程，为了有足够的时间和富足的金钱照顾养护你，我毅然决然放弃了固定的工作，应聘到保险公司。而在保险公司的时日，谢谢我的孩子夜以继日地陪伴，促使我从一个见习业务员快速晋升为高管。不会忘记，每天带你到公司签到参加早会，你在一旁看画册，我做笔记熟悉掌握保险条款；不会忘记，会后你安静地吃东西，我筛选客户名单，电话邀约客户；不会忘记，我们遭受无数次拒绝而成功签下一单时的欣喜；不会忘记，你稚嫩的童音鼓励我：妈妈，妈妈，失败是成功之母，妈妈加油，妈妈是最棒的！

我们匆匆忙忙地行走在人世，渴求生命抵达极致的长度，往往忽视了它的广度、深度和高度。我们敬畏伟人、崇拜英雄，自是因为他们活出了平凡人没有的姿态。我们曾如此渴望命运的波澜，到最后才发现，人生最曼妙的风景，竟是内心的淡定和从容。

2010年元宵节，正是万家团圆时，我们娘俩却在风雪中艰难地行进。亲戚朋友都无法理解，都怪怨孩子跟着我遭罪。

就连保险公司的领导、同事也都觉得我在任性徒劳。是啊，我没有缘故市场、没有转介绍人群，我只能鼓起百倍的信心和勇气去做陌拜。

人生就是这样，当处境异常艰难，便会激发无限潜能。或许，这也正是"绝处逢生"的真正内涵。

伴随着新险种的上市，随即开启了我和女儿崭新的人生之旅。当我拜托当地村干部把三里五村的村民集中到村委会召开产品说明会时，我的孩子用冻得通红的小手把一张张宣传彩页发放到在座的村民（准客户）手中时，那一刻，我看在眼里、疼在心中。为了早日结束孩子跟随我过着居无定所的日子，我暗下决心，一定把握机遇，多签保单，多挣佣金。所以，整场产品说明会，我抛开事先做好的课件，结合自身情况，向所有参会者阐述了保险的意义和功用。讲述中，脑海中出现的是我抱着女儿在15里路程的冰天雪地跌倒后爬起，爬起后跌倒再爬起的画面，随身携带的有关寿险展业资料、孩子的零食散落一地，顾不上疼痛，来不及哭泣，梦的碎片需一点点捡拾拼凑……

生命驿站，谁在期待，谁在歌唱？谁在整装，谁要远航？细数时光，煮一壶月光轻涤征尘，疲惫心灵焕发出舒爽……

真可谓：有志者、事竟成，破釜沉舟，百二秦关终属楚；苦心人、天不负，卧薪尝胆，三千越甲可吞吴。

一天成功受理承保24单，个人业绩保定中支第一。纵使，时光沧桑，流年成为记忆，女儿陪伴我的寿险经历，已然是我们最宝贵的财富。

是的，其实人生没有白走的路，每走一步都算数。我们所经历的每一场生活的磨砺，不都是命运的馈赠吗？林清玄说，以清净心看世界，以欢喜心过生活，以平常心生情味，以柔软心除挂碍。16年我和女儿风雨同行，荣辱与共，是母女，更是闺蜜，同时，伴随着儿子的到来，生命途径四季，春有百花秋有月，夏有凉风冬有雪，每一季都有每一季独特的风景。

2016年暑假，女儿到我所工作的乡镇帮着照顾弟弟，目睹了特大洪水灾害，她在日记中写道：一方有难，八方支援；2017年，借调到县委宣传部，当我接到电话调遣，需到森林火灾现场负责后勤保障工作，女儿哭着道：妈妈，水火无情，我就在你办公室等你平安回来；2018年，开始驻村帮扶工作，随之，也就开始了无休止的忙碌，女儿总是一边学习，一边照顾弟弟……

所幸，每年利用暑假，我总会调班带女儿去海滨城市，领略"海鸥飞处彩云飞"的意境；到一望无际的草原，感受"天苍苍野茫茫"的辽阔；登名川大山，体会"会当凌绝顶，一览众山小"的内涵。

这一刻，感恩美丽遇见，吾家有女初长成。我的爱女灿灿，16岁生日快乐！愿你心怀善意，收获芬芳；心怀温暖，收获感动。假如有来生，我们再续母女情缘……

黑崖深处有人家

1

莲花山的那边是黑崖,黑崖的那边是黑崖沟村。

伴随着暮色中零星的几点光,我推开了黑崖人家的大门。

一位老者的咳嗽声打破了夜的沉静。

猫在屋檐上上蹿下跳,屋内的女主人进进出出。

我被牵着的小手,再次紧紧地给攥紧,女主人在递给卧床的男主人汤药后,随即轻轻地说:"看把娃冻得,可怜的,还没吃饭吧?我这就去做。"那一刻,我后悔推开了这扇门。

一碗北瓜干小米粥,几张刚出锅的油脂饼和一盘土豆丝,让我娃的眼睛亮了,让整个黑崖沟村亮了。

2

高架桥下,鸟儿看到秋风飞进男主人的粟米地,荡起秋千,我看见男主人走进粟米地,弯腰弓背,挥舞着手中的镰。

娃就这样跟着我,从龙泉关到桑园坪,从桑园坪到黑崖沟,一步又一步,一大一小,满身都是阳光。

路过黑崖沟村的碾坊,女主人在推石碾,推出了金灿灿的小米。小米下入锅中,此刻,下入的还有连同秋天的色彩和秋天的味道。

盛满碗,盛满盆,盛满秋。感受劳动和丰收的喜悦。

娃在笑,女主人在笑,秋风在笑。

3

一群孩童你追我赶,踏着青石板跑向村民剧院玩耍。

我的娃也在其中,此起彼伏的嬉闹声响彻黑崖。

三五成群,有的在打陀螺,有的在踢毽子,还有的在跳皮筋。

黑崖人家,这里还原了童年的乐趣。

这里没有废水的污染,没有雾霾,黑崖还是黑崖,人家还是人家。

4

鸟儿落在窗棂。

画院作画的人都在张望。听觉与视觉的碰撞,打开心灵的门窗。

黑崖人家就住在黑崖,心灵手巧、美丽善良把日子经营得如同那朵莲花。娴熟地揉、切、梳,上下翻转十二生肖跃然案上。

黑崖的黑店大红灯笼高高挂;青砖黛瓦、飞檐翘角如同远古神话。

人在黑崖,心在黑崖。

5

娃在黑崖沟找到了天空的星星。

星光闪烁。

黑崖沟的夜,吞吐旧时光和苦日子。

我伫立在黑崖沟村的牌坊前,彻夜无眠。

阵雨扑打着青砖黛瓦,犹如弹曲。戛然,星空入睡。

在黑崖听雨,雨很软,雨的声音很甜。夜中听蛙鸣,低音柔软,高音嘹亮。

黑崖沟的天空，山水是形，文化是魂。

黑崖深处有人家，也有童话；有童话，也有进步文明。重叠似曾相识的童话，就在黑崖深处……

冷山公益画院，等你来

一声蛙鸣，撕开夏聚园的水面
我在一圈一圈的涟漪中等你
等你从批文撰稿中而来
等你从柴米油盐中而来
等你从莲花山的美丽的传说中而来

等你的日子，漫长而无悔
从一个季节等到另一个季节
把心等成秋风，等成落叶
等成白衣寺的诵经声

等你的日子，我把情怀写在素笺上
让飞舞的蝴蝶捎带，越过长城岭
飞过关隘，落在龙宿庵
在澎湃的心跳中
等你在秋天的意境里
等你在冷山公益画院成立三周年
等你，我驻足千年

麦田垄上行

1

浅夏，走过林徽因的《人间四月天》，贫瘠的灵魂融入了五月麦熟的季节。

尘封已久的记忆，虚掩的心门在五月的清晨打开。隔屏，走向八百里秦川，走向关中大地，走向田园深处，垄上行。

晴空万里，麦香万里，思绪万里，轻轻地、柔柔地与微风撞个满怀，风中和着露珠的气息和醉人的清香，踏一幽径，感受放眼一片的金黄。

单凭这沁人心脾的麦香，已经让我忘却了世俗纷争，还有那随风起舞的层层麦浪，更是激荡起我内心深处的片片涟漪，犹如思念连着思念，演绎一种幸福。

2

摇曳着碎花裙摆于阡陌之间。

起风了，刻骨铭心的爱恋飞离出藩篱，俨然是一只彩蝶掠过花香、草香、麦香，抵达心灵深处。

怀念一个人，其实是在怀念一段日子，麦浪的跌宕起伏正是对你我热恋的那段日子的怀念，文字洋洋洒洒组章成郎情妾意，迎着晨风，踏着晨露，十指相扣，握住夏，握住时光，你中有我，我中有你，让日子更像一首诗，有韵脚和韵味。

3

麦田垄上行，心生欢喜。

一簇簇，一垄垄，犹如少女的气息，是风在跳舞还是心在期待，于我身上沐浴香甜。

远离都市的喧嚣，轻轻悄悄地走近茫茫炙热的田边，仿佛听到山盟海誓的诺言与百鸟呼唤晨曦的啼鸣；晨曦抚摸麦穗的声响；麦穗与麦秆相互碰撞摩擦的窃窃私语相互交映，如同天籁。

总之，在你面前停留驻足，穿透你的魂我的眼。

4

垄上行，走在麦香中的人，成为麦田的一部分。

站在河北太行山之巅远眺或俯瞰，时空变幻，辽阔壮观的关中平原浓墨重彩。

这一切于我是馈赠，是金色的希冀融汇在我的血液。留给印象，或者意识。

5

在季节的边缘听风赏舞觅香，沐风淋雨踏浪，远处似乎拒我于千里，走近你我却张开双臂，目光深邃，微笑着面对生活，温柔相待，以爱取暖。

你的怀里有露珠依依不舍的痕迹，你的身边有大地才知道的一泓清泉，你的头上有流云歇息的真正蓝空，而你的身后是久经生活风霜雪雨，勤劳勇敢的夫挥镰收割的汗水，伴着充满沧桑的格言闪烁田间，还有田间小路上淳朴善良的妻抱着娃挎着篮送饭的身影……

乡故，香菇

每个人的家乡都是独特的，每个人家乡的味道也是独特的。

家乡阜平地处太行深山区，她的味道是那胭脂河畔泥土的芬芳；是云花溪谷野草嫩芽的气息；是黑崖沟淡淡樱桃花的清香；是骆驼湾充满青春味道的空气；是小香菇大产业撑起当地百姓的致富伞。

幸福的生活来之不易，幸福的生活是奋斗出来的。

感恩伟大的时代，感恩伟大的中国共产党，感恩脱贫攻坚带给阜平父老乡亲的惠民政策。

如若没有 2012 年元旦前夕习近平总书记访贫问苦到阜平调研，也就没有"食用菌核心园区"，它只会是沿袭父辈们日出而作日落而归的面朝黄土背朝天的劳动场所。

由于阜平县天生桥镇海拔较高，森林覆盖率大，一年四季空气湿润，号称"天然氧吧"。脱贫攻坚战打响以来，阜平县政府因地制宜，根据自然禀赋、气候条件，把食用菌作为脱贫支柱产业予以大力扶持，经过几年的发展，天生桥镇的食用菌核心园区逐步实现了规模化经营和产业化发展，食用菌由于种植环境好、绿色健康而深受市场青睐，阜平"老乡菇"的品牌越叫越响，正在一步一步从大山深处走向全国各地。

如今，在食用菌核心园区，一道道独特的风景线让人赏心悦目，一座座温室大棚布满田间，一支支菌棒硕果累累。从自主培植菌袋、放菌棒开始，到控温、喷水及日常管理，种植户在大棚里忙碌不停，但他们脸上洋溢着的都是丰收的喜悦。

核心园区规划占地 1500 亩，计划总投资 3.6 亿元，于 2015 年 10 月由省级扶贫龙头企业嘉鑫种植有限公司承建。目前已投资 1.8

亿元，完成一期工程700亩，集成创新国内外先进技术和配套设施设备，建成分拣包装、冷链物流设施2000平方米，建设四季菇棚24栋，双拱冷棚199栋，形成了储藏加工1000吨鲜菇能力，可开展研究开发、试验示范、规模种植、菌种繁育等产业活动。

园区以当地贫困群众为种菇主力军，聘请省内知名食用菌专家长期驻点现场指导，按照六位一体（政府+金融+科研+企业+园区+农户形成产业联盟）、六统一分（棚室、品种、菌棒、技术、品牌、销售六统一，农户分户经营）模式，同时统筹美丽乡村、示范园区和乡村旅游有机结合，推动周边产业结构转型升级和"一二三产"融合发展，带动贫困农户融入现代农业发展的生产实践中。

不仅如此，阜平县还与吉林农业大学教授、国际药用菌学会理事长李玉院士达成合作协议，在阜平天生桥核心园区创建食用菌产业"李玉院士工作站"。同时阜平县每年投入300万元用于太行山食用菌研究院和林果专家工作站建设，聘请了160余名技术专家常年驻点服务，为阜平县引进新品种2个、新技术6项。

与此同时，企业建立了自己的菌种中心，也挖来了搞了一辈子食用菌种研究的技术"辅导员"。现在从菌种研发制作到菌棒生产，再到生产管理、收购销售、深加工……一条完整的产业链在阜平县现代食用菌核心区建立了起来。

食用菌产业发展吸引了众多县外游客到阜平进行采摘、观光、休闲旅游、餐饮等活动，大大提升了产品附加值。如今，通过网络直播带货，阜平香菇着实火了起来，阜平香菇酱成了供不应求的产品。

民生是人民幸福之基、社会和谐之本。让老百姓过上好日子，业已成为党永恒不变的初心和事业。截至2020年底，阜平县预计总投资30亿元，发展食用菌3.2万亩，建设高标准四季出菇棚1万栋，栽培总量达到5亿棒，其中香菇3亿棒、黑木耳2亿棒，年产菇耳40万吨，总产值25亿元以上，实现产业县域全覆盖、贫困户全覆盖，参与农户户均增收2万元以上。

感党恩、听党话、跟党走。如今香菇大棚的周边搬来了很多身份显贵的"邻居"，比如云木耳、灵芝、桑黄……研究员们时不时地就会来做技术指导，老百姓们紧跟着步伐，日子越过越甜。

在家乡九山九水半分田的土地上，已远离了父辈们面朝黄土背朝天的日子，村庄整合易地搬迁，在心灵的故土上，卸下了多年的倦意，托上了自己满满的梦想与期望，让人内心也变得柔软和温情。

全县各个乡镇处处可见土地流转兴建的香菇大棚，男女老少皆可在自家门口就业赚钱，大大减少了留守老人、留守儿童的形影孤单。香菇为我们当地百姓增收创收，是每个家庭致富的保护伞、幸福伞，是家乡未来的方向和希望，是奋斗中每一位阜平人的勃勃生机，是每一次生命伊始和季节的轮回。

悠悠故乡情，绵绵菇香浓。是记忆深处最美的凝望。当自己融入那片故土，太多的情感流露，太多的情景再现，太多的幸福弥漫，太多的喜悦徜徉。

乡故，香菇。

彼岸花开

归　尘

　　我的公爹刘勇，生于忧患（1942年11月27日），死于安乐（2022年7月19日），享年81岁。

——题记

　　在噼里啪啦的鞭炮声中，在呜呜咽咽的唢呐声中，在此起彼伏的哭泣声中，公爹的灵柩缓缓落到墓穴中，此时，我的心里装满了泪水。

　　回首往事，公爹的一生可怜而又可悲，时至今日所有的故事都已落幕，对的错的，也都成了轻云薄雾。

　　天，灰蒙蒙的，雨丝中夹杂着冰凉的温度，让我想起贫寒的家境，您一生风餐露宿，您单薄的身躯在这尘世里，经受了怎样的苦楚？

　　您一生育有两子一女，但特殊的家庭境况使得子女们都没有接受良好的教育，而是都各自过早地为生活而奔忙。所以，当我走进您家家门的那一天起，就成了您的骄傲，成了您扬眉吐气的资本。您逢人便夸耀我是大学生，有文化……

　　在您弥留之际，得知我的女儿（您的孙女）被县重点高中录取，您喜极而泣，说孩子像我一样聪明，要我好好培养，说家里还没出过大学生，让孩子一定上大学，又说孙子虎头虎脑，天庭饱满，地阁方圆，以后会有出息的……可是我还想告诉您，通过我锲而不舍的努力，今天的我在本职岗位顺风顺水，在文学领域也取得了一定的成就，我想当您得知这些，一定又要急着向旁人炫耀了吧！

可是您再也听不到了，再也不能吹捧您的儿媳如何能干、如何风光了。此刻，您就这样躺在荒郊野外，一堆黄土成了您最后的归宿。

我轻易不敢让泪落在明处，心底的痛让我不敢碰触。借着一场雨化解内心深处，那深深的伤悲，凝聚成深深的湖。

如果人生还能有轮回，如果灵魂真的有那归属，您会不会看到我们的泪，我们的泪淹没了世间万物……

"鸟之将死，其鸣也哀；人之将死，其言也善。"在您生命的最后恍然大悟，您说感谢我为您生育了一个好孙子，您说最对不起的人是我，这么多年对我们不管不顾……是啊！我要生活，还得工作，一个人照顾着儿女，有多少无助心酸，有多少委屈承受？有多少悲痛欲绝，又有多少哀怨滋生？

我目视远方，空气中的一切都蓄满悲伤。飘飘细雨打湿我的发际、我的眉梢、我的眼眸，连同打湿我心中阴霾的心碎。

犹记得，粗茶淡饭也曾与您把酒话桑麻；田间地头也曾与您劳作言丰收；牛角台那金黄的玉米，小方岗那甜面的土豆，园子地那爬满架的黄瓜、豆角，蘑菇棚那菌棒上的香菇都在蔓延着无声的痛，我心中撕裂的伤口又怎么能够愈合，亲情的路上就这样阴阳两隔，让我怎么能够、怎么能够，不泪流如注？

昨夜，我守着一间小屋，躲在无人的角落，偷偷地哭。我哭您病魔缠身痛苦不堪，我哭您忍气吞声就归了阴途，我哭您贫苦半辈惨淡一生，我哭您两手一撒啥都放手……

我可怜的公爹，其实您是睿智豁达的，也是圆满幸福的。

您说，得了这个病治也治不好了，80 来岁了，早走早解脱。您走的时候很安详，子孙们也都在身边……

低头无语，看到您孤坟凄凉，问苍天问大地也不能把您留住！泪眼汪洋无法解脱，心里的痛又能向谁去诉说？

　　或许，冥冥之中一切都是命运的安排。天地清明，心已清明。燃烧的纸钱飞起来又落下，我们的泪也在无声无息地滑落、滑落……

　　我的公爹，叶落归根。唯愿您在天堂没有病痛，一路走好！

第五辑

生命而歌

不管愿意不愿意,该发生的,不该发生的都已发生,发生了的就是历史,我们只能怀揣一颗虔诚的心研读;怀揣一颗善良的心面对,并在以后的日子里浅唱低吟踏歌而行。

马兰后人——邓小岚

初识邓小岚老人,是 2017 年在河北省保定市阜平县委宣传部,年过花甲的她是来沟通"马兰音乐节"事宜的。朴素儒雅、和蔼慈善的她,给我留下深刻的印象。

再见邓老是在一年后,我与校方领导一起带着马兰的孩子们作为河北省唯一一支代表队,赴牡丹之城洛阳,参加全国乡村学校少年宫文艺展演。邓老现场指导,孩子们用美妙的旋律,动听的歌声,唱响《心中的梦》,现场多次响起热烈的掌声。那次演出,受到中央文明办领导的高度赞誉。

第三次见邓老,是同年 8 月随同中共阜平县委、县政府四套班子领导前往马兰村,瞻仰七烈士墓,接受革命精神洗礼,砥砺脱贫攻坚斗志。邓老师在七烈士墓前声泪俱下地解说,触动了现场每一位瞻仰者的心灵。她告诉我们:在敌人无休止的扫荡中,父亲邓拓和同事为了转移报社设备,顾不上身怀有孕的母亲丁一岚。母亲是在当地乡亲们的极力保护下才得以脱险。母亲要跟随部队转移,出生不久的自己,也是在当地老乡的精心喂养下才幸活了下来……

生于斯,养于斯,这里的每一缕阳光,每一滴甘露,每一勺米汤,都注入她脆弱的血脉之中。从此,她与这片土地永不分离。

第四次见邓老,是 2022 年初欢送她带领马兰的孩子们参加冬奥会开幕式,唱响冬奥会会歌。看到她意气风发的样子,挥手时那般从容镇定,我知道她和马兰的孩子们一定会成功。

工作交往的频繁接触,使我对邓老产生了浓厚的兴趣。随着对她更深入了解,也逐渐使我对她肃然起敬:她是在完成一项使命,立志成为真正的"马兰后人"。

马兰村是河北省阜平县一个偏僻的小山村，它是《人民日报》前身《晋察冀日报》报社所在地，是第一部《毛泽东选集》诞生地。小小山村，发出的是那个时期最强的声音。当年邓拓担任《晋察冀日报》报社主编，在敌人扫荡中一边游击一边办报，创造了用"八匹骡子办报"的奇迹，并和当地群众建立了深厚的情谊。

邓小岚是邓拓的长女。1997年，邓老和妹妹邓小虹第一次回到老区阜平，找寻父母战斗过的地方。当她们沿着崎岖的山路走到一个村口，向迎面走来的一个农妇问路时，那农妇说这是麻棚村，再往前走就是马兰村了。她一边指路一边上下打量着邓老师，突然惊喜地喊道："你是小岚子吧？真的是你！"

邓老当时一愣，顷刻间，泪水夺眶而出。当年她是被寄养在麻棚村的老乡家中，一待就是3年，但当时年龄太小，什么都不记得。没想到村里人至今还记着她，依然亲切地呼唤她的小名，此情此景，让她怎能不百感交集热泪盈眶？

2003年清明节，她和当年晋察冀日报社的老人们再次回到马兰，为1943年反"扫荡"中牺牲的革命烈士扫墓，并纪念"马兰惨案"60周年。在胭脂河畔，她们遇到了村里的一群小学生。邓老问孩子们："你们会唱什么歌呀？给爷爷奶奶们唱首歌，好吗？"

让人意想不到的是孩子们满脸羞涩，竟然唱不出一首歌。"我原本是随口一问，只为了和孩子们互动一下，没想到却是这个尴尬局面。虽然我知道这里地处深山，依然属贫困地区，但孩子们连一首歌都不会，还是令我很震惊，当时我心里特别凄凉，说不出的难受。"邓老回忆说。

邓老的母亲丁一岚是1949年开国大典的播音员，也是北京人民广播电台首任台长。在母亲影响下，邓老从小就热爱音乐，学习过小提琴，接触过钢琴、手风琴、吉他等多种乐器。在她的成长过程中，音乐带来很多美好的回忆，她坚信音乐是打开人心灵的钥匙，她不敢想象没有歌声的童年是多么苍白无趣。

那天晚上，月光如洗，她独自走在胭脂河畔，想起父母的教诲和母亲交给她的图章上"马兰后人"的几个字，心潮起伏，不能自已。就在那天晚上，她眼含热泪立下誓言："一定要让马兰的孩子们学会弹琴唱歌！"

从此，她暂住马兰村，主动承担为"马兰惨案"遇害者修建纪念碑的筹建工作。在忙于为纪念碑设计、选材、选址之余，她走进马兰小学，成了深受孩子们喜爱的"邓老师"。

她初到马兰小学教音乐时，简陋的学校只有4间危房。为了建音乐教室和改造危房，她不惜拿出自己的退休金，而且动员北京的弟弟妹妹们一块儿捐钱，不久后一间四五十平方米的音乐教室终于建成。

之后，她又四处"化缘"，将亲友们闲置的乐器"搜刮"过来。四把小提琴、一个手风琴、一把吉他和一个电子琴，就是马兰音乐教室的首批家当。此后，她又多次寻求相关部门的支持帮助，陆续置办了架子鼓、电子琴、钢琴、长笛、黑管等乐器，邓老把一件件乐器从北京一趟趟背到了马兰。

2006年，马兰小乐队正式成立，偏远寂静的小山村终于奏响了音乐之声。

虽然孩子从没见过任何乐器，没一点音乐基础，教起来很费劲，但邓老严格教学程序，从五线谱教起，进行音乐启蒙教育，耐心讲解唱歌发音和乐器弹奏，引领他们用心灵感受音乐的艺术魅力。

2008年10月，邓老带着马兰小乐队的孩子们第一次走出大山，在北京中山公园的木雕长廊前举办了小型音乐会。原晋察冀日报社的老人们前来观看演出。

　　　　故乡如醉远，天末且栖迟。
　　　　沥血输邦党，遗风永梦思。
　　　　悬崖一片土，临水七人碑。

从此马兰路，千秋烈士居。

这是邓老为父亲邓拓写的五言律诗《题马兰烈士墓》谱写的歌曲。当孩子们饱含深情地唱起这首歌，这些曾经在马兰战斗过的耄耋老人们非常激动，老泪纵横。他们沉浸在低回悲哀的旋律中，烽烟往事在眼前浮动，那一夜，他们仿佛又回到了马兰，回到了硝烟弥漫的艰苦岁月。

后来，马兰小乐队陆续登上在北京举行的第四届中国优秀特长生艺术节开幕式，北京电视台的春节晚会和央视的《我要上春晚》等舞台，并成功举办了马兰儿童音乐节。当看到孩子们落落大方的表演，当听到专家、主持人的一致赞美，当将军们的后代和马兰小乐队一起合唱《我们的田野》时，邓老的眼角再次湿润了——这是幸福的泪水，因为她真切地看到，音乐让人与人之间的距离变近了。

万万没想到的是，在北京冬奥会举办不久，邓老却倒在了她心爱的月亮舞台上，由于血栓堵塞大脑血管，经医治无效而离世。这是多么遗憾又悲痛的一个夜晚啊，得到消息的我痛哭无声。

根据她生前的愿望，她的亲人和阜平县党委（政府）决定把她安葬在马兰"七烈士墓"旁边。这块土地，18年来，她呕心沥血，洒下无数汗水。她的身躯将融入马兰这方热土，青山有幸埋忠骨，黄土有情葬英魂。她就是那个无愧于这片土地的地地道道的马兰人。

"为什么我的眼里常含泪水？因为我对这块土地爱得深沉。"这是诗人艾青的心声，亦是邓老的真实写照。如今，邓老魂归马兰，完成夙愿，终于成了真正的"马兰后人"。

军人世家幸福长

  我的爷爷曾参加过抗日战争,一枚"抗日战争纪念章"记载着军人的至高荣耀,闪烁着军人生命的辉煌;我的姥爷也曾跨过鸭绿江奔赴抗美援朝的战场,他无数次给我讲述在战场上如何冲锋陷阵、如何转移伤兵、如何誓死卫国的故事,让我深刻领悟到战争的残酷和军人的伟大。更让我骄傲和自豪的是,我的爸爸也在青年时期光荣参军入伍。他忠诚勇敢、刚强干练,永不退缩的军魂和风骨深深地影响着我,我为成长于军人世家倍感幸福。

  打我记事起,爸爸已从部队转业到了县武装部工作。爸爸经常一身戎装,英姿飒爽,威武高大,让我羡慕和崇拜。而爸爸经常唱的《咱当兵的人》《小白杨》更是陪伴我成长,激励我自强。爸爸曾给我讲雨夜值勤站岗遭遇突袭的随机应变;打靶训练百发百中的兴奋激昂;野营拉练的勇往直前等等。每一段故事都是军旅生活的记忆,让他激情澎湃,回味无穷。而对于我来说,听爸爸讲年轻时的故事,像徜徉在幸福的高山大海之间。

  爸爸勤劳、善良、正直、直率,转业后在武装部工作更是尽职尽责,从来不忘党的教导和部队的培养,时刻以一名军人的标准严格要求自己和子女,他常告诉我们做人要诚实、勤奋、吃苦耐劳、乐于助人,要热爱祖国,维护集体利益,国家的利益高于一切。

  爸爸不但在单位兢兢业业,在家里也是勤勤恳恳。印象中,小时候我们在乡下生活,爸爸每天晨起把被子叠得方方正正像豆腐块,然后把庭院打扫得干干净净,水缸里水装得满满当当,穿戴更是整整齐齐。而且爸爸还是一位种地能手,常常起早贪黑打理地里的农活。爸爸不允许田地里有一株杂草,我家地里总是平平整整,禾苗自然也粗壮结实。爸爸还是一位非常有才华的人,即便是在田地劳作,仍不忘运用排比句形象地给我讲解秋天丰收的景象。在很大程度上,我对文字的挚爱和爸爸的言传身教有着很大的关系。爸爸经常督促我们养成早起的好习惯。他常常对我们说:"一日之计在于晨。现在生活条件这么好,一定要不负光阴,好好读书,做一个对国家有用的人。"

后来我们搬到县城居住,爸爸看到小区环境脏乱总会义务清扫整理;不管谁遇到困难,爸爸也总会主动帮忙解决……爸爸时刻用自己的实际行动践行着军人的职责和使命。

军人像一块励志石,一面刻着忠诚,一面刻着奉献。在我的家庭中不存在"重男轻女"的思想,从小爸爸把我当男孩去养,对我期望很高。把我送进军营更成了爸爸的心愿,但由于身体素质差我没能如愿,这也是我和爸爸的遗憾。后来,随着年龄的增长,到了谈婚论嫁的时候,爸爸唯一的要求就是希望我的另一半是位军人,其实,这也是我对自己择偶的一个标准。所以,在爸爸战友的帮忙介绍下,我如愿嫁给了一位武警,也算是弥补了我不能从军的遗憾。

现如今,爸爸在每天帮我接送孩子的路上,都会给孩子再唱起小时候唱给我听的歌"咱当兵的人,就是不一样……"茶余饭后,《百团大战》《闪闪的红星》《小兵张嘎》《狼牙山五壮士》这些故事更是我家儿子的必修课。可喜的是,现在爸爸讲着上句,我儿子便会接上下句,看着儿子讲得头头是道、绘声绘色,还用稚嫩的声音非常坚定地说:"我长大了也要去当兵,当一个好兵!"每当这时,随着爸爸的口号喊起:"立正、稍息、齐步——走……"儿子便会迅速戴上配有红五星的军帽有板有眼地做着每一个动作。

看着爸爸和儿子一起的快乐,我心里早已有了答案:我知道作为一名军人很苦很累,但是作为一名军人世家的女儿,将来我会毫不犹豫地送我的儿子参军入伍,让他不负青春,不负韶华,不负时代,在部队完成生命的蜕变,让军人家庭的责任和幸福世代相传。

彼岸花开

阜平有位"老命叔"

"星垂平野阔,月涌大江流。"黎明静悄悄的。每天清晨醒来,拿起手机,打开朋友圈,映入眼帘的都是阜平派山四季日出东方的美景,如杜甫在千年前看到的壮阔景象,心里不由地涌上一种别样的感动。然而,你知道这一组组照片是谁拍摄的吗?

他就是荣获 2017 年第九届德信典型"阜平好人"的获得者——我们阜平人口中的"老命叔"。不仅如此,他还是几十年如一日,每天坚持晨练的摄影爱好者;更是为了减轻子女负担,自告奋勇包揽了接送孙子上下学的担当者。

我从乡镇调到县委宣传部,有幸参与了我县 2017 年第九届德信典型人物事迹的表彰录制工作,400 多个典型人物的名字在屏幕上跳跃,400 多个典型人物的事迹烙印在我的脑海中,时时感动着我,时时激励着我。当时还不知道"阜平好人"获奖者名单中有老命叔,确切地说那时候我根本不知道有老命这么个人。我只听闻在阜平有这么一个人——年过花甲依然精神抖擞,拥有健康的体魄,长年累月勤于锻炼,早上爬派山,白天转乡镇,每天微信步数都在三万左右,不是军人却时刻用军人的标准严格要求自己,把助人为乐作为自己的人生信条和行为准绳,人们常说有困难找民警,而在我们阜平,大家都说有困难找老命叔。他是位热心肠的人,听说有人自行车扎胎了,他会立即带上补胎工具,骑着自行车赶去义务帮忙修补;在锻炼或拍摄的路途中,遇见三轮车陷入泥潭,也会毫不犹豫地主动跳下去帮忙推出来;碰到有车辆不小心翻入深沟,会呼喊群众齐心协力帮忙抬上来。他是社区的志愿者,无论有什么公益活动,他都毫不犹豫参加。他还加入了好几个公益组织,在雷锋志愿队,每周末早晨为环卫工送豆浆的活动,也会按时参加,不管严冬还是酷暑,从没间断过;他还加入了五县联盟新夕阳爱心协会,三四年来,每年四季,每季一次的关爱残疾人,照顾孤寡老人,帮助困难小学生活动现场,每次都会出现他健步如飞的身影。每次活动,每次捐款,每次慰问,他都会拍摄视频或照片,加大宣传力度,以唤起更多爱心人士的共鸣。近两年来,由于我县作为脱贫攻坚示范县,他多次为河北电视台、河北地矿局当向导,拍资料片,多天连续爬山越岭,不要一分钱的报酬,而且连一顿饭也不会麻烦他们,他是一个耿直的、坚持正能量的典范,一直同党保持一致,在宣传部组织的自媒体采风座谈会上,他表达了自己的观点,号召各媒体坚持正确的舆论导向,他尽自己最大的努力帮助需要帮助的人,他是当之无愧的好人!

  在一个偶然里,我被阜平香菜团一个微友拉进了一个叫作"阜平爆料群"的微信群,在这里不仅让我大饱眼福,而且丰富了视野,一位叫"老命"的网友每天给大家分享美图,让我很是享受,进而就添加了好友。由于编辑文章的原因,有时看到一些照片就保存下来。记得,有一次,我小心翼翼地询问老命叔,您的照片很漂亮,我保存了,我在文章里用几张配图,可以吗?老命叔的回答如其人一样干练慷慨:你们的喜欢就是我最大的动力,喜欢尽管用,需要什么样的我再去给你拍……我说这已经够好了,太谢谢您了,不用麻烦了。他的一句:不用客气,不麻烦的,我始终把助人为乐作为自己日常的行为宗旨,我要对得起"阜平好人"这个称号。我听后,很感动,也很震惊,一直以来把所有的事串联起来,我知道老命叔是个好人,但并不知道他还荣获了"阜平好人"的殊荣,当时我就迫不及待地询问是在电影院表彰那次吗?是现场直播那次吗?随后,老命叔就给我发来了接受表彰时,佩戴着大红花绶带的照片。那天我正好下乡,回到单位后的第一件事就是翻找出"阜平好人"的档案,看着老命叔发来的照片,对照着"阜平好人"的获奖名单和事迹材料，经过仔细比对，我惊喜地获知"老命叔"尊姓大名叫"王爱武"。

就这样，一来二往和老命叔熟络起来，成了忘年交，他拍了照片会主动发给我，我写了文章也会情不自禁地分享给他，这又让我得知老命叔在群里、朋友圈发的美图如同冰山一角，其实，这几年，老命叔几乎踏遍大阜平13个乡镇的山山水水、沟沟壑壑——阜平镇的沙河之畔、派山之巅都留下了他的足迹，一组组兼葭苍苍、行云流水的精彩照片呈现在人们眼前；平阳镇的龙悦湖让人领略了身在山区置身水乡的浪漫；大台乡的神仙山、龙泉关镇的千峰山、天生桥镇的飞瀑、夏庄乡的云花溪谷、吴王口乡的仙人寺、敌楼、千年古柏，在老命叔的镜头下鲜活起来、醉美起来、梦幻起来。老命叔城区靠徒步，城外就凭借一辆山地车。他背上旅行包，挂着翻拍相机，春拍百花夏拍柳，秋拍皓月冬拍雪，在摄影路上执着前行。

他谦虚地说："平时喜欢摄影，虽然水平有限，拍得不好，但我不遗余力地努力拍些风光片，分享给阜平家门口、阜广有礼、阜平吧等平台，在各群里也分享发送，宣传咱阜平的大好风光。"是啊，老命叔用自己的实际行动，用手中的相机记录着阜平的秀丽山水，定格瞬间的永恒，用山水人物图片宣扬真善美，唤起社会爱心。

由于我本人也特别喜欢拍照片的原因，看到老命叔分享的美图就有点蠢蠢欲动，就拿3月16日下午回到单位，又在微信群里看到老命叔分享滨河公园的照片——网红桥、芦苇荡、高楼、远山，绘制出一幅春天的娇美画卷，我明明感知到老命叔就在公园，还是不由自主地问道："老命叔，在哪里？""公园"！老命叔秒回过来，我想他此刻是挎着相机，拿着手机分享照片到群里吧！我心里有点小失落，我在公园溜达了一上午，竟然还是与老命叔失之交臂，当我大胆地说出自己想让命叔帮拍照片的想法时，老命叔爽快地答应下来，声称哪天有时间帮我拍，可是我工作日在村里，周末不是加班就是开会，直到写这篇文章，请老命叔拍美片的愿望还没有实现，有点小小的遗憾。

  与老命叔通过一张张照片、一篇篇文章、一条条微信聊天渐渐地熟络起来，也就习惯了每天早上问老命叔，天气怎么样，冷吗？起床需要穿什么衣服？老命叔无形之中成了我的闹钟和天气预报播音员，而我每天起床、做饭、给儿子强制性穿衣、送幼儿园的同时，老命叔就已经在山上赏日出、拍美照了，然后是返程回家，陪孙子吃过早点，送宝贝孙子上学。我微信中对老命叔说：有您这么帮衬着，孩子的爸爸妈妈真幸福！老命叔的回答是："他们上班也很辛苦，能帮他们分担点就分担点，这是我义不容辞的责任！"多么朴实的语言，却道出了一位长辈对晚辈无私的爱与关怀。

  这就是老命叔，一位正能量的传播者，一位摄影爱好者，一位善良的长者，他用他独特的方式热爱着大阜平，热爱着阜平的父老乡亲们，热爱着阜平的每一处山山水水，热爱着阜平的一草一木，暑往寒来，一身迷彩服，一个旅行包，一辆山地车，一台翻拍陪伴着他走过幸福快乐的时光！

  老命叔，为您祝福！为您加油……

冬梅姐，加油

每个人有每个人的人生，幸或不幸，都没得选择。命运如浮云，起起落落，唯一能做的，就是自己努力，勇敢坚强地笑对生活，直面人生……我想诸如此类感言，很多人都能够侃侃而谈，但真正做起来却是好难好难。

然而，我的身边却有着这样一个女人——她在不幸的人生舞台上演绎着平凡与伟大，她用爱和包容给了孩子们一个温暖的家。她善良，在生活中照顾亲朋无微不至；她仁爱，在工作中对待顾客和颜悦色。她干练沉稳的处事态度，她自强不息的拼搏精神，让我深深敬佩和感动。

她就是冬梅姐，一位痛失爱人的妻子，一位三个孩子的母亲，一位年迈母亲的女儿，一位自食其力的美业打拼人。

和冬梅姐相识是在2018年，当时我想做面部补水护理，由于工作繁忙，只能选择距离单位较近的美容院，其实，我单位所在的那条街上，美容院有好几家。或许，人生每一场际遇都是命定的安排，机缘巧合，我便选择了冬梅姐所在的"蓝妮儿"美容院。

一来二去，我和冬梅姐由最初的陌生成为无话不谈的姐妹及知心朋友。这家美容院的美容师有四五人，但我每次走进店里，看到别人都在悠闲自得玩手机、喝茶水。而冬梅姐则总是忙忙碌碌，后来了解得知，冬梅姐为了方便像我这样没有闲暇时间的上班族，总是牺牲自己的休息时间为顾客做好服务（甚至大多时候早点顾不上吃，等忙乎完，吃午饭的时间已接近傍晚）。记得，有段时间我驻村帮扶，八点就要赶到村里，路上需要一个小时车程，冬梅姐在严冬的清晨不到六点钟就赶到店里为我服务（知道我在单位的日子，还会给我准备好午饭，利用午休时间约我过去做护理）。有的顾客选择下午五点半下班后过去做护理，冬梅姐也总是安排得井井有条，合情合理，服务热情周到，让顾客有回家的感觉。

暑来寒往，冬梅姐就像雪中的一枝寒梅，傲然绽放，独自芬芳。很多次，我夜半醒来，看朋友圈得知冬梅姐刚刚结束加班，独自走在无人的街头。我曾不止一次地劝说："姐，你悠着点儿吧！多注意身体，该休息就休息，别太拼了。""哎，我没办法，不干怎么着啊？"冬梅姐心酸而无奈的话语时常在我脑海盘旋。

是啊！幸福的家庭是相似的，不幸的家庭却各有各的不同。但凡能够轻松潇洒，谁又会选择风雨兼程？九年前，冬梅姐的丈夫因病不幸离世，当时大女儿大学还未毕业，二女儿刚刚11岁，小儿子只有9岁。可怜的冬梅姐既要承受丧夫之痛，又要抚育三个孩子，生活的重担一下子全部压到她的肩上，让她措手不及。

女本柔弱，为母则刚。生活中并没有什么感同身受，如人饮水冷暖自知。在那段悲痛欲绝的日子里，冬梅姐沉默寡言，自我封闭，万念俱灰。那种撕心裂肺的伤痛把她折磨得如临崩溃的边缘。然而，三个孩子在呼喊着"娘"，年迈的母亲在呼唤着"闺女"，慢慢地冬梅姐将压抑的哭泣调成静音，把沉重的心情、低落的情绪收拾到别人看不见的地方，将悲伤压在心底，将微笑挂在了脸上，学会了一个人的坚强。

冬天的冰雪寒梅，命运之神馈赠曲径体验生命。生活纵然失去阳光也要努力绽放。冬梅姐在丈夫去世后的第二年带着三个孩子离开伤心地，在县城租了房子，找了美容院这份工作，努力赚钱供孩子们读书，陪她们长大。

好人有好报，冬梅姐宅心仁厚感动了上苍。值得欣慰的是她的三个孩子都乖巧懂事，懂得珍惜和感恩。如今她的大女儿已完成学业在县医院上班，二女儿也如愿考取了高护专业，非常幸运的是小儿子从小学三年级至今得到市里一位爱心人士的每月资助，即将高中毕业,其成绩一直在班级名列前茅。

世界上最令人动容的声音是母亲对孩子的呼唤:它是最有力量的声音,可以给予勇气、毅力,让你坚强,让你无所畏惧;它是最温柔的声音,可以传递安慰、温暖,让你心情放松,让你安心。每次做护理和冬梅姐聊,听到最多的就是大闺女中午回家吃饭,一会儿我得回家做饭;二闺女快放假回来了,我得给她准备点好吃的,回来待不了几天,她又要找地方打工;小儿子放月假休息两天,我得去学校给他套被罩、铺床单,这孩子给他买了毛衣,可他愣是让我退掉给换成学习资料……

赠人玫瑰,手留余香。虽然冬梅姐孤儿寡母,自己生活都非常艰辛,但还总是惦记着亲朋。"天冷了,我得去给俺娘买双棉鞋,买件衣服,一会下班得去给俺娘包点饺子,今天冬至呢!这不,又要过年了,有顾客让我帮她蒸年糕、有邻居让我帮她摊黄子呢!我还得提前准备好阜平烧肉、压粉条、炸豆腐、焯海菜、蒸年糕给保定那位好心人送去,这么多年,人家可是帮我大忙了,人家这份恩情,对于我和孩子们来说,不仅仅是金钱上的资助,更多的是精神上的鼓励、安慰和支撑。""姐,你过年安顿好了吗?"我忍不住问。"我没什么安顿的,和平常一样。"这就是冬梅姐,总是为别人着想奔忙而弃自己不顾。

不经一番寒彻骨,怎得梅花扑鼻香?冬梅姐所有的付出大家都看在眼里,记在心上。也有不少好心人劝说并张罗给冬梅姐介绍个伴,自己不用这么辛苦了,冬梅姐都淡然一笑谢绝了。

"有时候回头看看自己走过的路,真的有太多的心酸和无奈。不过,活着就好!"冬梅姐感慨地对我说。是啊,身上没有千斤担,谁拿生命赌明天?有种心酸叫作假装快乐。冬梅姐没有对不起任何人,这一生她唯一对不起的就是她自己。"相思无语长夜漫,沧海桑田沧海远,时光匆匆光阴醉,岁月如歌琴弦飞。"岁月匆匆,挽不回故人,逃不尽蹉跎,冬梅姐把思念封存心底,一些念,若尘;一些梦,幽幽。每次一个人面对风雨，一个人狼狈回家，一个人撑不下去的时候，她总是在想：是不是你在就好了？如果你在，我应该不用这么逞强，你在，就会抚平我的悲伤；你在，我的委屈就有放置的地方……你应该会心疼我的每一份委屈。当灵魂的触角爬满了时光的青墙，都是深念。

　　除了坚强，别无选择。生活，没有"容易"两个字，活在世上的每一个人，没有谁不辛苦。生活再难，也得继续；日子再苦，也要坚持。当一个人熬过了所有的苦，咽下了所有的酸楚，习惯了漫长的孤独，好运和幸福离你就不会远了！

　　闲暇时光，我总喜欢翻看冬梅姐的朋友圈，她的朋友圈除了美业的一些宣传，更多的是加班加点给顾客做护理的记录，还有夜听人生感悟。我想：这是冬梅姐最真实的生活状态，如白云一朵，天马行空；如炊烟一缕，袅袅升腾；如傲雪寒梅，冽艳幽香。

　　冬梅姐，加油！

又到一年考试季

又到一年考试季，学校考场内外又成了一道亮丽的风景。莘莘学子们聚集在考场里或安然自若、镇定答题或焦躁不安、抓耳挠腮；考场外三五成群的家长们或倚栏翘望、心急如焚或席地而坐、心中祈祷。

可怜天下父母心，望子成龙、望女成凤成了每一位家长心中的夙愿。无论是小升初，还是中考、高考，不同的考试区域，无论南方、北方，家长们的那份殷切之情大同小异。

看吧，就从这几位年轻妈妈穿的漂亮衣服就可窥见一斑。考场外的几位考生家长，有的旗袍裹身，据说是旗开得胜、开门大吉；有的绿裙垂地，据说是一路绿灯、行云流水；有的手执黄色香扇，据说是金榜题名、东君赐福。在考完一场的片刻休息时间，家长们能为孩子亲自送上一瓶水，能为孩子擦擦额头的汗，能鼓励一下孩子好好地参加下一场考试，就感到无比的慰藉。

家长们虽然来自不同的地方，但是都有着相同的目标，在漫长的等待中，很容易让人熟悉起来。让我们听听家长们林林总总的交谈吧！

家长 A：我家孩子真是管不了，一点不听话，不好好学，打死也不学，气得不行。本来考试我就不想来，老师电话通知非让过来，怕孩子考试调皮捣蛋，真是很无奈呀！

家长 B：假期我给我女儿报了书法、美术、舞蹈等等一系列补习班，孩子们就得管得紧点，不能给她闲暇时间。否则，一有空就每天抱着手机玩游戏，吃饭也舍不得放下。

家长C：我们那位"败家子"更让人生气，在家里玩游戏还算好的呢，他是经常偷着去网吧玩游戏。你们说说这老师是怎样教育的呀？

不经意的家长对话飘入我的耳中，让我百思不得其解。这些家长们为什么不用感性的话语引导教育，而非得动用武力解决问题。关键是问题并未解决，适得其反，使孩子存有了厌学的逆反心理；为什么把自己的意向强加到孩子身上？琴棋书画样样精通固然是好的，可如果孩子本身并无多大的兴趣爱好，而是一味地为了打发时间去做这些，我认为毫无意义，对家庭而言，浪费金钱，对孩子而言牺牲了多少快乐的时光；还有自己的孩子，为什么不把管理重心放在自己这边，你自己的孩子管不了，老师是在管教几十个甚至上百个孩子，试问他比你更了解自己的孩子吗？他比你更有充足的时间吗？在高科技的网络时代，要教育孩子把手机作为学习的一个有力工具，而并非玩具。要做到：在家严格管理教育，让孩子养成一个良好的生活学习习惯。在学校再受老师的启蒙熏陶，勤奋学习。一切为了孩子，为了孩子一切，我们家长朋友需要和老师一起努力，任重而道远！

随着铃声的响起，我默默地离开了考场，在一个角落里窥探我女儿的一举一动。有一天孩子会长大，我会变老到无能为力，更多的时候是扮演观众的角色，不可能陪伴孩子永远走下去，那么，现在我就必须试着去放手，让孩子学会独立、学会承受、学会面对。

作为学生，分数固然重要，但我更注重的是女儿身心的健康、道德的修养，希望她能够成为一个健康快乐、活泼开朗、积极向上的孩子。女儿是我的骄傲，我欣慰！当我看到她把昨天我买给她的水递给一个没有家长陪伴的女孩喝时，我笑了。是的，我的孩子，要学会分享，要懂得感恩，要做到尊老爱幼、关心同学。

铃声再次的响起，走过这一个炎热的考试季，就意味着孩子们要重新启程。前面的路还很长,只希望我的女儿在以后的人生道路上,不管坎坷崎岖,面临任何挑战的时候都能够不急不躁、镇定自若。我希望我的女儿能够有足够的勇气面对挫折失败,勇敢面对人生的不如意,笑对生活,直面人生!

又到一年考试季,又是人生新航程。我希望女儿从现在做起,能够接受任何挑战与竞争。人生的价值在于拼搏,只要付出、执着、努力过,结果就不是很重要了。愿考试收获着快乐,无论结局如何,愿微笑飘荡在付出后的每一个角落,展翅翱翔,搏击属于自己的长空!

写给中考的女儿

亲爱的女儿：

又是一年考试季，又是人生新航程。今天在你即将步入中考的关键时刻，我以书信的方式来为你加油鼓劲，同时也想把我的心声告诉你，以此互相勉励——

亲爱的女儿，中考固然重要，但我更希望你健康快乐。今年你才只有16岁，尚未成人，我们姑且把今天的考试看作是一场"人生的演练"吧，就像你在三年的初中生活中演练元旦节目时一样镇定自若。

记得在你小升初的时候，妈妈曾写过一篇文章《又到一年考试季》。在这篇文章中，妈妈写道："希望我的孩子能够接受任何挑战与竞争。人生的价值在于拼搏，只要付出、执着、努力过，愿考试收获着快乐，无论结局如何，愿微笑飘荡在付出后的每一个角落……"今天依然如此。妈妈爱你胜过爱自己，你是妈妈生命的延续。

我知道，此时此刻很多家长都会和孩子谈中考，以此来给他们加油。我的孩子，妈妈想对你说：中考也只不过就是一场考试而已。对于人生而言，时时刻刻都会面临各种各样的挑战与考验，从容应对才是关键。你要记住妈妈送你的那句话"不急不躁"，任何时候都要尽量保持一种"内心的平静"。不管是考试，还是平时生活里遇到的各种事情。比考试更重要的是心态，比心态更重要的是意志。

人生是一场马拉松，比的不是爆发力，而是看谁能坚持得久，谁的韧性更强，谁的抗打击能力更好，包括摔倒再爬起。相对中考，妈妈更看重你的身心健康，更看重你对理想人生的孜孜追求和不懈努力。

　　亲爱的女儿，我的孩子，寒往暑来，三年的初中生活，我们共同经历了太多，校区租房帮我照顾生病的弟弟、夜宿单位陪伴我值班并奋笔疾书、居家网课自律自强……这一切的一切，妈妈都记忆犹新。由于妈妈工作的性质，经常地把你一个人留在家中（写这篇文章时妈妈依然夜班在单位，你独自承受考试前的压力和孤单），妈妈真的很愧疚、很心酸。

　　这么多年，我们不单单是母女，更是"闺蜜"，彼此安慰、相互取暖。回想我们走过的路，就像一段传奇、一部神话。庆幸的是我们都在成长、成熟（妈妈考编辑记者证，是你在石家庄陪同）。亲爱的女儿，我的孩子，希望你能借这次考试，把它看作是你人生的一个里程碑，是你心智和精神日渐成熟、独立的一个标志。一个人是不是长大成人，不是看年龄，不是看生理，而是看他是否建立起了自己对人生和世界的根本看法，是否想明白：我是谁？我想成为一个什么样的人？我将来想过一种什么样的生活？妈妈相信你一定思考过这三个问题。基于此，从今天起，妈妈就视你为思想和精神上的"成人"了。祝贺你，祝福你！

　　我的孩子，你一定要加倍的努力，无论在学习还是生活中。所谓拼搏，那是要付出常人不可想象的心血和汗水。正如常言所说：没有谁能随随便便成功！在你付出努力和心血后，我想结果无论怎样我都能接受。因为中考始终有人成功和失败。甚至于在你今后的人生道路上，也不仅仅只是成功和喜悦，同样还有失败和苦恼。妈妈希望你在取得成功的时候不要骄傲，不要得意，不要忘乎所以，也不要过于张扬。因为这只是你人生道路上迈出的其中一步而已。我希望你万一遇到失败或不太理想时不要气馁、失望，不要灰心丧气，也不要太过伤心。因为你还年轻，只要你努力，成功的希望还很大，机会还很多，而且妈妈相信你会成功的。

　　亲爱的女儿，我的孩子，其实在你不分昼夜、挑灯夜战的时候，你的妈妈是多么地心疼你。因为哪怕我知道孩子是要学会吃苦的，但是，我内心真的舍不得你吃苦，尤其是看到你满脸倦容时，我的心真的好疼，特别是那次期中考试过后，你哭着对我说平时都会做的题，不知道为什么考试时都不会了。我的心，在撕扯地痛，也快到了崩溃的边缘，也在偷偷地掉眼泪。孩子，其实你有健康的身体是妈妈最大的欣慰，当然我也希望我的孩子能够勇敢且乐观地战胜当前的困苦和疲倦。乐观和勇气是能战胜一切痛苦的良药。我的孩子，你在前几天（6月14日）生病时，你知道妈妈有多焦急，内心承受着何等的煎熬？这个节点，请假是不可能的，但妈妈毫不犹豫和同事调班全身心陪伴你、照顾你，包括今天在你中考的特殊日子里，妈妈能够陪同，也是接连几个周六、日妈妈顶班换取来的。我的孩子，请你记住：你并不孤单，你的老师和妈妈始终和你在一起，还有你的同学——这都是和你一起奔赴考场的"战友"！

　　亲爱的女儿，我知道学习不仅是靠努力和拼搏，还需要方法和技巧，我希望你和老师一道制订科学的学习计划，有针对性、有目的性、有可行性地"对症下药"。现在的成绩已经基本成型，更多的是你要调整好自己的心态，能够以最佳的状态进入考场。当然，做好全面地梳理和提升是必要的。特别是针对以前的疑难和困惑，现在要有所攻破。我多么希望你告诉我：妈妈，我已经准备好了！我真的准备好了！

　　又是一个清新的晨，有鸟鸣、有花香；又是一个崭新的晨，有期待、有祝福、有希望。好了，出征的号角已响起，就写这么多吧，祝愿我亲爱的女儿中考成功，一切顺利！

再度踏上扶贫路，只因牢记初始心

2019年2月18日，在继全县三级大会召开的次日，部里召开了全体人员的周一例会，会上领导带领我部各股室干部科员一起学习贯彻落实全县三级大会精神，并对新的一年，部内各股室和驻村工作做了详细周密地调整、安排部署。

宣布结果是我依然需要继续驻村开展扶贫工作，当听到这样的安排，心里百感交集，有对深入农村、了解百姓生活的热爱；有对家庭不能顾及、孩子不能陪伴的无奈，更有自身的一些不能克服的因素困扰于心……

然而，面对当前的扶贫工作大局，回想刘书记在全县三级大会上的讲话：2019年是决胜全面建成小康社会、实现第一个百年奋斗目标的关键之年，也是阜平脱贫攻坚由取得决定性进展转向夺取全面胜利，进而迈向高质量发展新阶段的重要节点，2019年是阜平高质量脱贫摘帽之年，面临的脱贫攻坚任务繁重而艰巨，必须付出艰苦细致的努力，拿出破釜沉舟的勇气，全面提振精神，采取超常措施，对各项工作进行再细化、再完善、再提高，用扎实的脱贫成效提升群众的获得感和幸福感……作为宣传部的一名科员，在当前严峻的扶贫工作形势下，所有的个人困难都显得如此渺小，切实增强做好2019年扶贫工作的责任感、使命感、紧迫感，切实增强扶贫工作必胜的信心和决心，全身心地投入扶贫攻坚工作中，才是新时代所赋予我们的最高使命。

记得初次结识"工作队"这个名词是在2013年，那时候我在乡镇工作，觉得工作队很神圣很伟大，有种遥不可及高不可攀的感觉，后来，随着乡镇包村干部进村入户配合工作队工作的开展，慢慢地开始和省医科大学、省农开办工作队的队长及队员熟络起来，随之，也了解到他们驻村工作生活的艰辛（泡面、矿泉水几乎就是他们的家常便饭），对他们舍家扶贫的精神深感钦佩，和省工作队的队员在几年的工作中建立了密切的联系，结下了深厚的友谊。很庆幸与他们的交往接触让我收获颇多，以至于在调回县委宣传部工作后，选派我成为驻村工作队一名队员时，我对驻村工作并不感到陌生。

似乎任何一件事情不亲自经历就根本无法了解它的全部，扶贫工作更是如此。在去年短短几个月的扶贫工作中，让我深有体会。每一次入户走访，都要详细了解每一家贫困户的基本情况，认真做好笔记，回去和队友一起研讨交流，量身制定恰当适合的解决方案，给贫困户宣传解读扶贫政策，逢年过节，带些慰问品与他们一起烧火做饭，唠唠家常，增进彼此的了解和信任。

还记得，在一次入户走访时，看到一户贫困户家中屋顶烟熏火燎，铮黑瓦亮，屋内地下萝卜、白菜、土豆、米面堆放一起，杂乱无章，炕上的铺盖似乎有几十年的光景，破口处露出的棉絮也是黑乎乎的，就连炕头一角放着一个用各种烟盒纸裱糊的大纸箱，也是黑乎乎的，散乱的破衣烂衫撑破了纸箱，紧挨着同样也是黑乎乎的灶台，摆放着一个破旧不堪的饭橱，便是这家唯一的一件家具，饭橱旁边盛水的塑料桶是破了边的，看到这样的场景心里很不是滋味，我为他家张贴"七上墙"的牌子，由于墙壁的积灰都无法黏贴上去。而更为悲惨的是这家贫困户的女主人因患脑血栓后遗症，长年卧床，男主人双目失明……

看着如此窘迫的家境，我心酸至极，顿感寒气逼人！

回来的路上，我们几个都在为这家人的生活担忧和唏嘘。我们的到来多少能为他们送去一丝慰藉，但却解决不了根本问题，如果能从根本上解决老人的生活问题就好了，就比如想办法治好老人的病，给他们提供一个力所能及的活计，能够维持保障每月最基本的生活。

回到单位，与另一组的同事交流，也见到如我们走访的病残家庭一样的困境，大家都说："穷，真穷啊！"只是穷的原因不一样。好在国家已经建立起全民的医疗、养老保障……

　　今年，我再次被选派驻村帮扶工作，感觉到肩上担子的沉重，我会和队友们一起努力，尽己所能，为那些真正需要帮助的人尽一点力。哪怕是一个盛水的桶、一件御寒的衣裤、一套半新的被褥，都会给那些没有任何生活来源的人送去一丝温暖。

　　但愿苍生俱温饱，不辞辛苦入山村。实现贫困人口如期脱贫，是我们党向全国人民做出的郑重承诺。实现这一承诺，需要各地付出更大努力。贫困不是一两天产生的，要想根治，也不可能毕其功于一役，必须和发展相结合。各地要围绕四个全面战略部署的相关要求，干群一心，合力攻坚，坚定信心和决心，以精准扶贫实现精准脱贫，让真正需要帮扶的群众享受到扶贫的阳光雨露。

　　脱贫攻坚任务目标已明确，只有依靠广大群众，激发群众内生动力，凝聚民心，集中民智，汇聚民力，自觉维护群众的根本利益，才能打赢脱贫攻坚战，为了制订一个长久的计划帮助贫困户脱离贫困，走上致富之路，因地制宜、因户制宜地帮助每家贫困户实施好一个切合实际、有效管用的规划，十分重要。所以我们时刻要不忘初心牢记使命，"咬定青山不放松，扶贫攻坚阔步行"！

爱心无界

——记阜平县台峪乡君和希望小学耿林梅老师

炎炎夏日，烈日当头，酷暑难当。然而，在阜平县台峪乡却有这样一个身影，不畏暑热，行进在崎岖的乡间小路上，用爱和执着踏出了一条无悔的青春之路——她就是一心为了君和的教育事业，呕心沥血的阜平县优秀教师，一心为了孩子们的知识丰盈、身心健全，废寝忘食的教学质量先进个人耿林梅老师。耿老师数十年如一日将爱和希望播洒在君和希望小学，并努力争取每一次外出学习的机会，给自己充电，用更专业的知识和爱心灌输到君合希望小学的每一个孩子的心田。

耿林梅老师，出生在一个极其特殊的农民家庭，父母是聋哑人，耿老师的《用无声诠释的爱》很真实自然地描述了父母平凡人生当中的不平凡。或许是因为从小家庭情况的影响，致使耿老师特别的勤奋好学而且温柔贤惠、懂事孝顺；或许是因为耿老师拥有一个和别人不一样的缺憾的童年，这更让耿老师坚定着她的信念和决心，把无偿的爱注入每一个需要的孩子们的血液。

作为一个老师，工作日面临着枯燥乏味的备课、讲课、批改作业，礼拜天、节假日自然成了一种别样的憧憬向往，在别人规划去吹吹海南的风、看看稻城的雪的时候，耿老师拖着十几年教学生涯当中累坏的身体，顶着烈日，冒着酷暑，穿梭在三里五村，家访学生，和家长沟通，做家长工作，就是为了给一些成绩有偏差的学生利用假期课外的时间无偿地补补课。可尽管这样，有些家长不但不领情，还根本不让孩子跟随耿老师去补课，面对种种困难，耿老师也曾有过无奈，也曾有过徘徊，也曾因此延误了好几次外出治疗疾病的机会，但耿老师始终没有放弃把知识的琼浆玉液想方设法地灌输给如饥如渴的孩子们……

　　耿老师对待学生，完全超出了一位老师的最高职责范围，在她这里似乎不存在界限，十几年来她总是融给孩子们太多的挚爱和感动。说是孩子们的妈妈，更为贴切，一般的妈妈都做不到这些，所以，在耿老师身上我分不清是什么样的角色，所以在耿老师身上是"爱心无界"。

　　在她的教学家访工作当中，了解到一个8岁的特殊孩子，妈妈是精神病患者，爸爸为了一家的生计又不得不外出打工挣钱。可怜的孩子会措手不及地遭受妈妈发病时的抓打、扭掐。无奈，孩子只好寄宿在姑姑家里，放学后会主动帮姑姑去剁菜、喂猪……耿老师哽咽着完成了《孩子，请叫我妈妈》的文章，并把文章所有打赏凑集到的钱都交到孩子的手中，让孩子可以春节添件新衣……

　　黄昏的时候，瑰丽的晚霞铺陈在院子里，给盛开的花儿披上了橘红色的外衣，又一天的补课结束了，又教会一个孩子掌握了两位数乘法的计算技巧。"我很开心，哪怕是他们每天进步一点点，我就觉得我的付出是有价值的，只要他们肯学，每个孩子都是好样的！每每这时，似乎病痛也就随之减弱了许多。"耿老师欣慰地对我说。可是上苍似乎不会因为耿老师的大爱无私就眷顾她，让她可以摆脱疾病的折磨。在暑假过半时，耿老师再也扛不住了，严重的颈椎病导致手麻无力，握笔困难，在亲朋好友的劝说下她终于开始重视自己的健康问题，开始了四处求医，只为了在开学季，能够重返校园，继续爱她的孩子们。

　　"人在曹营心在汉。"这正是耿老师的真实写照，她在医院治疗期间，还挂念着这个孩子的语文作文完成没有，那个孩子的数学难题弄懂了没有，还有，那个爱画画的小姑娘，老师回去会给你带画笔、给你买画本，你不用再在地上涂鸦了，还有孩子们的课外阅读书，老师怎样给你们去解决，不能再让你们读81、83版的读本……

大眼睛、小眼睛，每一双都是渴望知识的眼睛。耿老师的事迹感动了很多人。阜平、高阳，每一个县城都是自愿奉献的真情；河北、山西、北京每一个省市都是爱心接力的主赛场。截至完稿时，已收到来自高阳"阳城侠侣"平台的快递赠书；已接到太原爱心女士的赠书清单；已和北京然而阅读公益发展中心理事长段颖女士取得联系，并初步做了对学校设立然而图书室的规划。这是社会各界爱心人士的爱心无界！

金秋的午后和耿老师一起走出阜平然而图书馆，天空一片蔚蓝，几朵白云在曼舞，好像是对耿老师的一个深拥。相信在社会各界爱心人士的大力支持和帮助下，在耿老师尽心尽力的浇灌下，君和希望小学的孩子们一定会拥有属于自己的天空，恣意翱翔。相信耿林梅老师在教育事业上会以更加饱满的热情舞动无悔的青春梦想。最后也祝愿耿老师身体早日康复，永远平安健康！君合希望小学，感恩有您……

家乡阜平变化大

　　我的家乡阜平山清水秀，人杰地灵。是一个集革命老区、太行深山区、深度贫困区"三区合一"的"九山半水半分田"的山城。近几年来，国家的扶贫政策极大鼓舞了村民生产生活的积极性，在各级政府的大力支持下，家乡阜平发生了翻天覆地的变化。

　　在我很小的时候，就听爹娘讲过去吃不饱、穿不暖的艰苦岁月，往往是吃了上顿没下顿。就连山药蛋皮家里的兄妹们也争抢着去吃。一年四季就只有两件衣服换替，还是补丁摞补丁的那种。每逢连阴雨天屋外降大雨屋内下小雨，人们都是小病扛大病拖，越是贫穷就越是导致了人们思想愚昧落后，文化低下，重男轻女，好多女娃连自己的名字都不会写……而今天是不愁吃、不愁穿，住房安全、医疗、教育都有所保障。

　　昔日，穷乡僻壤的一亩三分地种点谷子芝麻说得夸张点收成还不够种子钱。如今，光秃秃的荒山沟壑在政府合理地布局修建下，呈现在眼前的是块块梯田，党的富民惠农政策让村民们精神抖擞、干劲十足，大力发展林果产业，家乡阜平现已形成了以柏崖桃园、大道梨园、云花溪谷樱桃园、城南庄葡萄园为龙头的林果生产基地，电子商务、李冰冰明星团队助力脱贫攻坚使家乡的特产大枣、核桃，还有新兴起的蟠桃、梨等水果畅销全国。栗园铺的食用菌核心园区更是带动带活了一方经济，分散在各个乡镇的大大小小的服装、箱包加工厂解决了留守妇女的就业问题，为其家庭增加了一定的收入，骆驼湾的民俗在今年五一隆重开业，它不只是提供住宿、餐饮，更多的是利用并整合当地生态、文化和旅游的资源，荟萃当地乡村的生活元素，为前来旅游参观的市民提供了一种真实性的乡村生活体验，创造一种原生态的乡村生活方式。满足了都市人们宿于乡村、隐于田园、归于慢生活的诉求和情怀。暂别都市的喧嚣，走进乡村的宁静；远离世间的纷争，融入和谐的生态；放松疲惫的身心，享受自在的时光；怀揣梦里的乡愁，追寻原本的生活；守望美丽乡村，关爱生态生命……

社会主义新农村建设更是日新月异，易地搬迁村和改造提升村都统一实施了美化、亮化、绿化、硬化、集中整治污水处理、厕所改造。过去的土坯房被一座座排列整齐、粉刷一新的小洋楼所代替，私家小汽车、摩托车、电动车、三轮车川流不息。村民活动中心、健身广场、红白理事会、道德评议会、村规民约一应俱全。"志气榜""孝老爱亲榜"在全县209个行政村蔚然成风。村民家里冰箱、彩电、洗衣机、电话以及新式家具等这些三十年前想都不敢想的物件，在今天的农家样样俱全。

家乡的医院变化也大得惊人，实现了电子一体化，由河北省医科大学第二医院托管，各科室每天都有专家坐诊。学校变化之大更是让人难以置信，过去破旧狭小的青砖瓦房教室荡然无存，宽敞明亮的教学楼拔地而起，结束了一个老师、一块黑板教数个年级的时代。现如今，分工明确的专业教师正在利用现代化的多媒体设备给学生上课，时不时投影机上会出现一些既与教学相关又能激发学生学习兴趣的画面，充分地调动了学生的求知欲望。英语、计算机课程从小学就开始普及。

县城新建的阜盛大桥承接南城北城，方便了居民出行，缩短了学子们求知路上的距离，保阜高速、西阜高速已顺利通车，不久的将来，雄安新区到忻州的高铁也将路经阜平，家乡的腾飞插上了翅膀。

自2012年岁末，习总书记顶风冒雪来我县扶贫调研以来，我县始终以脱贫攻坚统揽经济社会发展全局，牢固树立和深入落实新发展理念，坚持旅游兴县、产业强县、生态富县，大力调整优化产业结构，把培育特色产业作为打赢脱贫攻坚战的有力抓手，全面加强产业配套，大力发展富民产业和园区建设，不断拓宽群众致富渠道，推动经济社会高质量发展，坚决打赢扶贫脱贫攻坚战这场硬仗。

谈起这些年家乡的变化，当地的居民都异口同声地夸赞党的政策好。特别是扶贫攻坚的号角在阜平山城吹响，经过几年干群合力、努力奋斗，终于使全县贫困人口指数有所下降。真正实现了"两不愁三保障"。在伟大的中华人民共和国成立70周年，决胜全面建成小康社会、实现第一个百年奋斗目标的关键之年，也是家乡阜平脱贫攻坚由取得决定性进展转向夺取全面胜利，实现全县高质量脱贫摘帽之年，我们全县居民会借改革开放的东风，接受党的光辉沐浴，齐心协力把家乡建设得更加和谐美丽，为实现伟大复兴的中国梦贡献自己的微薄之力！

我的理想

　　理想是助人成功的基石，理想是催人奋进的动力，理想是勇往直前的源泉，理想是迷途中的灯塔，坚定着我们永恒的信念，理想是夜空中最亮的星，照亮你我同行的道路。

　　我的理想是做一名服装设计师，设计出自己所喜欢的时装，设计出更多与众不同的服饰，我总觉得设计师设计的不单单是一件件衣服，更是一种梦想、一种生活的态度。

　　在中国古代，旗袍与汉服都是盛行一世备受青睐的服饰。然而，单从文化角度来看，旗袍却是远远次于汉服的。

　　尽管，两者都有着美奂绝伦的意境，但是又存在着本质的区分。

　　旗袍的美是一种优雅高贵的美，汉服之美则是一种规范的美，汉服不仅仅是美，更重要的是汉服文化源远流长，不仅是中国的传统文化的一种象征，更以它美丽的外表征服了许多爱美的女孩。

　　从三皇五帝到明朝这段时期，汉民族所穿的服饰被称之为汉服，其全称是"汉民族传统服饰"，又叫"汉衣冠、汉装、华服"。汉服定型于周朝，传承于秦朝。在这几千年的历史长河中，汉民族凭借自己的智慧，创造了绚丽多彩的汉服文化，在中国有着悠久的历史文化，是当之无愧的国粹。

　　汉服也是四书五经中的冠服系统，以儒家经典《诗经》《尚书》《周礼》《礼记》《易经》《春秋》，大唐《开元礼》、二十四史舆服志和其他经史子集为基础继承下来的礼仪文化的必要组成。其蕴涵着相当的文化内涵，并受"儒、道、墨、法"等纵横诸家的哲学思想的影响，塑造了"汉服"天人合一、飘逸洒脱的风格。"汉服"也体现出穿着者的宽大、随和以及包容四海的气度。

博大精深，体系完备，悠久美丽的汉服是中国不可多得的一大财富，是值得每一个华夏儿女引以为傲的一大财富。她由"黄帝垂衣裳而天下治"而始，止于清朝"剃发易服"。以"天人合一"为文化核心，其设计理念中代表了汉服深层的意蕴和外在形式的美。且袖口都是宽大畅松的，代表了天道圆融，衣体表示公平、正直和包容万物的东方美德，衣服的上片是由四块布拼接而成，意味着一年四季，深衣下的下摆用布共十二片，应为一年有十二月之意，汉服的设计从多个细节层面上完美地体现了其核心概念"天人合一"。

其实，有很多美的东西是不随着年代而改变的，汉服的美丽便是如此。不论是古代，直至现在都是令人动容的。每逢中国传统节日时候，有些许的地方都会有许多的小姐姐穿着美丽的汉服赏花灯观美景，近年来，尤其在"花朝节"来临之际，无论是南方还是北方，俊姑娘、俏媳妇都会穿着漂亮的汉服，结伴郊游踏青，很是充满着仪式感。在汉服面前，那些看似非常时髦的衣服不堪一击，怎么也敌不过汉服的庄重。

汉服，不仅仅是件衣裳，更是拥有着深厚的文化底蕴，体现着其特有的审美意蕴，汉服也是我国重要的文化象征，对我国的文化传承有着重要的意义。现如今，随着社会的飞速发展，我们应该继续传承传统文化，对汉服加以深刻的研究，展现华夏的璀璨文明。

中国有礼仪之大，故称夏；有章服之美，谓之华。

文化不灭，中华不灭！我们不仅要积极探索，用语言赞美祖先的文化，更要继承中华文化。

汉服也是我们中国人的老祖先传承下来的，而到了我们这一代人，更不应该毁弃这份文化，不是吗？

工作之余，我想做一名设计师，设计出绚丽多彩的汉服，让更多人了解汉服，了解汉民族文化。

复我泱泱华夏，着我汉家衣裳，华夏五千年的历史，文化博大精深，而我在人生的奔忙中一直在为能够成为一名设计师的梦想而勤奋学习，我相信，只要坚持不懈，通过自己的执着努力，就会"长风破浪会有时，直挂云帆济沧海"。

让梦想飞翔的地方

时间的车轮一遍又一遍地碾压过记忆的碎片，过去的一切都在流逝的岁月中褪色，又在逝去的年华中改变。然而，即使是璀璨的星空也掩不住心中让梦想飞翔的地方——保定广播电视大学。

保定广播电视大学始建于1979年2月，建校初为河北广播电视大学保定电大工作站，1994年地市合并后，成立河北电视大学保定分校，2001年8月，更名为"保定广播电视大学"，是隶属于保定市的一所综合性成人高等学校。

在"纪念改革开放40周年"之际，满怀喜悦又迎来了"保定广播电视大学"校庆40周年，心情无比激动。

四十年风雨兼程，四十年青春如歌。年华流转，不变的是学者心；岁月如流，永恒的是师者魂。用生命启迪智慧，用爱心滋养希望。四十载，创造金色辉煌；四十年，谱写绚丽华章！

四十年几经沧桑，奋发图强，赢得桃李满天下。回顾过去，我们无比自豪，展望未来，我们信心十足。我们坚信，母校的四十华诞将是她与时俱进，再创佳绩的新起点。

近年来，随着办学条件的逐年改善，师资力量的稳步提升，教学业绩令人瞩目，为社会各个岗位输送了各类有用的人才。

与此同时，作为一名从保定广播电视大学走出来的学员，我深感荣幸，倍感骄傲。因为，母校教会了我对生活乐观豁达的态度，对工作奋发图强的品行，以我所学的"行政管理"专业，积极培育和践行社会主义核心价值观，在宣传部日常工作中用母校所赋予的知识和智慧拟写一页页规范文件、说明报告；在驻村扶贫工作中用母校所教导的壮志和豪情宣讲国家大政方针和一项项惠民政策……

教育百年风，你我传承，同为母校争殊荣。身在他乡不问远，感念师恩。之所以今天能够面对乡亲们的各种各样的问题不厌其烦，对答如流，这和我的辅导员导师梁老师是有着密不可分的关系。记得，在校学习的日子，梁老师总是孜孜不倦地为所有学员解疑释惑，托起我们飞翔的翅膀。从梁老师身上折射出保定广播电视大学所有老师们为教育事业兢兢业业的高尚品质，他们如同一名名辛勤的园丁，为花的盛开、果的成熟忙碌着，默默地奉献着。他们用自己的青春和汗水打造了母校的辉煌，用无私和奉献塑造了母校的灵魂。

我庆幸认真聆听老师们精彩的授课，掌握了科学知识，学以致用，为家乡发展建设尽着绵薄之力。

如今，我疾步如飞行走在阜平的每一寸土地上，远眺昔日的荒山沟壑披上绿装成了林果基地，老乡菇黑木耳也成为特色产业，助力脱贫攻坚。不由地怀念、感恩我的母校，感恩母校每一位辛勤耕耘的老师们和留有青春印迹的每一位校友，四十年，母校全体老师脚踏实地，诲人不倦；所有学子锲而不舍，勇往直前。四十年校庆，召唤着我们的传承与创新（求知求能求新孜孜以求，得到提高继续坚实创新）。让我们以四十年校庆为契机，在传承中发展，在发展中创新，撸起袖子加油干、扑下身子抓落实，把握现代教育发展的脉搏，以高标准推进素质教育，坚定不移地走创新发展之路，让每一位师生得到全面提升进步，为推动县域经济高质量发展建言献策。从而，进一步增强"高能强技扬吾师威，成才利国荣我母校"的情怀。

时代在进步，社会在发展，在以习近平新时代中国特色社会主义思想指引下，伟大复兴的中国梦正在稳步推进；在中央、省市各级领导的大力支持和全心关爱下，在县委、县政府的正确引领下，阜平脱贫攻坚致富梦正在腾飞;在党政部门和社会各界的大力支持和热情帮助下,母校将会继往开来,孕育放飞众多学子的青春梦想,谱写更加壮丽的篇章!

附录一

深情不枉此生（书评）

熊建华

品味一段文字，就缓缓靠近一个心灵；
阅读一篇文章，就渐渐走近一段人生；
触摸一本书稿，就慢慢接近一种境界。

穿过紫陌红尘，因一物一事而生发的情感，像毫发那样纤细入微，又像江河波涛那样跌宕起伏波澜壮阔；穿过岁月的河流，生活的烟尘火气，浸染的不仅是时光的沧桑，还有聚散离合的欢喜悲伤；季节的轮回里，花开花落，春夏易节，荣枯往复，又有多少花开浅笑花落暗伤，又有多少悲秋叹月感时伤事，着于春风说。

"我欲乘风归去，又恐琼楼玉宇，高处不胜寒"，行走在天地山川，无论温暖还是悲凉，总要在人间烟火中，让纤纤身影汇入阡陌红尘，不畏苍老，何惧轮回？人世间的故事，总是会留下一些印记一些感动，即使是些许哀婉些许遗憾，也难以忘怀。

"彼岸花"身在故乡，驱逐灵魂，许她不停流浪，又踏遍万水千山去寻找，便将这青春、眼泪，都洒在祖国壮丽的山河中。她在生活和工作中逐渐明白了：那每一粒黄土散落，每一缕春风轻拂，每一次枝头花开，每一次月缺月圆，都是纵深的时间与广袤的空间交织，在这交汇点上，她自仗剑临风，孑然一身，遥望前方，一步一步丈量出的生命的厚度与质量。

大漠孤烟里的驼铃声声,顶风冒沙前行,背后的风沙无情地将脚印淹没,转眼间了无痕迹,但作者那种执着追梦的勇气不变,心灵经历过的故事被文字定格,流传永远。

从漠北到江南,那执念深深,那缘分浅浅,是文字点亮了生命的诗和远方;是真情点燃了生活的向往和梦想。

式微,式微,胡不归?
微君之故,胡为乎中露?
式微,式微,胡不归?
微君之躬,胡为乎泥中?

作者耿晓丽女士含着笑,流着泪,"胡不归,所谓何呀?"她不知道这一生的泪,是为了偿还谁前世的恩,了却谁今生的缘,续写谁来世的愿……

漠北落雪了,她的泪落入霜花中,南国飘雨了吧,她的爱是否还在雨巷独自徘徊?她执笔在纸上心田,惟愿一切永恒,情愫绵延;她摆渡在忘川河边,等候误入尘俗的因缘;她徘徊于三生石前,望世间喜忧,聚合离散。梁祝化蝶,游园惊梦,痴人痴事,化作文字的斑斓。她不过是做一回痴人,执一支痴笔,续一场痴事。

区区万字,怎诉得尽她在世间颠沛流离?看风轻云淡、蝶舞花间;听花开花落、春语呢喃;悟叶落漫川、峰回路转……于是,日复一日,年复一年,她把对故乡的牵挂与思念放进行囊,不悔踏上征程,寄托于一山一水,一草一木中。

"我手写我心,我心抒我情",当生活处于迷茫、工作陷入低谷状态时,她用文字救赎,映照悸动的灵魂,慰藉生活的落寞。

如若,生命是一场花开的过程;如若,生命是一场从起点到终点的旅行,她在紫藤架下,月冷风清处,静静绽放,用情、用爱插上心灵的翅膀，越过高山大海，放飞青春梦想。

　　她始终相信，只要心中有目标，脚下有力量，肯付出，肯努力，扬起自信的风帆，就一定能够到达成功的彼岸，静享彼岸花开。

　　岁月缱绻，葳蕤生香——深情不枉此生！许谁纯真，许她留痕。许岁月几许温柔，许生活几许烂漫，许年华几许芳尘。

　　在文字的娓娓表述里，我邂逅了一颗生动而有趣的心灵；
　　在情感的涓涓流淌里，我领略到一段善良而精彩的人生；
　　在人事的细腻描绘里，我感悟到一个鲜活而奔放的生命。
　　散文集《彼岸花开》无疑是一部用心用情之作，愿作者在书写人生的道路上走得更高更远！

2022 年 10 月 12 日

　　熊建华，陕西省汉中市赤土岭文化交流协会主席。

附录二

穿越傥骆古道的心灵守望（书评）

李三祥

遇见你在等待的路口，深情驻足，你已烙印在我心里。"相见情已深，未语可知心。"阅读文字，有一种直抵人心的力量，透过文字的微光，吸引人读下去，读下去。感动于作者记忆里的傥骆古道，让神思越过崇山峻岭，栖息在华阳古镇古老而显得神秘的汉江之畔。深情回眸间，秦岭以南的汉中，见证了一位把自己想象成一株花，在水一方静静守望的痴情女子。

这是一位女作家的真情书写，单是《彼岸花开》这一书名里的彼岸花，已让人有了一种穿越时空的苍凉与遥远思绪，追随着作者的心路历程，寻觅曾经的悠悠岁月。

以文字结缘，在文字与文学的天地间行走，阅读者与作者的交流互动，便有了来自文学的穿越与感动。是文字架起了神奇的心路之桥，让来自天涯海角的陌生人，得以在文学与书写的道路上，于偶然的感动间，有了对面相逢的机缘，感动于流淌在字里行间的真情抒写，便有了文字知音这样的惺惺相惜与文苑奇遇。

《彼岸花开》是一部记录和呈现了作者心灵至真至纯的散文集。此集作者耿晓丽，是一位就职于河北省保定市阜平县电视台的作家。其实，我与这位来自太行山一域的女作家在现实生活中各处天南地北，相隔千山万水，且素昧平生。

但文字无足，可行天下。出于对文学的热爱和追求，在天津散文研究会微刊和西部散文学会微信平台文学交流群，文字的精妙与神奇，网络世界的包罗天下，让那些胸怀文学梦想的阅读者和写作者，在文学的感召下，相逢相聚，有了沟通交流的机会。正是在这样的场景里，我也知道了她是一位来自河北阜平县融媒体中心的编辑记者，是鲁迅文学院保定作家班的学员。因为互加关注，她也认识了我这个生活在甘肃天水的业余文学作者。

在我的心目中，河北与天津，为京城拱卫之地，这里人文荟萃，必然成为自己心向往之的文学圣地，长期关注于此，自不待言。在署名耿晓丽原创发表的河北阜平·青柠书鸢微信公众平台，一则首届"周大黑·朱鹮杯"全国散文大赛征文启事，其中提到了秦岭南麓的陕西汉中洋县，这更加引起了我的好奇心，因为秦岭，更因为与天水和陇南以古祁山道相邻的汉中。

在阅读《彼岸花开》一书文本内容的过程中，通过作者《众里寻你千百度》《心有千千结》和《飘飘樱花雨》等几篇文章，体味出文字间隐约里流露出的一种淡淡的愁绪底色，很是感人。而在《为你，我愿守候整个冬季》和《傥骆古道情埋葬》中，似乎可以触摸到那种源自作者内心深处的一袭苍凉悲痛，读来有些让人揪心的触动，时隐时现。难道作者是想要通过回望傥骆古道和华阳古镇，在文字中呈现一种对古人情殇的心灵穿越吗？还是现实中真的发生了什么让人刻骨铭心的不幸？感动于潜伏在文字间的愁思和追忆，已然是一种遮掩不住的真情表达。带着这样的疑问，后来才知道，文本中曾经写到过这样一个怀人情节，他在一次缉毒中英勇牺牲。彩云之南的丽江，成了作者人生之旅中，心中难以抹去的伤痛。那里是自己情感和梦想开始的地方，牺牲的那个缉毒英雄，是她的爱人。而身为一名军人的他，老家就在巍巍秦岭之南的汉中，悠悠汉水之畔的洋县！原来作者心心念念间写了好多洋县元素的文章，牵绊心事的，正所谓因为一个人，爱上一座城，倾心满世界的欢喜，是从遇上你的那一刻起。守一份懂得，装订成册，投放汉江，一往情深，竟是这样地打动人心。读着这样真情的文字，自己作为阅读者，总感觉文字里有一种无可奈何花落去的追思情怀，感人至深。这不由让人想起了阅读《纳兰性德诗词》和《仓央嘉措诗传》时，感受到的那种触动人心的苍凉之感。

《彼岸花开》，祈愿情感和梦想两则在汉中彼岸花开彼岸，作者把自己想象成一株花，开在他必经的傥骆道上。在湘西的凤凰古城，青石板路上的足音，叩响月亮之上的思恋，语言里的深情绝唱，原来是那抹浓得化不开的牵念。

作者耿晓丽散文集《彼岸花开》由五辑组成。第一辑《阡陌红尘》，有《月朦胧，人朦胧，谁在咀嚼思念》《七月回家，感觉甚好》《旧地重游，情暖药都》等主题记忆文章，内容上主要围绕爱情、亲情和友情来写，既有怀人的深情流露，也有对父母之爱、同学之情的真情书写，沿着时光岁月和一路经历的足迹，抒写自己所感、所悟、所思、所想，文字空灵而富有诗意，往往给人以清浅抒情的触动与回忆感发。用她自己的话，偶遇也会留下刻骨铭心的记忆，不管是美好的，还是伤痛的，经历过了，就会在心底时时泛起。

第二辑《岁月留痕》有《情倾雁荡山》，写的是一次征文和一首诗促成的江南之游；《洄溜古镇源远长》是对自己行游安徽阜阳和感受洄溜古镇徽派历史风情的地域文化之旅；《三游齐鲁大地》记述的是游览烟台古炮台、踏浪青岛海滨、观赏蓬莱"海市蜃楼"和济南趵突泉的行游之旅。这辑游记，作者的足迹从玉龙雪山到昆明滇池，从河南鹤壁到山水甲天下的桂林，再从香港澳门直到秦岭主峰所在的太白山，还有陕西西安和汉中洋县与勉县。作者在文字里寻找诗与远方，让自己的脚步到达梦想中的地方，在名山秀水间一个靓丽的转身，成就了一帧帧精美的瞬间，也留下了深深浅浅的脚印。

第三辑《一树花开》部分，则是对自己工作和生活的记录。岁月如歌，人生蹉跎，日子总是在不经意间度过，即便昙花一现，也要绽放出生命的焰火。

第四辑《人间烟火》，岁月是位伟大的魔法师，日复一日改变着我们的容颜，唯独改变不了的是心心念念的挂牵。

第五辑《生命如歌》不管你愿意不愿意，该发生的，不该发生的都已发生，发生了的就是历史，我们只能怀揣一颗虔诚的心研读，怀揣一颗善良的心面对，并在以后的日子里浅唱低吟踏歌而行。

纵览全书，《彼岸花开》里收录的所有文章，可看作是一部作者人生旅途和心路历程的全方位记录，阅读作者笔下呈现的文字书写，我们可以感受和触摸一种源自作者内心的真情心灵抒写，更可以感受到一种与时代节奏和脱贫攻坚主题相关的社会生活变迁，一种乡村振兴带来的新时代气象。

2022 年 10 月 16 日

李三祥，甘肃省文艺评论家协会会员，天水市文艺评论家协会理事。

彼岸花开开彼岸（后记）

彼岸花，究竟是一种什么样的花呢？她花开千年，花落千年，花叶生生相错，世世永不相见。彼岸花开开彼岸，奈何桥前可奈何？走向死亡国度的人，就是踏着这凄美的花朵通向幽冥之狱。"彼岸花，开彼岸，只见花，不见叶"。相传此花只开于黄泉，是黄泉路上唯一的风景。

传说彼岸花是恶魔的温柔。自愿投入地狱的花朵，被众魔遣回，但仍徘徊于黄泉路上，众魔不忍，遂同意让她开在此路上，给离开人界的亡魂们一个指引与安慰。

散文集《彼岸花开》的作者耿晓丽，她的爱人是汉中洋县人，一名缉毒英雄，不幸出了意外……正如作者所说的那样："为了一个人、一抹念、一段情，所以我的笔名叫彼岸花，网名叫彼岸花开，这么多年，在彼岸守候彼岸的记忆和忧伤，是文字将我救赎，让我走出心灵的阴霾。为了'你若安好，便是晴天'的承诺，我执着追梦，往后余生努力活着，静待彼岸花开……"恰如彼岸花的花语也是纯洁、美丽、思念、热情和独立的象征一样。

也许就是由于这些原因，所以作者才给自己即将出版的集子命名为"彼岸花开"。集子里有这样的描述：

雨敲打在洒满月光的岸上，我站成一抹孤独的守望。映入眼帘的是那一丛丛绿意盎然，那一簇簇娇艳欲滴，在经年里浅醉，在流年里点滴生香，开在路旁的梧桐晕染成难忘的过往，一枚枚希冀重生，在心田静静氤氲，馨香成时光无垠的美，在生命长河中兀自芬芳旖旎。

文字清新自然，直抵内心。

红色彼岸花，叫曼珠沙华，她的寓意是无尽的爱，白色彼岸花，也叫曼陀罗华，代表着无尽的思念。

  红尘情爱，谁是谁刻在心上的疼？谁是谁倾其一生忘不了的情？回眸想想，人的一生中有太多的遇见，但是没有多少人能走入心间，唯独是你。

读着这些美好的文字，我们仿佛走进了作者丰富的内心世界。

作者从 2018 年至今，在《河北日报》《牡丹》《作家天地》《渤海风》《西部散文选刊》《大家文学》等报刊发表多篇作品，并多次参加全国征文大赛且屡获奖项。

纵观《彼岸花开》，作者把心中痛失爱人的疾苦，封存在记忆中，记录于文字里，往往随手拈来，从细微处着笔又放眼于博大，从高处着眼又能洞察低处之幽微，作者的那颗柔软的心，常常下意识自带人性的折光，彻悟后又折回身子，企图挽扶自己与大自然再一次融合，日积月累，于是便产生了这些作品。

《彼岸花开》终于付梓，我替她高兴，为她喝彩！也由衷地祝愿作者，执着守念，不骄不躁，从严从高，打造出更多脍炙人口的艺术精品，在未来文学创作的道路上绽放出更加炫目的光芒！

2022 年 10 月 16 日

西玛珈旺，《大家文学》主编。